中國語言文字研究輯刊

二二編

許學仁 主編

第25冊

清華簡中鄭國事類簡集釋及其相關問題研究（上）

鄭榆家 著

花木蘭文化事業有限公司

國家圖書館出版品預行編目資料

清華簡中鄭國事類簡集釋及其相關問題研究（上）／鄭榆家著 -- 初版 -- 新北市：花木蘭文化事業有限公司，2022〔民111〕

目 10+200 面；21×29.7 公分

（中國語言文字研究輯刊　二二編；第 25 冊）

ISBN 978-986-518-851-1（精裝）

1.CST：簡牘文字 2.CST：研究考訂

802.08　　　　110022451

中國語言文字研究輯刊

二二編　第二五冊　ISBN：978-986-518-851-1

清華簡中鄭國事類簡集釋及其相關問題研究（上）

作　者　鄭榆家

主　編　許學仁

總 編 輯　杜潔祥

副總編輯　楊嘉樂

編輯主任　許郁翎

編　輯　張雅淋、潘玟靜、劉子瑄　美術編輯　陳逸婷

出　版　花木蘭文化事業有限公司

發 行 人　高小娟

聯絡地址　235 新北市中和區中安街七二號十三樓

電話：02-2923-1455 ／傳真：02-2923-1452

網　址　http://www.huamulan.tw　信箱　service@huamulans.com

印　刷　普羅文化出版廣告事業

初　版　2022 年 3 月

定　價　二二編 28 冊（精裝）　台幣 92,000 元

清華簡中鄭國事類簡集釋
及其相關問題研究（上）

鄭榆家　著

作者簡介

鄭楡家，一九八零年生於台灣高雄市。高雄師範大學碩士、東華大學博士。現任國中國文科教師。曾發表論文：〈清華簡柒晉文公入於晉探析〉、〈由甲骨文探究商朝之刑罰〉、《東周曾國青銅器銘文研究》。

提　要

本論文共分七章，第一章為緒論說明研究動機、目的、方法及步驟並對相關文獻做探討。第二章至第五章分別對〈鄭武夫人規孺子〉、〈鄭文公問太伯〉、〈子產〉、〈良臣〉等各篇做簡介，並收集各家對簡文之解釋最後提出己見，而各章之第三節則為釋文、翻譯。第六章乃清華簡鄭國事類簡相關問題之研究，內容有：先秦喪禮及〈鄭武夫人規孺子〉之喪葬相關用詞、〈鄭武夫人規孺子〉與相關文獻之對讀、〈鄭武夫人規孺子〉中所見鄭國之民主、〈鄭文公問太伯〉開疆拓土部分與相關文獻之對讀、〈鄭文公問太伯〉所述良臣與相關文獻之對讀、〈鄭文公問太伯〉所提諸君與鄭國世系研究、〈子產〉篇思想、主張之研究、〈子產〉篇中令、刑、賦稅之相關研究。第七章則為結論，將研究所得做一總結。

目次

上冊

中　冊

下　冊

圖表目次

凡　例

1. 本論文集釋部分〈鄭武夫人規孺子〉收錄至 2020 年 3 月、〈鄭文公問太伯〉收錄至 2020 年 1 月、〈子產〉收錄至 2020 年 1 月、〈良臣〉收錄至 2020 年 1 月。
2. 集釋部分列出各家說法，最後筆者加註按語。
3. 缺字部分以「□」表示，缺一字則用一個□以此類推。
4. 本論文上古音部分主要參考王輝《古文字通假字典》。

第一章　緒　論

本章共分三小節，第一節敘述研究之動機及目的，第二節對與研究主題相關之專書、學位論文、期刊論文等，進行探討，第三節對使用之研究方法及步驟做一說明。

第一節　研究動機、目的

《舊唐書・魏徵傳》載：「（唐太宗）嘗臨朝謂侍臣曰：夫以銅為鏡，可以正衣冠，以史為鏡，可以知興替，以人為鏡，可以明得失。」〔註 1〕因史冊之用大矣哉，故《清華大學藏戰國竹簡》之史料價值不容忽視，其內容值得研究，以其中之史為鑒可藉以思齊與內省，或引以為戒，或起而效法。

《清華大學藏戰國竹簡（貳）》〈繫年〉中有些事件為傳世文獻所未載，其中第二、八、十三、二十三章與鄭國有關、《清華大學藏戰國竹簡（叁）》中之〈良臣〉特別述及鄭國之良臣，舉出「子產之師」與「子產之輔」，而《清華大學藏戰國竹簡（陸）》內含戰國之佚籍五篇，內容涉及春秋時鄭、秦、齊、楚等國之事件。其中〈鄭武夫人規孺子〉、〈鄭文公問太伯〉和〈子產〉三篇亦載有鄭國重要史事，有部分甚至是之前傳世文獻所無。〈鄭武夫人規孺子〉記載鄭武公掘突薨後，其夫人武姜對繼位之莊公所進行之規誡；〈鄭文公問太

〔註 1〕劉昫：《舊唐書》，卷七十一，頁 22。（【清】紀昀等總纂；臺灣商務印書館編審委員會主編：《文淵閣四庫全書》，臺北市：臺灣商務，1983～1986 年。）

伯〉乃為鄭之公族太伯對鄭厲公之子文公進行規誡之言辭。又〈子產〉乃有關鄭簡公時名臣子產道德修養與施政績效之論述，其亦有助於鄭國歷史、政治……等之研究。由於〈鄭武夫人規孺子〉、〈鄭文公問太伯〉此兩篇文獻內容多涉及鄭國早期之桓公、武公、莊公三位國君，載有《春秋》以前及兩周之際鄭國之史事，且史籍對此一時期之記載大多闕如，故此兩篇之文獻極具史料價值，值得深入研究。而欲做相關研究其所涉及之篇章，於內容之隸定及考釋方面必不能免。顧炎武於〈答李子德書〉中提及：「愚以為讀九經自考文始……。以至諸子百家之書，亦莫不然。」、戴震於〈與某書〉中述及：「治經先考字義」筆者以為所說甚是，欲於清華簡之寶山中有所得，考釋為首要工作，此亦為筆者論文包含集釋之因。

此論文筆者欲先從考釋入手，盼能對其內容有正確之認識，進而藉由鄭國相關篇章之研究期能對此時期之歷史，尤其是鄭國之歷史，有更進一步突破性之認識。又簡之內容或為傳世文獻所未提及，正可藉研究以補史，或為傳世文獻所有，亦可藉以證史。另盼對簡文考釋之研究，有助於古文字之辨析、古籍中字義之理解並能為其他相關之研究略盡綿薄之力。

第二節　文獻探討

清華簡自該校校友趙偉國從境外購得，並於 2008 年 7 月贈與母校後，相關人員即開始對其進行一連串之整理、研究。隨著清華大學出土文獻研究與保護中心所編之《清華大學藏戰國竹簡》各輯陸續問世，研究者如雨後春筍般大量湧現，並有相關之書籍、論文出版及發表，惜與筆者研究有關之專書並不多，所幸單篇論文不少，又有相關網站隨時提供新資訊，故仍可做相關之研究。以下分別對有關之重要文獻分專書、學位論文、期刊論文三部分做介紹並加以探討。

一、專　書

（一）清華大學出土文獻研究與保護中心所編之《清華大學藏戰國竹簡（貳）》上、下冊〔註2〕

〔註2〕清華大學出土文獻研究與保護中心編：《清華大學藏戰國竹簡（貳）》上、下冊，上海：中西書局，2011 年 12 月。

該書於 2011 年出版，上冊內容含圖板、釋文、字形表與竹簡資訊表等。下冊內容含說明、釋文、注釋。簡文中之訛字、通假字、異體字、古今字隨釋文注出正字、本字、今字。另簡文中之衍文、奪字，釋文不做增刪，於注釋中說明。此外字形表收錄簡文字形。該輯所收錄之簡文載鄭國史事者有第二章、第八章、第十三章、第二十三章，其內容可補傳世文獻之不足。〔註 3〕

該輯圖版清晰且所含之內容豐富多樣為其優點，然釋文及注釋有些未必正確仍有討論空間為美中不足之處。

（二）清華大學出土文獻研究與保護中心所編之《清華大學藏戰國竹簡（叁）》上、下冊〔註 4〕

該書於 2012 年出版，上冊內容含圖板、釋文、字形表與竹簡資訊表等。其圖版有原大圖版亦有放大者，於每簡影像之左側錄上隸定之文字與原存之符號。下冊內容含說明、釋文、注釋。簡文中之訛字、通假字、異體字、古今字隨釋文注出正字、本字、今字。另簡文中之衍文、奪字，釋文不做增刪，於注釋中說明。該輯所收錄者其中一篇為〈良臣〉，該篇有部分與鄭國有關。〈良臣〉篇載有鄭國之良臣，有的為傳世文獻所未見，正可補史。〔註 5〕

（三）清華大學出土文獻研究與保護中心所編之《清華大學藏戰國竹簡（陸）》上、下冊〔註 6〕

該書於 2016 年出版，上冊內容含圖板、釋文、字形表與竹簡資訊表等。其圖版有原大圖版亦有按兩倍比例放大者，於每簡影像之左側錄上隸定之文字與原存之符號。下冊內容含說明（簡略介紹每篇竹簡之數量、其形制特徵、大概內容及重要事項）、釋文（照原字形隸定，對於罕見字保持原偏旁形式與架構。而難隸定之文字，釋文中則採錄原字圖片。）、注釋（含語法特徵、詞義解釋、字形分析與重要事件、人物、典章制度、歷史地理等，並附錄相關

〔註 3〕參見清華大學出土文獻研究與保護中心編：《清華大學藏戰國竹簡（貳）》上冊，上海：中西書局，2011 年 12 月，頁 1、2。

〔註 4〕清華大學出土文獻研究與保護中心編：《清華大學藏戰國竹簡（叁）》上、下冊，上海：中西書局，2012 年 12 月。

〔註 5〕參見清華大學出土文獻研究與保護中心編：《清華大學藏戰國竹簡（叁）》上冊，上海：中西書局，2012 年 12 月，頁 1、2。

〔註 6〕清華大學出土文獻研究與保護中心編：《清華大學藏戰國竹簡（陸）》上、下冊，上海：中西書局，2016 年 4 月。

之文獻）。簡文中之訛字、通假字、異體字、古今字隨釋文注出正字、本字、今字。另簡文中之衍文、奪字，釋文不做增刪，於注釋中說明。此外字形表收錄簡文字形。該輯所收錄之六篇竹簡皆為前所未見之佚篇。載鄭國史事者有〈鄭武夫人規孺子〉、〈鄭文公問太伯〉、〈子產〉，其內容可補傳世文獻之不足。〔註7〕

該輯圖版清晰且所含之內容豐富多樣，乃研究者所不可或缺之寶典，惜釋文及注釋有些未必正確仍有討論空間。

（四）蘇建洲、吳雯雯、賴怡璿著之《清華二繫年集解》〔註8〕

此書由章旨、釋文、語譯及集解四部分組成。章旨主要說明內容概要與所涉及之相關史實。其釋文以《清華大學藏戰國竹簡（貳）》之釋文為主，部分據學界研究之成果予以改訂。集解部分蒐羅諸學者之考釋意見，後加按語。

此書之白話翻譯淺顯易懂，且蒐羅諸學者之考釋意見並附有〈繫年〉人物表、大事年表，為研究者提供良好的材料，惜蒐羅之年限過短，僅至2013年8月，乃美中不足之處。

二、學位論文

（一）陳民鎮之《清華簡繫年研究》〔註9〕

陳民鎮之《清華簡繫年研究》乃其煙臺大學碩士學位論文，該論文作者畢業之年為2013年。

此論文列出《左傳》、《國語》及《史記》等，同〈繫年〉相關之文獻，並做一參照，接著進行對讀後之研究，分章提出要旨、找出釋文待商榷處更加以疏證並做翻譯，再說明其價值。第二章乃由虛詞之角度探討〈繫年〉之文獻特徵以及造成虛詞特色之文體、地域、時代因素……等，虛詞之研究。其更藉〈繫年〉對古史作新證，該論文為相關研究奠下良好之基礎。其找出釋文待商榷處並加以疏證乃可取之處，然第三章中部分相關問題討論不夠深入

〔註7〕參見清華大學出土文獻研究與保護中心編：《清華大學藏戰國竹簡（陸）》上冊，上海：中西書局，2016年4月，頁1、2。

〔註8〕吳雯雯、蘇建洲、賴怡璇合著：《清華二繫年集解》，萬卷樓圖書股份有限公司，2013年12月。

〔註9〕陳民鎮：《清華簡繫年研究》，煙臺大學碩士學位論文，2013年6月。

為可惜之處。

（二）劉建明之《清華簡繫年研究》〔註10〕

劉建明之《清華簡繫年研究》乃其安徽大學碩士學位論文，該論文作者畢業之年為2014年。

文中論及〈繫年〉之史料與學術價值，並自擬各章標題表明要旨及其性質，又進行隸定及釋文之考證，更藉其對相關文獻做考謬及互證之工作，此對相關研究提供幫助，該論文於自擬標題處頗具己見為其優點，然考證方面僅為部分並未能做通篇之疏證、第四章探討價值部分只做概略論述，深度及廣度略有不足，為可惜之處。

（三）郝花萍之《清華大學藏戰國竹簡（陸）鄭國三篇集釋》〔註11〕

郝花萍之《清華大學藏戰國竹簡（陸）鄭國三篇集釋》乃其西南大學碩士學位論文，該論文作者畢業之年為2017年。

該論文先對清華簡六之鄭國相關篇章略做敘述，接著於研究現況方面分簡文之釋讀及相關問題之考證此兩方面來進行探討，主要篇幅集中於對諸家考釋意見之整理並附上按語，最後做出結論。

其對諸家考釋意見之整理讓相關研究更邁進一步，該論文之按語部分，頗具己見為其優點，然其中有些見解仍有討論空間，又美中不足處為集釋之蒐羅仍有缺漏。

（四）王瑜楨之《清華大學藏戰國竹簡（陸）鄭國史料三篇研究》〔註12〕

王瑜楨之《清華大學藏戰國竹簡（陸）鄭國史料三篇研究》乃其臺灣師範大學博士論文，該書作者畢業之年為2018年。

該論文先對〈鄭武夫人規孺子〉、〈鄭文公問太伯〉、〈子產〉三篇內容作一概述，接著列出釋文，於釋文後做分段考釋，蒐羅各家說法並提出己見，更對相關之歷史、地理等問題做進一步探討，最後論及對研究鄭國歷史的價值

〔註10〕劉建明：《清華簡繫年研究》，安徽大學碩士學位論文，2014年5月。

〔註11〕郝花萍：《清華大學藏戰國竹簡（陸）鄭國三篇集釋》，西南大學碩士學位論文，2017年6月。

〔註12〕王瑜楨：《清華大學藏戰國竹簡（陸）鄭國史料三篇研究》，臺灣師範大學博士論文，2018年1月。

等，為相關研究奠基，其對相關之歷史、地理等問題做進一步之探討頗具己見為其優點，然有部分字之釋讀尚有討論空間，為美中不足之處。

（五）朱忠恒之《清華大學藏戰國竹簡（陸）集釋》〔註13〕

朱忠恒之《清華大學藏戰國竹簡（陸）集釋》乃其武漢大學碩士學位論文，該論文作者畢業之年為2018年。

該論文先對竹簡形制、編聯、內容做一概述，接著於釋文後列出各家對簡文之釋讀並下按語，其各篇之文本說明部分有助於對文意之理解及相關之研究為其優點，惜於文獻探討方面稍嫌不足，且有部分學者之釋讀未收入，以及部分字之訓讀，如：〈鄭武夫人規孺子〉中「欶」之訓讀、「毀圖」之「毀」的解釋等，尚有討論空間，為美中不足之處。

（六）石兆軒之《清華六〈鄭武夫人規孺子〉研究》〔註14〕

石兆軒之《清華六〈鄭武夫人規孺子〉研究》乃其臺灣大學碩士論文，該論文作者畢業之年為2018年。

此論文於第一章先對〈鄭武夫人規孺子〉做一簡介並對相關文獻做探討，接著於第二章對該簡進行辨偽工作並論述該篇之形制及意義，第三章為該篇簡序之研究，第四章則對文字進行考釋並蒐羅諸家意見，第五章則為該篇委婉語之研究，最後對研究成果做一總結。此論文有助於對該篇之了解與研究，於釋讀方面亦有己之見解，並對諸家釋讀不合理處提出說明，有益於對其內容之了解。其對釋讀不合理處提出說明為可取之處，然部分釋讀仍有討論空間為可惜之處。

（七）侯瑞華之《清華簡〈鄭武夫人規孺子〉集釋與相關問題研究》〔註15〕

侯瑞華之《清華簡〈鄭武夫人規孺子〉集釋與相關問題研究》乃其浙江大學碩士學位論文，該論文作者畢業之年為2018年。

其論文緒論部分先對〈鄭武夫人規孺子〉做一簡介，接著對研究現況做說

〔註13〕朱忠恒：《清華大學藏戰國竹簡（陸）集釋》，武漢大學碩士學位論文，2018年5月。

〔註14〕石兆軒：《清華六〈鄭武夫人規孺子〉研究》，臺灣大學碩士論文，2018年6月。

〔註15〕侯瑞華：《清華簡〈鄭武夫人規孺子〉集釋與相關問題研究》，浙江大學碩士學位論文，2018年6月。

明，最後簡述已之研究所得。第二部分為〈鄭武夫人規孺子〉釋文集釋，該部分蒐羅各家意見，並提出已見。第三部分為該篇與先秦禮制問題之研究，其中亦論及肂、皆臨、小祥、三年之喪等。此論文集釋部分對各家說法不合理處提出已見，訓讀方面亦有已之見解，有助於對該篇內容之研究為其優點，然部分訓讀仍有討論空間為不足處。另，其喪禮部分之研究亦有助於對先秦喪禮之了解。

（八）胡乃波之《清華簡〈鄭文公問太伯〉（甲本）集釋》〔註16〕

胡乃波之《清華簡〈鄭文公問太伯〉（甲本）集釋》乃其河北大學碩士學位論文，該論文作者畢業之年為 2018 年。

此論文先概述研究目的、研究現況，接著採集各家對簡文之考釋，並於各家說法之後提出已見。其附上簡文圖片便於與釋文做對照，為一優點，然部分釋文未收入各家說法，如：簡一的「子人成子」即未收羅小華、子居、郝花萍等人之論述，且文中有部分爭議字未對其加以考釋，為美中不足之處。

（九）汪敏倩之《清華簡〈子產〉篇疏證與研究》〔註17〕

汪敏倩之《清華簡〈子產〉篇疏證與研究》乃其蘇州大學碩士學位論文，該論文作者畢業之年為 2019 年。

其論文先對諸家有關〈子產〉之研究做敘述，接著乃此篇之疏證，此部分論文作者有些說法合理且具已見為其優點，然有些說法仍有討論空間，再來是該篇綜合研究之部分，包括：文本簡析、該篇關於君子品德之要求以及其政治思想之研究，該部分有助於對此篇之探討，然有些地方未做深入論述為可惜之處。

（十）李雨璐之《清華簡〈子產〉篇整理與研究》〔註18〕

李雨璐之《清華簡〈子產〉篇整理與研究》乃其東北師範大學碩士學位論文，該論文作者畢業之年為 2019 年。

該論文先對學者們之相關研究做一綜述，接著集釋部分收集各家意見，而

〔註16〕胡乃波：《清華簡〈鄭文公問太伯〉（甲本）集釋》，河北大學碩士學位論文，2018 年 6 月。

〔註17〕汪敏倩：《清華簡〈子產〉篇疏證與研究》，蘇州大學碩士學位論文，2019 年 4 月。

〔註18〕李雨璐：《清華簡〈子產〉篇整理與研究》，東北師範大學碩士論文，2019 年 5 月。

釋文部分則參考各家意見對其做整理，又對子產鑄刑書之背景、內涵做說明，且論及子產之刑法思想等，亦言及〈子產〉篇之文獻性質，其對子產鑄刑書之相關研究頗有助益。其對子產鑄刑書之背景、內涵與子產之刑法思想等之論述可圈可點，然於集釋部分所收過少且缺乏己之論述，又釋文有些部分仍有討論空間，為可惜之處。

三、期刊論文

晁福林於〈談清華簡鄭武夫人規孺子的史料價值〉〔註19〕中述及〈鄭武夫人規孺子〉乃史官實錄，且提及鄭武公薨後嗣君問題所引發的權力之爭極具史料價值，又其於第一部分論及周時「國家要事決策之程式」、第二部分談及當時諸侯國之貴族民主體制，最後對鄭武公「居衛三年」展開研究，此論文為研究鄭史者提供重要之參考資料。段凱於〈清華大學藏戰國竹簡（六）補釋〉〔註20〕中對〈鄭武夫人規孺子〉、〈子儀〉有爭議之部分略述諸家之說法並提出看法，如：「今二三大夫畜孤而乍焉」其認為「乍」應讀「胥」訓為輔相，以及「幾（冀）孤亓（其）足為免（勉）」中之「免」為4自勉之意……等，頗具己見，然尚有討論空間。王永昌於〈清華簡研究二題〉〔註21〕中對〈鄭武夫人規孺子〉於簡13部分的句意之斷讀及字詞之理解提出己見，如：其認為鼃讀成「董」較佳……等，其說對研究者有所幫助，然有些看法仍有討論空間。李守奎於〈鄭武夫人規孺子中的喪禮用語與相關的禮制問題〉〔註22〕中論及〈鄭武夫人規孺子〉之結構並將其文義做一梳理，接著述及武公葬禮之用語，並討論到諸侯死之稱謂如卒、即世等，值得一提的乃文中強調對嗣君之不同稱謂實依稱呼者之身分及情感而定，另外此論文亦對殔、臨、葬日、小祥等作一說明，這些皆有助於吾輩對春秋初期喪禮問題之瞭解，更使該篇簡文部分難以釋讀處得到答案。何有祖之〈讀清華簡六札記（二則）〉〔註23〕對

〔註19〕晁福林：〈談清華簡《鄭武夫人規孺子》的史料價值〉，《清華大學學報（哲學社會科學版）》，2017年5月，頁125～130。

〔註20〕段凱：〈《清華大學藏戰國竹簡（六）》補釋〉，《中國文字研究》，2017年7月，頁67～71。

〔註21〕王永昌：〈清華簡研究二題〉，《延安大學學報（社會科學版）》，2016年10月，頁82～84。

〔註22〕李守奎：〈鄭武夫人規孺子中的喪禮用語與相關的禮制問題〉，《中國史研究》，2016年2月，頁11～18。

〔註23〕何有祖：〈讀清華簡六札記（二則）〉，《出土文獻》，2017年4月，頁119～123。

〈鄭武夫人規孺子〉中「欨」及〈子產〉中「」字進行考釋，有助於文意之理解。王永昌於〈清華簡研究二題〉〔註24〕中對〈鄭武夫人規孺子〉裡「鼃」之釋讀、「久之於上三月」之爭議做說明，並提出己見，有助於該篇內容之瞭解。

馬楠之〈清華簡鄭文公問太伯與鄭國早期史事〉〔註25〕首先對〈鄭文公問太伯〉甲、乙本做說明，接著以簡之內容與左傳對讀，述及「堵之俞彌」乃《左傳》中之「堵叔」，第三部分論及桓公、武公及莊公開疆拓土與昭公及厲公爭立，使得鄭國動盪之史事為簡文極具史料價值之處，該論文為相關研究尤其是鄭國史之研究提供了重要之資料。劉光於〈清華簡鄭文公問太伯所見鄭國初年史事研究〉〔註26〕中論及與鄭桓公相關之史事以及對莊公所伐「齊鄻之戎」做考證。該論文述及《竹書紀年》、《國語・鄭語》、《史記・鄭世家》所載桓公克鄶之時間不一致，其認為應是西元前 769 年，並分析了鄭桓公東遷之戰略企圖，亦考證出「齊鄻之戎」與《左傳》所載之「北戎」不同，以及「齊之戎」即是「濟水之戎」，又濟水之戎應是己姓，其為研究鄭國史提供了重要之資料。單育辰之〈清華六《鄭文公問太伯》釋文商榷〉〔註27〕一文對「就宋」之「就」、「不牨斬伐」之「牨」等字做訓讀，有助於對該篇內容之了解。尉侯凱於〈讀清華簡六劄記五則〉〔註28〕中對字詞釋讀與竹簡編連等問題提出己見，如：認為「今二三大夫畜孤而作焉」，乃指大夫們喜愛我而有此舉（勸諫自己）以及〈鄭文公問太伯〉之「戰於魚羅」乃發生於河南襄城、〈鄭武夫人規孺子〉尚有其他脫簡等，為相關研究開闢新境，然部分論點未必正確，尚有討論空間。

孫合肥於〈清華簡子產簡 19～23 校讀〉〔註29〕中對有爭議之釋文做校訂，

〔註24〕王永昌：〈清華簡研究二題〉，《延安大學學報（社會科學版）》，2016 年 10 月，頁 82～84。

〔註25〕馬楠：〈清華簡《鄭文公問太伯》與鄭國早期史事〉，《文物》，2016 年 3 月，頁 84～87。

〔註26〕劉光：〈清華簡《鄭文公問太伯》所見鄭國初年史事研究〉，《山西檔案》，2016 月 11 月，頁 31～34。

〔註27〕單育辰：〈清華六《鄭文公問太伯》釋文商榷〉，《語言研究集刊》，2017 年 01 期，頁 308～313。

〔註28〕尉侯凱：〈讀清華簡六劄記（五則）〉，《出土文獻》，2017 年 4 月，頁 124～129。

〔註29〕孫合肥：〈清華簡《子產》簡 19～23 校讀〉，《淮南師範學院學報》，2017 年 04 月，頁 1～3。

如：將「(竄) 辛道」校為「(禁) 辛道」等，且對文句加以考釋並做翻譯，有助於研究者對該篇之瞭解。何有祖之〈讀清華簡六札記二則〉〔註30〕對〈鄭武夫人規孺子〉中之「欿吾先君而孤孺子」、〈子產〉簡 7 部分進行考釋，提出已見，並引用相關文獻為證，然其所說有部分仍待商榷。代生於〈清華簡（六）鄭國史類文獻初探〉〔註31〕中之第一部分述及〈鄭武夫人規孺子〉、〈鄭文公問太伯〉及〈子產〉三篇皆呈現任用賢能之思想、第二部分談論〈良臣〉和鄭國史類文獻之關係、第三部分論述〈子產〉篇之學術史價值、意義，獨具已見。王挺斌於〈清華簡第六輯研讀札記〉〔註32〕中對〈鄭武夫人規孺子〉、〈子產〉等篇中考釋及隸定有爭議處提出已見，如：提及將〈鄭武夫人規孺子〉中之「溋亓志」解為「逞其志」較佳、將〈子產〉篇中之雌隸定為惟等，其論點有助於對簡文之瞭解亦為研究者提供了更多的思考空間。樂之於〈《清華大學藏戰國竹簡（陸）》出版〉〔註 33〕一文中對各篇內容作簡介，讓讀者對「清華簡（陸）」有初步認識，惜說明過於簡略。韓高年之〈子產生平、辭令及思想新探——以清華簡《子產》《良臣》等為中心〉〔註34〕論及子產「有辭」經世、〈子產〉的背景、子產之師承、子產禮法並舉思想等，並重新考證子產生年，有助於對子產與〈子產〉篇之瞭解。吳愛琴於〈以鄭國為例談春秋禮的特點〉〔註35〕篇中提及「春秋時期禮的變化、鄭國強盛及衰弱時期的尊禮與鄭國尊禮中的人本主義等」，有助於對鄭國之禮的理解，亦有利於〈子產〉等篇之相關研究。劉光勝之〈德刑分途：春秋時期破解禮崩樂壞困局的不同路徑——以清華簡《子產》為中心的考察〉〔註 36〕，論及「〈子產〉篇『刑』之內容及特點、『令』之發源和轉化、春秋時期重德、重刑不同治國理路之生成等」，有助於對鄭國之法的了解。李學勤之〈有關春秋史事的清華簡五種

〔註30〕何有祖：〈讀清華簡六札記（二則）〉，《出土文獻》，2017 年 4 月，頁 119～123。

〔註31〕代生：〈清華簡（六）鄭國史類文獻初探〉，《濟南大學學報（社會科學版）》，2018 年 1 月，頁 104～112。

〔註32〕王挺斌：〈清華簡第六輯研讀札記〉，《出土文獻》，2016 年 10 月，頁 198～204。

〔註33〕樂之：〈《清華大學藏戰國竹簡（陸）》出版〉，《中國史研究動態》，2016 年 8 月，頁 92。

〔註34〕韓高年：〈子產生平、辭令及思想新探——以清華簡《子產》《良臣》等為中心〉，《中原文化研究》，2019 年 03 期，頁 58～64。

〔註35〕吳愛琴：〈以鄭國為例談春秋禮的特點〉，《開封大學學報》，2017 年 9 月，頁 24～28。

〔註36〕劉光勝：〈德刑分途：春秋時期破解禮崩樂壞困局的不同路徑——以清華簡《子產》為中心的考察〉，《孔子研究》，2019 年 1 月，頁 30～38。

綜述〉〔註 37〕對〈鄭武夫人規孺子〉、〈鄭文公問太伯〉、〈子產〉等篇之內容作一概述，並對部分詞語做一說明，有益於對所提各篇之認識。石小力之〈清華簡第六輯中的訛字研究〉〔註 38〕對〈鄭武夫人規孺子〉、〈鄭文公問太伯〉、〈子產〉等篇之訛字做研究，有助於正確隸定及文意理解。王捷於〈清華簡《子產》篇與「刑書」新析〉〔註 39〕一文中對〈子產〉篇做簡析並論及「鑄刑書」史事、「刑書」的歷史淵源、內容、形式等，有助於對〈子產〉篇及與其有關之刑書的認識。

李學勤於〈由繫年第二章論鄭國初年史事〉〔註 40〕中，以簡中與鄭國有關者與《左傳》、《國語》、《史記》做對照，並於文末論及鄭國初期之歷史同〈鄭語〉、〈鄭世家〉類似，然與《竹書紀年》佚文不合，為研究鄭史提供了寶貴的資料。馬衛東於〈清華簡繫年與鄭子陽之難新探〉〔註 41〕中論及子陽與太宰欣乃不同人，亦非同黨，至於子陽應為鄭相而非鄭君，其亦非因「法義」而亡，實是為太宰欣所害，能對其如此瞭解要歸功於研究者對〈繫年〉與相關文獻的探究，其更讓吾輩對子陽之難及當時之鄭國史有更進一步之認識。代生、張少筠於〈清華簡繫年所見鄭國史事初探〉〔註 42〕中述及兩周之際之鄭國歷史並認為僖公三十年時，圍鄭者乃為秦晉兩國之聯軍，另點出於楚、晉爭霸過程之中，鄭國因處於兩國之間，故頗受其害，接著論述繻公時期與楚國之紛爭……等，最後談到〈繫年〉中鄭國史料之特色，並強調〈繫年〉敘述歷史，帶有極強之總結性。該篇論文為研究鄭國史提供寶貴之材料。

李學勤之〈新整理清華簡六種概述〉〔註 43〕中有一小部分對〈良臣〉做簡短之說明，包括對此簡外觀之簡介，並略述該篇之內容，其中提及子產之師與子產之輔兩段乃鄭定公段之補充，這些皆有助於對〈良臣〉之認識。郭麗〈清

〔註 37〕李學勤：〈有關春秋史事的清華簡五種綜述〉，《文物》，2016 年第三期，頁 79～83。

〔註 38〕石小力：〈清華簡第六輯中的訛字研究〉，《出土文獻》，2016 年 10 月，頁 190～197。

〔註 39〕王捷：〈清華簡《子產》篇與「刑書」新析〉，《上海師範大學學報（哲學社會科學版）》，2017 年 7 月，頁 53～59。

〔註 40〕李學勤：〈由繫年第二章論鄭國初年史事〉，《湖南大學學報（社會科學版）》，2014 年 7 月，頁 5～6。

〔註 41〕馬衛東：〈清華簡繫年與鄭子陽之難新探〉，《古代文明》，2014 年 4 月，頁 31～36。

〔註 42〕代生、張少筠：〈清華簡繫年所見鄭國史事初探〉，《中南大學學報（社會科學版）》，2015 年 6 月，頁 242～247。

〔註 43〕李學勤：〈新整理清華簡六種概述〉，《文物》，2012 年 8 月，頁 66～71。

華簡良臣文本結構與思路考略〉〔註 44〕：該篇於諸侯國君與良臣此一部分提及鄭桓公、鄭定公，又第三部分則論及卿大夫子產並與《左傳》相對照，此一部分對子產及鄭國史之瞭解甚有幫助。袁金平、趙豔莉於〈清華簡校讀散箚（三則）〉〔註45〕之第二部分對「厈」此人做一考辨，認為其即鄭國大夫渾罕（子寬），並論及《左傳》中相關史事，其考釋及所述鄭史部分，對相關研究提供幫助，然未能做更深、更廣之論述，為可惜之處。羅小華於〈試論清華簡良臣中的子剌〉〔註 46〕裡指出子剌應為鄭國司馬公孫蠆。文中提及其曾助子產平亂、帶軍攻秦、為晉悼公送葬等，為研究鄭史提供重要資料。楊蒙生之〈清華簡（三）《良臣》篇管見〉〔註47〕論及「〈良臣〉篇之性質、此篇簡文之記人及記事等」，有助於對該篇之理解。劉剛於〈清華三《良臣》為具有晉系文字風格的抄本補證〉〔註48〕一文中論及〈良臣〉具晉系文字之特徵，亦具楚文字之特徵等，有益於對此篇的文字風格之認識。韓宇嬌之〈清華簡《良臣》的性質與時代辨析〉〔註49〕對該篇之性質、成文時間進行探討，對〈良臣〉之相關研究有所助益。

目前最多及最新之相關研究資料，主要為相關網站，如：清華大學出土文獻研究與保護中心、復旦大學出土文獻與古文字研究中心、中國社會科學院歷史研究所先秦史研究室、武漢大學簡帛網、安徽大學漢字發展與應用研究中心……等，所提供之資料。

近幾年來雖然研究清華簡者愈來愈多，然對於簡中有關鄭國部分之相關研究相對不足，不僅有關之專書屈指可數，相關之學位論文亦不多，雖有單篇論文相繼發表，然受限於篇幅，鮮能備善，研究範圍大多難以深、廣。清華簡與

〔註44〕郭麗：〈清華簡《良臣》文本結構與思路考略〉，《山東理工大學學報（社會科學版）》，2015 年 7 月，頁 48～51。

〔註45〕袁金平、趙豔莉：〈清華簡校讀散箚（三則）〉，《三峽論壇（三峽文學．理論版）》，2017 年 7 月，頁 60～64。

〔註46〕羅小華：〈試論清華簡《良臣》中的「子剌」〉，《出土文獻》，2015 年 4 月，頁 198～200。

〔註47〕楊蒙生：〈清華簡（三）《良臣》篇管見〉，《深圳大學學報（人文社會科學版）》，2014 年 3 月，頁 59～61。

〔註48〕劉剛：〈清華三《良臣》為具有晉系文字風格的抄本補證〉，《中國文字學報》，2014 年 7 月，頁 99～107。

〔註49〕韓宇嬌：〈清華簡《良臣》的性質與時代辨析〉，《中國高校社會科學》，2013 年 11 月，頁 90～93。

鄭國有關之集釋雖有論文發表，然僅為部分，且收集年限過短，發表後諸家所增相關之考釋意見未能補入，發表距今愈久，未收之後出轉精的考釋意見愈多。又至今未有將簡中一至六輯與鄭國有關部分納於一書並作集釋者，單就部分相關篇章做集釋或研究，實為可惜，且釋文與考釋方面有些尚未定論，仍有討論空間。筆者盼能將清華簡一至六輯中所有與鄭國相關部分之集釋收集起來，於集釋方面補上前人未收部分，接著選擇主題做相關之研究，期能有助於對鄭國歷史更深入之瞭解。

第三節　研究方法及步驟

筆者於研究方面，首先收集相關書籍、論文、期刊、報紙及相關網站之資料，並加以分類整理，接著將《清華大學藏戰國竹簡》書中圖片上之文字，逐一進行釋讀，同時參考諸家之釋文、解釋，遇釋出之文字、解釋有爭議時，利用各種研究法進行比較、分析，另顧及時代背景、語言環境並參考同時代之文獻用法，取較可信之說，進而做相關之研究。

欲對清華簡進行研究，其中文字考釋之重要性前已述及，而文字之考釋自有其法。縱觀古文字之考釋實則大同小異，不少考釋甲骨文、金文之法，亦可用以考釋清華簡。如楊樹達曾於《積微居金文說》之自序中論及：「每釋一器，首求字形之無牾，終期文義之大安，初因字以求義，繼複因義而定字。義有不合，則活用其字形，借助於文法，乞靈於聲韻，以假讀通之。」〔註 50〕其釋器之法亦可用於釋讀清華簡。在此筆者除參考以上之方法外，亦採用下列諸方法：

一、二重證據法

王國維曾曰：「吾輩生於今日，幸於紙上之材料外，更得地下之新材料。由此種材料，我輩固得據以補正紙上之材料，亦得証明古書之某部分全為實錄，即百家不雅馴之言亦不無表示一面之事實。此二重証據法惟在今日始得為之。」〔註 51〕以出土之清華簡與鄭國有關之簡文與傳世文獻相對照，即可補紙上材料不足之處，同時亦可證明傳世文獻之不誣。《左傳》、《國語》、《史記》

〔註 50〕楊樹達：《積微居金文說》，中國科學院出版，1952 年 9 月，自序，頁 1。

〔註 51〕王國維：《古史新證——王國維最後的講義》，清華大學出版社，1994 年 12 月，頁 2。

等皆為追述周代各國歷史之珍貴文獻，在此以清華簡上與鄭國有關之簡文與《左傳》、《國語》、《史記》等有關文獻相互對照，進行相關研究，藉以補傳世文獻之不足，並更進一步瞭解鄭國之歷史。如：將《左傳・僖公二十四年》：「鄭公子士，洩堵俞彌，帥師伐滑」、《左傳・僖公七年》：「鄭有叔詹，堵叔，師叔，三良為政」與〈鄭文公問太伯〉：「由皮（彼）孔弔（叔）、遳（佚）之巳（夷）、帀（師）之佢鹿、壴（堵）之俞獮（彌），是四人【十一】者」對讀即知「洩堵俞彌」為非，當為「堵俞彌」，且其亦可稱「堵之俞彌」即上文之「堵叔」。

二、文獻研究法

廣泛蒐羅與研究主題相關之材料及研究著作，接著對蒐集之相關文獻作系統性整理。列出清華簡釋文之各家說法與相關研究之諸家見解，進一步做有系統的整理，同時亦可為相關研究提供文獻方面之幫助。

以集釋部分為例：筆者收集《清華大學藏戰國竹簡》、《清華二繫年集解》……等專書、《清華大學藏戰國竹簡（陸）鄭國三篇集釋》、《清華大學藏戰國竹簡（陸）集釋》……等學位論文、〈清華大學藏戰國竹簡（六）補釋〉、〈清華簡子產簡 19～23 校讀〉……等單篇論文並網羅「復旦大學出土文獻與古文字研究中心」、「清華大學出土文獻研究與保護中心」……等網站之相關資料，對文獻進行有系統之整理，再依序列出各家說法，接著表列各家說法，並將論點相同者置於同一處，最後比較各文獻中之不同觀點，於研究後提出己見。

三、比較法

比較研究法即為依據一定之標準，並對兩個或兩個以上有聯繫之事物加以考察進而分析、比較，藉以找出其異同，最後尋求到所需答案之方法。梁啟超於《中國歷史研究法》一書中提及：「大抵史料之為物，往往有單舉一事，覺其無足輕重，及匯集同類之若干事比而觀之，則一時代之狀況可以跳活表現。又每遇一事項，吾認為在史上成一問題，有應研究之價值者，即從事於徹底精密的研究，搜集同類或相似之事項，綜析比較，非求得其真相不止。」〔註 52〕其將比較法運用於史料之研究上，可效法之。在此筆者將蒐集同研究主題相關之

〔註 52〕梁啟超：《中國歷史研究法》，河北教育出版社，2000 年 12 月，頁 81、83。

專書、論文、期刊及網路材料，進而參考各家對同一主題之研究資料，接著比較各家之說法，取其合理且可信之論點，以得出確切之答案。

宋鎮豪於訪談中述及：「商代史研究之法：第一，對傳世商史文獻資料進行系統搜集、整理、研究和鑒定，給出其真正的信史價值；第二，全面利用甲骨文、金文、陶文、玉器契刻文字等近現代地下出土的商代文字材料，結合傳世商代器物上的文字記錄材料，作為商代史研究的重要依據；第三，充分利用當代考古學新材料，進行典型和一般遺址、遺跡、墓葬、文化遺物的分析，從歷史學視點詳細考察其社會背景和文化背景，綜合闡釋，深入探究；第四，強調多學科性，整合甲骨金文學、古文字學、文獻學、考古學、民族學、民俗學、人口學、文化人類學、歷史地理學、經濟學、天文學、古代科學技術史等學科的有效研究手段，集結眾家學術研究成果，以獲得商代史的新認識。」〔註 53〕其所述部分之方法亦可善用於藉清華簡研究鄭國之歷史上。王國維於《觀堂集林》中論及研究古文字之法：「苟考之史事與制度文物以知其時代之情狀，本之《詩》、《書》以求其文之義例，考之古音以通其義之假借，參之彝器以驗其文字之變化，由此而之彼，即甲以推乙，則於字之不可釋、義之不可通者，必間有獲焉。」〔註 54〕其所述之法亦可靈活運用於清華簡之考釋及相關研究上。又唐蘭於《古文字學導論》一書中述及古文字考釋之法：「對照法——或比較法、推勘法〔註 55〕、偏旁的分析、歷史的考證。」〔註 56〕亦可善用。如：合 376 正（甲）、獻簋（金）、包 2.232（楚）、〈子產〉「整政在」之「」，可相互對照比較，即知「」為「身」無誤，即是運用對照法。另，單育辰於《楚地戰國簡帛與傳世文獻對讀之研究》之第二章第一節古文字考釋的方法中提及八種方法：「一、依據小篆考釋文字。二、依據通假釋讀文字。三、依據甲骨文、金文考釋文字。四、依據秦漢篆隸考釋文字。五、依據傳抄古文考釋

〔註 53〕宋鎮豪：〈古史研究：會通多學科與啟動現代思維——訪宋鎮豪研究員〉，《學術月刊》，2001 年 12 月 20 日，頁 108。

〔註 54〕王國維：《觀堂集林》，北京：中華書局，1959 年 6 月，頁 294。

〔註 55〕《古漢語知識辭典》：「『辭例推勘法』簡稱『推勘法』。依據未識字出現的語言環境，通過對辭例的分析、比較、歸納，確定未識字代表的詞義範圍，以辨釋文字。這種方法建立在文字形音義三位元一體以及文字與語言關係的理論基礎上。或根據成語來辨釋。或根據文辭內容來辨釋。」（馬文熙、張歸璧等：《古漢語知識辭典》，北京：中華書局，2004 年 6 月，頁 66、67。）

〔註 56〕唐蘭：《古文字學導論》，齊魯書社，1981 年 1 月，頁 163～193。

文字。六、依據韻文考釋文字。七、依據與傳世文獻對讀辨識文字。八、幾種方法及其他證據結合使用。」〔註 57〕更是不可或缺的研究方法。如：〈鄭武夫人規孺子〉簡九「使戠（禦）寇也」之戠從「吾」，又吾、禦皆魚部可通，可知應讀「禦」，即是運用「依據通假釋讀文字」之法知戠讀為「禦」。上述諸家之研究方法皆可變通運用，相信於研究上將大有助益。

〔註 57〕單育辰：《楚地戰國簡帛與傳世文獻對讀之研究》，中華書局，2014 年 5 月，頁 30～38。

第二章　〈鄭武夫人規孺子〉概述、集釋、釋文、釋義

本章將於第一節對〈鄭武夫人規孺子〉做一簡介；於第二節收集該篇各家考釋，並加按語；於第三節列出研究後之釋文，並做翻譯。

第一節　〈鄭武夫人規孺子〉概述

此部分筆者將對〈鄭武夫人規孺子〉該篇之形制、有無缺簡、簡序等問題以及其篇題、內容與價值等作一說明。

一、形制、有無缺簡、簡序等問題

釋讀之正確與否，有賴於正確之編連，而正確之編連有賴於該簡形制提供之訊息、對有無缺簡、簡序等之正確判斷，以下將對該簡形制、有無缺簡以及簡序等問題做一說明。

（一）形制簡介

有關〈鄭武夫人規孺子〉簡的形制李均明於《清華大學藏戰國竹簡（陸）》下冊〈鄭武夫人規孺子〉篇之說明部分述及：「〈鄭武夫人規孺子〉現存十八支簡，據簡背劃痕考察，今或缺第十五簡，則全篇當有十九支。竹簡保存情況良好，字跡亦清晰。完整簡長約四十五釐米，寬〇.六釐米，設三道編繩。簡背有

三道劃痕，未見編號。今簡序為整理者據內容及簡背劃痕排定。」〔註 1〕

（二）有無缺簡、簡序等問題

根據簡冊背劃線實有益於解決竹簡編聯方面之問題，然其對簡序之編排非具決定性關鍵，誠如孫沛陽於〈簡冊背劃線初探〉中所云：「雖然簡冊背劃線有提示簡序的作用，但只是輔助性的，不可以孤立運用。只有同時綜合考慮竹簡上其他信息諸如竹簡尺寸、文字內容等，與簡冊背劃線形態彼此互證，以簡文通讀為首要標準，才會正確發揮簡冊背劃線的作用。」〔註 2〕依上所述〈鄭武夫人規孺子〉於編連與有無缺簡等相關問題賈連翔作了研究，其論及：「以簡背劃痕這一形制資訊為基礎，將上述十八支簡分為兩組（見下圖），即簡 9、簡 1～8 與簡 10～13 為一組，簡 14～18 為另一組。又綜合考察竹簡的修治、劃痕等形制資訊，以及簡文的稱謂用語、文義等內容，我們認為《鄭武夫人規孺子》篇當無缺簡，現存十八支即是其原貌，而其編連應以簡 1～8、簡 10～13、簡 9、簡 14～18 為序。據此，我們確定新獲的這篇先秦佚籍是完整的。」〔註 3〕其從簡背劃痕及修治等資料訊息與內容中之文義、稱謂用語等為研究基礎，判斷出該篇共十八支並無缺簡，其序為簡 1 至 8 接著是簡 10 至 13 然後為簡 9，最後是簡 14 至 18，筆者亦採其說。

〔註 1〕 清華大學出土文獻研究與保護中心編，李學勤主編：《清華大學藏戰國竹簡（陸）》下冊，上海：中西書局，2016 年 4 月，頁 103。

〔註 2〕 孫沛陽：〈簡冊背劃線初探〉，《出土文獻與古文字研究》第 4 輯，上海：上海古籍出版社，2011 年 12 月，頁 458。

〔註 3〕 賈連翔：〈清華簡《鄭武夫人規孺子》篇的再編連與復原〉，《文獻》，2018 年 5 月，頁 56、59。

圖 2-1-1：十八支簡圖〔註 4〕

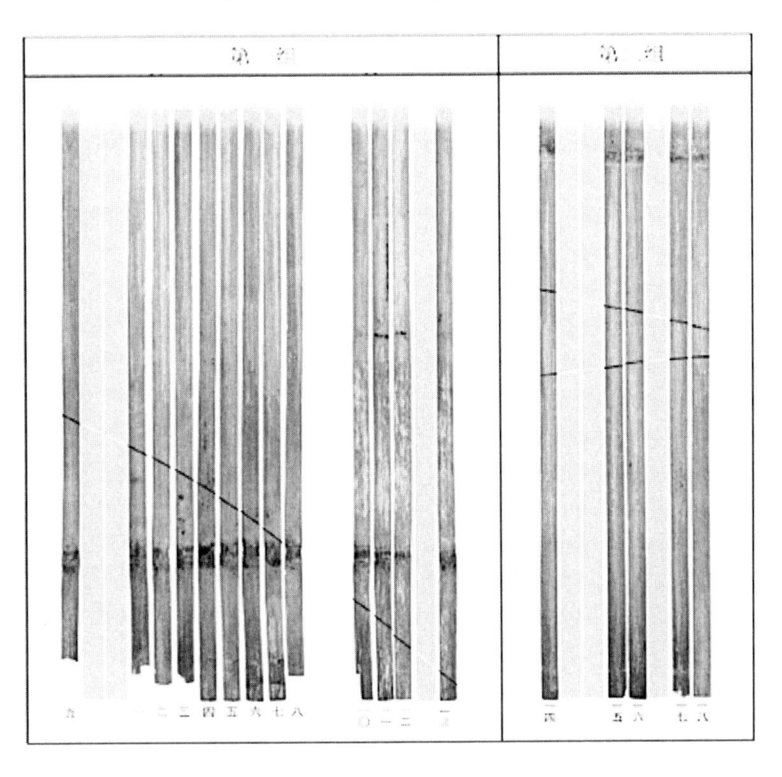

二、篇題、內容簡介及價值

此部分將對〈鄭武夫人規孺子〉一篇之篇題由來以及其主要內容、其對相關研究之價值等做一說明。

（一）篇題與內容

該篇原無篇題，清華簡整理者依內容擬為〈鄭武夫人規孺子〉，據學者研究其文本形成於春秋早期鄭莊公初年，然今所見者實為戰國時之抄本。其主要以對話形式呈現，當中含有和對話相關之史事，此篇乃記言、記事之體裁，依時間順序開展，可視為鄭國之歷史實錄，故其對探討鄭國之史與春秋之史，極具史料價值。

簡文敘及由鄭武公卒至下葬前後，鄭武公之夫人（武姜）等人對其嗣君（鄭莊公）之規勸及告誡以及鄭莊公所表明的想法與態度。其內容首先提及時間和背景（『鄭武公卒，既�，武夫人規孺子』），而武姜其規誡之辭為全文之主體，占了大部分之篇幅，究其目的主要乃希望莊公將大權交予臣子。

〔註 4〕賈連翔：〈清華簡《鄭武夫人規孺子》篇的再編連與復原〉，頁 56。

該篇第一部分述及：武公卒後武姜對莊公提及：1. 先君遇事和臣子共同謀劃、計議及決策之步驟：『邦將有大事……申之以龜筮。』即從國遇大事與臣子同謀至最佳謀略以卜筮確認之決策步驟。2. 處衛三年鄭國狀況：（1）國君臣民擁戴：「無不盈其志於吾君之君己」（2）國家政局穩固：「如毋有良臣，三年無君，邦家亂也。」內有法家拂士，雖無君王，國仍安定。3. 親良臣：「今是臣臣，其何不保」。君王離國三年，良臣盡忠職守、治國有方，理當重視珍愛。4. 君可委政於臣：「如毋知邦政，屬之大夫」。5. 後宮不干朝政：「門檻之外毋敢有知……以亂大夫之政」6. 遠小人：「毋以嫸豎卑禦……以亂大夫之政」。

第二部分論及：1. 禮賢以學：「孺子汝恭大夫且以教焉」。2. 委政三年無論果善與否皆有益：「果善……其重得良臣……以吾先君為能敘」、「弗果善……先君……相孺子，以定……社稷」。3. 君委政於臣、臣戒慎恐懼，盡忠職守勤於政務：「孺子毋敢有知……各恭其事」。前二部分武夫人長篇大論強調先君對良臣之倚重、勸莊公學習先王之治國方式，並提及委政於臣之益處等，其希望莊公於守喪時期讓臣子治國，主要目的實欲阻止其掌權理政。

第三部分提及：1. 邊父規勸任重之大夫慎重理事：「邊父規大夫曰：……加重於大夫汝慎重」2. 大夫使邊父請君理政、表達臣子之憂：「邊父於君：……今君……拱而不言……臣……惶惶焉……」。

第四部分談及：國君對邊父之回答及其態度：「君答邊父曰：二三大夫不當、毋然……」。

（二）本篇之價值

該篇首段「邦將有大事……申之以龜筮」即可與《尚書・洪範》：「汝則有大疑，謀及乃心，謀及卿士，謀及庶人，謀及卜筮。汝則從，龜從，筮從，卿士從，庶民從，是之謂大同。」〔註5〕對讀，有助於了解先秦在上位者遇事之決策程序、鄭國之政治制度。又文中提及「君陷於大難……自衛與鄭若卑耳而謀」，此部分為傳世文獻所未載，正可補史，而武公「居衛三載」之部分亦有助於研究當時鄭國與諸國之外交情況。此篇乃探討春秋前期鄭國史之重要材料，陳偉曾提及：「鄭伯克段于鄢的故事，《左傳》隱公元年有詳細記載，

〔註5〕（漢）孔安國傳（唐）孔穎達疏：《武英殿十三經注疏》本《尚書正義》六，尚書注疏卷十一，頁19。

膾炙人口。〈鄭武夫人規孺子〉或許可以看作其『前傳』」。〔註 6〕據史書記載武公同武姜於君位繼承方面意見相左，而此文正可與《左傳》鄭伯克段于鄢之部分對讀，有助於了解當時權力之爭，極具文獻價值。另，文中提及之喪葬用語亦有利於對春秋初年相關禮制之了解，故對此篇多加研究探討將大有收穫。

第二節 〈鄭武夫人規孺子〉集釋

筆者此部分釋文採李學勤主編《清華大學藏戰國竹簡（陸）》下冊之原文，並依其注釋順序作集釋，唯部分採賈連翔說法略做調整，集釋收錄至 2020 年 3 月 15 日。

【釋文】

奠（鄭）武公𠁅（卒）〔一〕，既皋（殔）〔二〕，武夫人設（規）乳₌（孺子）〔三〕，曰：「昔虛（吾）先君，女（如）邦牆（將）又（有）大事，杺（必）再三進夫₌（大夫）而與之䖍（偕）【一】圖（圖）〔四〕。既旻（得）圖（圖）乃為之毀〔五〕，圖（圖）所臤（賢）者女（焉）繡（申）之以龜箬（筮）〔六〕，古（故）君與夫₌（大夫）𧓸（晏）女（焉），不相旻（得）亞（惡）〔七〕。區₌（區區）奠（鄭）邦【二】望（望）虛（吾）君，亡（無）不湓（盈）亓（其）志於虛（吾）君之君吕（己）也〔八〕。史（使）人姚（遙）䎽（聞）於邦₌（邦〔九〕，邦）亦無大繇賦（賦）於萬民。虛（吾）君函（陷）【三】於大難之中〔十〕，尻（處）於衛（衛）三年，不見亓（其）邦，亦不見亓（其）室〔十一〕。女（如）母（毋）又（有）良臣，三年無君，邦家（家）𤔔（亂）巳（也）。【四】自衛（衛）與奠（鄭）若卑耳而𧦝（謀）〔十二〕。今是臣₌（臣臣）〔十三〕，亓（其）可（何）不寶（保）〔十四〕？虛（吾）先君之祟（常）心，亓（其）可（何）不述（遂）〔十五〕？今虛（吾）君既〈即〉枼（世）〔十六〕，乳₌（孺子）【五】女（汝）母（毋）智（知）邦正（政），豆（屬）之夫₌（大夫）〔十七〕，老婦亦牆（將）丩（糾）攸（修）宮中之正（政）〔十八〕，門檻之外母（毋）敢又

〔註 6〕陳偉：〈鄭伯克段「前傳」的歷史敘事〉，中國社會科學網：http://www.cssn.cn/lsx/lskj/201605/t20160530_3028614.shtml，2016 年 05 月 30 日。

（有）智（知）女（焉）。老婦亦不敢【六】以𨑒（兄）弟昏（婚）因（姻）之言以𤔔（亂）夫₌（大夫）之正（政）。乳₌（孺子）亦母（毋）以埶（暬）豎（豎）卑禦〔十九〕，勤力𢓊（價）馯（馭）〔二十〕，媺（媚）妬之臣䑃（躬）共（恭）亓（其）䆀（顏）色〔二十一〕，【七】盦（掩）於亓（其）考（巧）語〔二十二〕，以𤔔（亂）夫₌（大夫）之正（政）。

「乳₌（孺子）女（汝）共（恭）夫₌（大夫），𠭁（且）以教女（焉）〔二十三〕。女（如）及三戢（歲），幸果善之〔二十四〕，乳₌（孺子）亓（其）童（重）𡕒（得）良【八】臣〔二十五〕、亖（四）𨙷（鄰）以𪉖（吾）先君為能敘〔二十六之一〕。

「女（如）弗果善，𣗁𪉖（吾）先君而孤乳₌（孺子）〔二十六之二〕，亓（其）辠（罪）亦䟸（足）婁（數）也〔二十七〕。邦人既𦘦（盡）䎽（聞）之，乳₌（孺子）【十】或延（誕）告〔二十八〕，𪉖（吾）先君女（如）忍乳₌（孺子）志₌（之志）〔二十九〕，亦猷（猶）䟸（足）。𪉖（吾）先君𣏟（必）㬮（將）相乳₌（孺子），以定奠（鄭）邦之社禝（稷）。」

乳₌（孺子）拜，乃𪉡（皆）臨〔三十〕。自是【十一】𠧟（期）以至𣧓（葬）日〔三十一〕，乳₌（孺子）母（毋）敢又（有）智（知）女（焉），詎（屬）之夫₌（大夫）及百執事，人𪉡（皆）愳（懼），各共（恭）亓（其）事。

㝹（邊）父設（規）夫₌（大夫）曰：「君共（拱）而【十二】不言〔三十二〕，加䡔（重）於夫₌（大夫）〔三十三〕，女（汝）訢（慎）䡔（重）君𦵯（葬）而舊（久）之於上三月〔三十四〕。」

少（小）羕（祥）〔三十五〕，夫₌（大夫）聚𢘓（謀），乃㕜（使）㝹（邊）父於君曰：「二三老【十三】〔三十六〕臣，㕜（使）𢦏（禦）寇（寇）也〔三十七〕，尃（布）𡆧（圖）於君。昔𪉖（吾）先君㕜（使）二三臣，𢀿（抑）𣅀（早）𣥺（前）句（後）之以言〔三十八〕，思群臣𡕒（得）執女（焉）〔三十九〕，□【九】母（毋）交於死〔四十〕。今君定〔四十一〕，龏（拱）而不言，二三臣㕜（事）於邦，𨒫₌女₌（惶惶焉〔四十二〕，焉）宵（削）昔（錯）器於巽（選）𡪕（藏）之中〔四十三〕，母（毋）乍（措）手止〔四十四〕，𣦼（殆）於【十四】……〔四十五〕為𢿱（敗），耆（姑）寍（寧）君〔四十六〕，是又（有）臣而為埶（暬）辟（嬖），幾（豈）既臣之𦢊（獲）辠（罪）

〔四十七〕，或（又）辱虐（吾）先君，曰是亓（其）侓（蓋）臣也〔四十八〕？」

君會（答）㫄（邊）【十五】父曰：「二三夫=（大夫）不尚（當）母（毋）然，二三夫=（大夫）麿（皆）虐（吾）先君斎=（之所）付（守）孫也〔四十九〕。虐（吾）先君智（知）二三子之不忑=（二心），甬（用）歷（歷）受（授）之【十六】邦〔五十〕。不是肰（然），或（又）爯（稱）记（起）虐（吾）先君於大難之中？今二三夫=（大夫）畜孤而乍（作）玄（焉）〔五十一〕，幾（豈）孤亓（其）跌（足）為免（勉），归（抑）亡（無）女（如）【十七】虐（吾）先君之慐（憂）可（何）〔五十二〕？」【十八】〔註7〕

【集釋】

 奠（鄭）	 武	 公	 翠（卒）		

〔一〕奠（鄭）武公翠（卒）

清華簡整理者：鄭武公，桓公子掘突。《史記・鄭世家》記桓公三十六年，「犬戎殺幽王於驪山下，並殺桓公。鄭人共立其子掘突，是為武公」。〔註8〕

王寧：鄭武公卒：本文「鄭」字均作「奠」，同甲骨文，西周金文亦作「奠」（如奠同媿鼎），春秋、戰國時期加邑作「鄭」。〔註9〕

按：據《中國歷史大辭典》所載：「鄭武公（？～前744）春秋時鄭國國君。名滑突，一作掘突。鄭桓公之子。繼桓公即位。西元前770～前744年在位。娶申女為夫人，稱武姜，生太子寤生，後又生少子叔段。武姜愛叔段。他病時，武姜請立叔段為太子，不許。死後，太子繼位，是為鄭莊公。」〔註10〕西周「鄭登伯鼎」之、「鄭虢仲鼎」之等亦以奠指鄭。〔註11〕翠字，

〔註7〕清華大學出土文獻研究與保護中心編，李學勤主編：《清華大學藏戰國竹簡（陸）》下冊，頁104、105。

〔註8〕清華大學出土文獻研究與保護中心編，李學勤主編：《清華大學藏戰國竹簡（陸）》下冊，頁105。

〔註9〕王寧：〈清華簡六《鄭武夫人規孺子》寬式文本校讀〉，復旦大學出土文獻與古文字研究中心網站：http://www.gwz.fudan.edu.cn/SrcShow.asp?Src_ID=2784，2016年5月1日。

〔註10〕中國歷史大辭典・先秦史卷編纂委員會編：《中國歷史大辭典・先秦史卷》，上海辭書出版社，1996年12月，頁335。

〔註11〕殷周金文暨青銅器資料庫：http://bronze.asdc.sinica.edu.tw/，2018/9/15。

包 2.82、郭.緇.7等處亦見此字。[註12]諸侯死亦可稱卒，如：《左傳》僖公三十二年：「冬，晉文公卒。庚辰，將殯於曲沃，出絳，柩有聲如……」。

翻譯：鄭武公死亡。

既	⿱埶兔（肂）				

〔二〕既⿱埶兔（肂）

清華簡整理者：⿱埶兔，三體石經「逸」字古文，為喻母質部字，在此讀為喻母物部的「肂」，義為暫厝待葬。《逸周書・作雒》：「武王……崩鎬，肂于岐周。」《呂氏春秋・先識》：「威公薨，肂，九月不得葬。」均與簡文類似。[註13]

王寧：肂，《廣韻》：「埋棺坎下也」，即把棺材暫時淺埋於土中，是古人在正式殯葬前短時間存放靈柩的一種方式。《文選・顏延之〈宋文皇帝元皇后哀策文〉》李善注引《儀禮》曰：「死三日而肂，三月而葬。」[註14]

子居：肂即殔，《說文・歹部》：「殔，瘞也。」《小爾雅》：「埋柩謂之殔。」《釋名・釋喪制》：「假葬於道側曰肂。」《文選・宋文皇帝元皇后哀策文》：「戒涼在肂，杪秋即穸。」注：《儀禮》曰：「死三日而肂，三月而葬。」《說文》曰：「肂，瘞也。」今《儀禮・士虞禮》作「死三日而殯，三月而葬。」可見殯與肂皆可指死者入殮後停柩待葬這個時間段。《禮記・王制》：「天子七日而殯，七月而葬。諸侯五日而殯，五月而葬。大夫士庶人，三日而殯，三月而葬。」李守奎在《〈鄭武夫人規孺子〉中的喪禮用語與相關的禮制問題》中言：「諸侯五日而殯。孔穎達認為『肂訓為陳，謂陳屍於坎』。既肂，是說武公剛剛去世，第五日陳屍於西階坎中之棺。」所說天數或誤。《左傳・隱公三年》載「鄭武公、莊公為平王卿士」，故鄭武公所行恐是卿大夫之禮，「既肂」是說武公剛剛去世，第三天陳屍於西階坎中之棺。[註15]

[註12] 小學堂：http://xiaoxue.iis.sinica.edu.tw。2018/9/15

[註13] 清華大學出土文獻研究與保護中心編，李學勤主編：《清華大學藏戰國竹簡（陸）》下冊，頁 105。

[註14] 王寧：〈清華簡六《鄭武夫人規孺子》寬式文本校讀〉，復旦大學出土文獻與古文字研究中心網站：http://www.gwz.fudan.edu.cn/SrcShow.asp?Src_ID=2784，2016 年 5 月 1 日。

[註15] 子居：〈清華簡《鄭武夫人規孺子》解析〉，中國先秦史網：http://xianqin.byethost10.

雲間：武公卒，「既」後一字讀為「練」，喪十三月之祭祀。〔註 16〕後認為是象。因此來看武公卒，後面當讀為既葬。葬，象，同韻。〔註 17〕

石小力：「既」乃「即」之訛字，「即世」意為「去世」。〔註 18〕

郝花萍：「殔」與古代喪葬禮儀有關。喪禮在古代屬於兇禮，因死者身份、等級的不同，喪儀有嚴格的等差。《儀禮》中有一篇《士喪禮》，主要記諸侯之士的父母、妻子、長子喪亡時所用的禮節。該篇從陳設大斂用品、殯具到進行大斂再到殯，三次提及了埋棺的坎穴，即簡文中的「殔」。第一處：「掘殔見衽。」指在西階之上挖埋棺的坎穴，其深度以能見到棺與蓋之際的木榫為準。第二處：「主人降，拜大夫之後至者，北面視殔。」指喪主下堂，拜見晚來的大夫，然後上堂，面朝北察看坎穴中的棺木。第三處：「卒塗，祝取銘置於殔。」指塗泥畢，祝將標誌死者身份的旗旌插在坎穴的東側。簡文中「殔」當是指鄭武公去世後王室遵照古代喪葬禮儀，在正式殯葬前短時間存放其棺材於土中。〔註 19〕

李守奎：殔，即肆解之肆，釋為殔無疑。殔是埋棺之坎，位在西階之上，深度以能夠顯現聯接棺與蓋之間的小腰形扣槽為準。掘殔當然在殯之前，陳屍於坎是在第三天，這是士喪之禮。諸侯則五日而殯。孔穎達認為「殔訓為陳，謂陳屍於坎」。從掘坎到陳屍，這個過程都可以稱之為「殔」，不然武夫人言罷「乃皆臨」就成了面對空坎或空棺之臨了。要言之，「既殔」，是說武公剛剛去世，第五日陳屍於西階坎中之棺。〔註 20〕

林清源：「既殔」，即「完成暫厝於坎」的儀式。依徐淵《禮典》的看法，諸侯大斂當在死之日算起的第五天，家屬群臣臨哭則是在第六天一早。本篇竹書以「鄭武公卒，既殔」開端，其後詳載「武夫人規孺子」的規誡辭，規誡結

---

com/2016/06/07/338，2016 年 6 月 7 日。

〔註 16〕雲間：簡帛研讀 » 清華六《鄭武夫人規孺子》初讀（第 42 樓），簡帛論壇，http://www.bsm.org.cn/bbs/read.php?tid=3345&page=7，2016 年 5 月 7 日。

〔註 17〕雲間：簡帛研讀 » 清華六《鄭武夫人規孺子》初讀（第 43 樓），簡帛論壇，http://www.bsm.org.cn/bbs/read.php?tid=3345&page=7，2016 年 5 月 12 日。

〔註 18〕石小力：〈清華簡第六輯中的訛字研究〉，《出土文獻》，2016 年 10 月 31 日，頁 190。

〔註 19〕郝花萍：《清華大學藏戰國竹簡（陸）鄭國三篇集釋》，西南大學碩士學位論文，2017 年 6 月，頁 13、14。

〔註 20〕李守奎：〈鄭武夫人規孺子中的喪禮用語與相關的禮制問題〉，《中國史研究》，2016 年 2 月，頁 15、16。

束，孺子拜謝，母子「乃偕臨」。由簡文敘事程式來看，鄭武夫人規誡孺子「毋知邦政」的時間點，最有可能在鄭武公死後第六天清晨，鄭武夫人偕其孺子出發臨哭武公之前。〔註 21〕

王瑜楨：「肂」有四種解釋，一是釋為「掘地暫時埋棺」，《呂氏春秋・先識覽・先識》：「威公薨，肂，九月不得葬。」高誘注：「下棺置地中謂之肂。」二是指「暫時埋棺的坎穴」，見《儀禮・士喪禮》「掘肂見衽」鄭注。三是指「陳屍」，見《儀禮・士喪禮》「掘肂見衽」孔疏。四是「假葬於道側」，見《玉篇・歹部》。第三種解釋可從。本篇的「肂」相當於「殯」。〔註 22〕

朱忠恒：「既肂」，指武公去世後，將武公之棺存放於土中待葬這一過程。〔註 23〕

石兆軒：「肂」指大殮入棺的整個大殮儀式。〔註 24〕

按：既：已經。《左傳・莊公十年》：「既克」。《儀禮・士喪禮》掘肂見衽。《註》肂，埋棺之坎也。《疏》肂訓為陳，謂陳屍於坎。筆者採「陳屍」之說。由郭.語 3.9（牘）之「片」、上（1）.孔.23（兔）、上（2）.容.26（兓）之「死」可證，為「毚」無疑。另，逸、肂皆為質部，採整理者之說將其讀為「肂」，王輝：「古人死後靈柩暫殯於家中稱為肂」。〔註 25〕

翻譯：已經完成陳屍暫殯之舉。

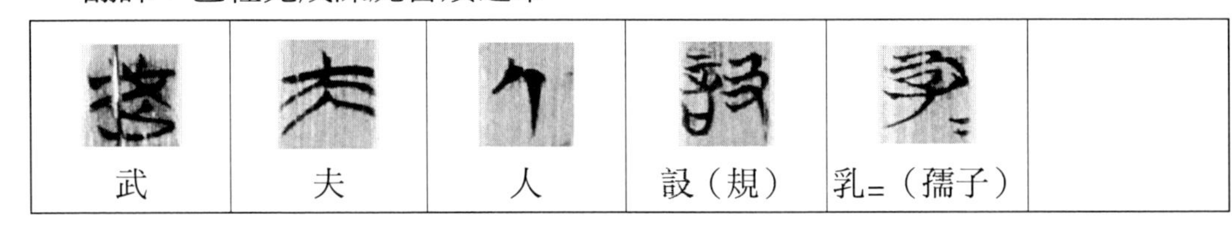

武	夫	人	設（規）	乳₌（孺子）	

〔三〕武夫人設（規）乳₌（孺子）

清華簡整理者：武夫人，武姜，生有二子。《史記・鄭世家》：「武公十年，娶申侯女為夫人，曰武姜。生太子寤生，生之難，及生，夫人弗愛。後生少

〔註 21〕林清源：〈清華簡（陸）《鄭武夫人規孺子》通釋〉，頁 12、13。

〔註 22〕王瑜楨：《清華大學藏戰國竹簡（陸）鄭國史料三篇研究》，臺灣師範大學博士論文，2018 年 1 月，頁 74。

〔註 23〕朱忠恒：《清華大學藏戰國竹簡（陸）集釋》，武漢大學碩士學位論文，2018 年 5 月，頁 4。

〔註 24〕石兆軒：《清華六〈鄭武夫人規孺子〉研究》，臺灣大學碩士論文，2018 年 6 月，頁 93。

〔註 25〕王輝：《古文字通假字典》，北京：中華書局，2008 年 2 月，頁 592。

子叔段，段生易，夫人愛之。」設，從李守奎說，讀「規」(參見李守奎《釋楚簡中的「規」——兼說「支」亦「規」初文》，香港大學《出土文獻與先秦經史國際學術研討會論文集》)，規勸。《左傳》昭公十六年：「子寧以他事規我。」〔註26〕

王寧：武夫人，即鄭武公夫人武姜。《左傳・隱公元年》：「初，鄭武公取於申，曰武姜」，又稱之為「姜氏」。孺子，原簡文均作「乳=」，即「乳子」合文，《說文》：「孺，乳子也。」段注：「以疊韻為訓。」「乳」、「孺」古字通。上博簡《周易》需卦之「需」亦寫作「乳」，可以看做是以「孺」為「需」。孺子指鄭莊公。《史記・鄭世家》云：「武公十年，娶申侯女為夫人，曰武姜，生太子寤生。」《集解》引徐廣曰：「《年表》云十四年生寤生，十七年生太叔段。」如果然，鄭武公二十七年去世時，鄭莊公才十四歲，尚未成年。〔註27〕

李守奎：楚文字「規」源自「枝指」之「枝」，秦文字「支」是「規」之表意初文。由於「支」與「丈」混訛，小篆「支」變形為手持半竹；由於「支」廣泛用作分支義，別造「規」字相區別。又清華簡另一篇講到天下之「度」：「一直……五規」、「規矩成方」，其中讀為「規」的兩個字皆作，簡文中的從文義上讀為「規矩」之「規」當無疑。另〈鄭武夫人規孺子〉中的字，右側所從與釋讀為「規」的字形完全相同，從辭例上看，這個字應當就是「規諫」之「規」的專字。古書中「規」用為規正、諫誨等義習見。《墨子・非命中》：「故上有以規諫其君長」古書中還有規戒、規訓、規儆等。「規」在簡文中當為規訓或規勸，文義很合適。〔註28〕

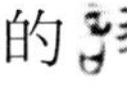

郝花萍：原簡釋文「乳=」作「」，上博簡《周易》需卦之「需」，簡文作「」，「孠，字作，原考釋謂此形疑從子、從而省，即『孺』字，讀為『需』。陳爻先生（即陳劍）〈需卦卦名〉認為是「乳」字異體。」(季旭昇主編，陳惠玲、連德榮、李綉玲合撰：《〈上海博物館藏戰國楚竹書（三）〉讀

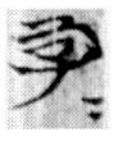

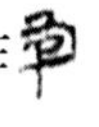

〔註26〕清華大學出土文獻研究與保護中心編，李學勤主編：《清華大學藏戰國竹簡（陸）》下冊，頁105。

〔註27〕王寧：〈清華簡六《鄭武夫人規孺子》寬式文本校讀〉，復旦大學出土文獻與古文字研究中心網站：http://www.gwz.fudan.edu.cn/SrcShow.asp?Src_ID=2784，2016年5月1日。

〔註28〕李守奎：〈釋楚簡中的「規」——兼說「支」亦「規」之表意初文〉，《復旦學報（社會科學版）》，2016年第3期，頁80、81。

本》，萬卷樓圖書股份有限公司，2005 年，第 6 頁。）《周易》蒙卦之「蒙」指童蒙，蒙卦之後「」卦之「」若讀為「乳」，可表飲食撫養之意，正是對《周易》六十四卦繫統內在聯繫的一種證實。從這個角度看，「乳」、「需」、「孺」當是可互通的。趙平安曾著有專文討論古文字中的「乳」字，認為在出土戰國文字資料中，、、都當釋作「乳」，前兩種形體應視為主形。（趙平安：〈釋戰國文字中的「乳」字〉，《中國文字學報》，2012 年第 1 期。）另，按照《史記．鄭世家》和〈年表〉的記載進行推斷，武公十年，即西元前 761 年，鄭武公迎娶了申國之女武姜；武公十四年，即西元前 757 年，武姜產下長子，喚作「寤生」，寤生也就是後來的鄭莊公；武公十七年，即西元前 754 年，武姜又產一子，即共叔段。之後又過了十年，即武公二十七年（前 744 年），武公卒。于此可知，武公去世時莊公不過才十三周歲，〈鄭武夫人規孺子〉簡文將莊公稱作「孺子」當是合理的。〔註 29〕

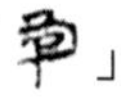

朱忠恒：孺子，古代稱天子、諸侯、世卿的繼承人。《書．立政》：「嗚呼！孺子王矣。」孺子，亦可指幼兒，兒童，《孟子．公孫丑上》：「今人乍見孺子將入於井，皆有怵惕惻隱之心。」據《史記．鄭世家》記載，武公十年娶申侯女，即後來的武姜，武公十四年，武姜生後來的鄭莊公。二十七年，武公卒。此時莊公十三歲，尚年幼，且又是國君繼承人，稱作「孺子」是較為合理的。〔註 30〕

侯瑞華：簡文中的「夫人」指諸侯之妻。《禮記．曲禮下》：「天子之妃曰后，諸侯曰夫人。」〔註 31〕

按：從言當與言語有關，筆者採李守奎之說，釋讀為「規」。規：規勸；諫諍。《左傳．襄公十一年》：「《書》曰：『居安思危。』思則有備，有備無患，敢以此規。」

翻譯：武姜規勸鄭莊公

〔註 29〕郝花萍：《清華大學藏戰國竹簡（陸）鄭國三篇集釋》，頁 14、15。

〔註 30〕朱忠恒：《清華大學藏戰國竹簡（陸）集釋》，頁 5。

〔註 31〕侯瑞華：《清華簡〈鄭武夫人規孺子〉集釋與相關問題研究》，浙江大學碩士學位論文，2018 年 6 月，頁 21。

曰	「昔	虗（吾）	先	君	女（如）
邦	䣄（將）	又（有）	大	事	朼（必）
再	三	進	夫=（大夫）	而	與
之	𧇡（偕）	恖（圖）			

〔四〕曰：「昔虗（吾）先君，女（如）邦䣄（將）又（有）大事，朼（必）再三進夫₌（大夫）而與之𧇡（偕）【一】恖（圖）。

清華簡整理者：圖，謀劃。《爾雅．釋詁》：「圖，謀也。」〔註32〕

王寧：鄭武夫人口中的「吾先君」與「吾君」很可能是不同的，「吾先君」當是指鄭桓公，「吾君」是指鄭武公。蓋古君主即位，以明年為元年，鄭武公卒既殡之時，鄭莊公還沒正式即位，這時鄭武公雖死猶在，仍然是名義上的鄭君，故武夫人稱之為「吾君」，「吾先君」則指鄭桓公，因為在武公以前的鄭先君只有桓公。此時稱莊公為「孺子」，敘述之文亦稱之為「孺子」。下文言鄭莊公服喪既久，到了第二年，鄭莊公已經正式即位為鄭君，故此時稱其為「君」而不再稱「孺子」，他與㝈父問答時所稱的「吾先君」當是指武公。蓋此時鄭先君已經有桓公、武公二人，若稱桓公當言「吾先君桓公」，若單言「吾先君」則指武公。故鄭武夫人所言之「吾先君」與鄭莊公、㝈父所言之「吾先君」有所不同。在〈鄭文公問太伯〉篇中，此時文公之前已經有了桓、武、莊、厲、昭及子亹、子嬰等鄭君，故稱先君時均加言謚號，如「吾先君桓公」、「吾先君武公」、「吾先君莊公」、「吾先君昭公、厲公」等，蓋隨語境不同而異。〔註33〕

〔註32〕清華大學出土文獻研究與保護中心編，李學勤主編：《清華大學藏戰國竹簡（陸）》下冊，頁105。

〔註33〕王寧：〈清華簡六《鄭武夫人規孺子》寬式文本校讀〉，復旦大學出土文獻與古文

郝花萍：鄭武公時期是鄭國得以快速發展、國力顯著增強的重要時期，清華簡〈繫年〉第二章提到「奠（鄭）武公亦政（正）東方之者（諸）侯」;《清華簡（陸)》中〈鄭文公問太伯〉篇（甲本簡7、乙本簡6～7）也提及「魯、衛、蓼、蔡來見」，可知鄭國之尊崇地位在武公時得到東方各國廣泛認可。簡文「吾先君」當指鄭武公，而非鄭桓公。試想，武姜以先君武公的治國經驗來規誡莊公，相較拿桓公作為勸說材料，話語必然更有說服力，更有利於達到她的勸說目的（使莊公讓權于大臣）。〔註34〕

朱忠恒：進，晉升，提拔。《書・君陳》:「進厥良，以率其或不良。」《史記・李斯列傳》:「二世曰:『何哉？夫高……以忠得進，以信守位，朕實賢之，而君疑之，何也』」 虘，從整理者說，讀為「偕」，共同，一起。「昔吾先君如邦將有大事」連讀，這幾句話可斷讀為：昔吾先君如邦將有大事，必再三進大夫而與之偕圖。意思是：從前我們國家如果將有大事情，先君必定再三提拔大夫，和他們一起謀劃。而，連詞。先君，即鄭武公。〔註35〕

侯瑞華：《釋名・釋典藝》:「《國語》，記諸國君臣相與言語謀議之得失也。」簡文的「必再三進二三大夫而與之偕圖」即所謂「君臣相與言語謀議」也。〔註36〕

按：先君：前代君主。《詩・邶風・燕燕》:「先君之思，以勗寡人。」「吾先君」筆者採「鄭武公」之說法，如此正可承接上文，且其武功頗盛較具說服力。進：推薦；引進。《周禮・夏官・大司馬》:「進賢興功，以作邦國。」〔註37〕

翻譯：說:「以前我們前代的君主，如遇國有大事，必定多次推薦大夫而與他們共同謀劃、計議。

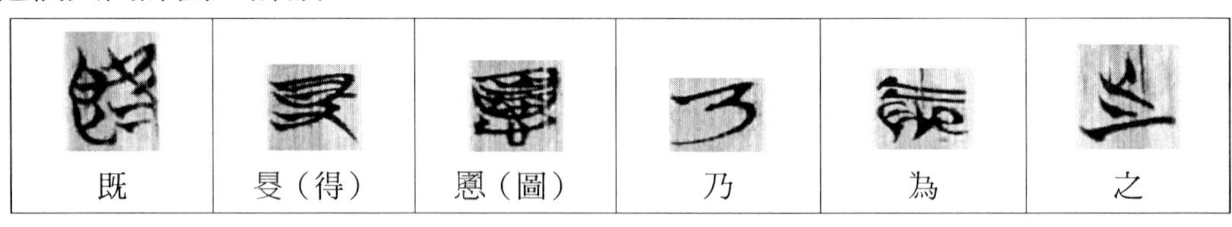

既	㝵（得）	啚（圖）	乃	為	之

字研究中心網站：http://www.gwz.fudan.edu.cn/SrcShow.asp?Src_ID=2784，2016年5月1日。

〔註34〕郝花萍：《清華大學藏戰國竹簡（陸）鄭國三篇集釋》，頁16。

〔註35〕朱忠恒：《清華大學藏戰國竹簡（陸）集釋》，頁5。

〔註36〕侯瑞華：《清華簡〈鄭武夫人規孺子〉集釋與相關問題研究》，浙江大學碩士學位論文，2018年6月，頁29。

〔註37〕王力：《王力古漢語字典》，北京：中華書局，2000年6月，頁1440。

 毀					

〔五〕既旻（得）慁（圖）乃為之毀

清華簡整理者：乃，楊樹達《詞詮》：「顧也，卻也。王引之云：『異之之詞。』」（中華書局，1954 年，第 70 頁）毀，訓「敗」。句義為謀劃實施卻失敗。〔註 38〕

子居：毀當讀為鑿，鑿即鑿龜卜問，《韓非子・飾邪》：「鑿龜數策，兆曰大吉。」〔註 39〕

林清源：「毀」為「改造」義，若要講得更貼切一些，或可引申詮釋作「修訂」義。「乃為之毀圖」應作一句讀，「得圖」與「毀圖」語意相對，前者是「獲得謀略」，後者是「修訂謀略」。〔註 40〕

暮四郎：「乃」處於「既……，乃……」結構中，只是普通連接詞，無煩另訓別解。「毀」的意義不是敗，而是減損。「既得圖，乃為之毀」大概是說得到了好的策略之後，則為之減損衣服、食物等。其意大概和祭祀前齋戒類似，是為了表示鄭重、敬謹。〔註 41〕

劉孟瞻：晁福林指出「毀」有「批評」之意，毀譽之「毀」即此意。「既旻（得）慁（圖）乃為之毀」意思為：得到計謀，讓大臣對計謀有所批評（對計謀提出意見）。〔註 42〕

厚予：毀或通「燬」。《詩・周南・汝墳》「王室如燬」，《列女傳》二引作「毀」。《楚帛書》丙：「昜（陽），不□燬事」，燬事即毀事。是其證也。《毛傳》燬，火也。「王室如燬」，意即王室征伐之事酷烈，如火之急盛。此處「為之毀（燬）」，或即為之急。〔註 43〕

〔註 38〕清華大學出土文獻研究與保護中心編，李學勤主編：《清華大學藏戰國竹簡（陸）》下冊，頁 106。

〔註 39〕子居：〈清華簡《鄭武夫人規孺子》解析〉，中國先秦史網：http://xianqin.byethost10.com/2016/06/07/338，2016 年 6 月 7 日。

〔註 40〕林清源：〈清華簡（陸）《鄭武夫人規孺子》通釋〉，頁 19。

〔註 41〕暮四郎：簡帛研讀 » 清華六《鄭武夫人規孺子》初讀（第 8 樓），簡帛論壇，http://www.bsm.org.cn/bbs/read.php?tid=3345&page=7，2016 年 4 月 17 日。

〔註 42〕劉孟瞻：簡帛研讀 » 清華六《鄭武夫人規孺子》初讀（第 28 樓），簡帛論壇，http://www.bsm.org.cn/bbs/read.php?tid=3345&page=7，2016 年 4 月 19 日。

〔註 43〕厚予：簡帛研讀 » 清華六《鄭武夫人規孺子》初讀（第 29 樓），簡帛論壇，

魚游春水：「毀」字屬下讀。「得圖」是君臣意見一致認可的，就「為之」。「毀圖」就是有人反對，所以求助於龜策。〔註 44〕

blackbronze：可改成「既旻（得）慁（圖）乃為之，毀」，將毀字屬下讀，「乃」直接當作「於是」使用，如《周易・繫辭》：「見乃為之象，形乃為之氣。」《春秋・定公十五年》：「戊午日下昃，乃克葬。」（可參楊樹達《詞詮》，頁 63、64。）毀字作「撤除」、「廢棄」，如《禮記・雜記上》：「至於廟門，不毀墻，遂入。」鄭玄注：「毀，或為徹。」《儀禮・有司》「有司徹」，唐陸德明《釋文》：「徹，字又作撤。」〔註 45〕

王寧：「得圖」與「毀圖」為對，「得圖」謂意見一致形成決議，故予以執行。「毀」即毀壞，這裡是改變的意思，「毀圖」即君主要改變原來的決議。〔註 46〕

楚竹客：訓「毀」為「批評」，甚確。《論語・子張》「叔孫武叔毀仲尼。」《後漢書・郭太傳》「（謝甄）後不拘細行，為時所毀。」皆是類似的意思。簡文「毀」字當屬下讀，斷句為：「既得圖，乃為之；毀圖所賢者，焉申之以龜筮。」「毀圖」就是對計謀的批評意見。〔註 47〕

晁福林：簡文載「邦將有大事必再三進大夫而與之偕圖……申之以龜筮」此段簡文可與《尚書・洪範》的相關文字對讀。除了「謀及庶人」一條外，其餘皆與《尚書・洪範》所講的程式相同。「毀」除訓敗外還可訓為「詆」，批評、攻擊之意。「既得圖乃為之毀」其意可能是：將大夫所提出的圖謀，讓大家批評。通過批評而選出圖謀之最優者，此即「圖所賢者焉」。簡文意思是說，謀劃一定要慎重，提出謀劃之後，要廣泛徵求意見，讓大家進行批評，只有經過這樣的過程才能選出最好的謀劃方案。〔註 48〕

---

http://www.bsm.org.cn/bbs/read.php?tid=3345&page=7，2016 年 4 月 19 日。

〔註 44〕魚游春水：簡帛研讀 » 清華六《鄭武夫人規孺子》初讀（第 30 樓），簡帛論壇，http://www.bsm.org.cn/bbs/read.php?tid=3345&page=7，2016 年 4 月 19 日。

〔註 45〕blackbronze：簡帛研讀 » 清華六《鄭武夫人規孺子》初讀（第 35 樓），簡帛論壇，http://www.bsm.org.cn/bbs/read.php?tid=3345&page=7，2016 年 4 月 23 日。

〔註 46〕王寧：〈清華簡六《鄭武夫人規孺子》寬式文本校讀〉，復旦大學出土文獻與古文字研究中心網站：http://www.gwz.fudan.edu.cn/SrcShow.asp?Src_ID=2784，2016 年 5 月 1 日。

〔註 47〕楚竹客：學術討論 »〈清華六《鄭武夫人規孺子》箚記一則〉，復旦大學出土文獻與研究中心：http://www.gwz.fudan.edu.cn/forum/forum.php?mod=viewthread&tid=7828，2016-4-22。

〔註 48〕晁福林：〈談清華簡鄭武夫人規孺子的史料價值〉，《清華大學學報（哲學社會科學

蔣偉男：典籍之中「乃」，雖可作轉折副詞，然「乃為之」為典籍之中習見的表動作相承的搭配：《左傳・僖公五年》「陳轅宣仲怨鄭申侯之反已於召陵，故勸之城其賜邑，曰：『美城之，大名也，子孫不忘，吾助子請。』乃為之請於諸侯而城之，美。」《列子・周穆王》「化人以為王之宮室卑陋而不可處，王之廚饌腥螻而不可饗，王之嬪御膻惡而不可親。穆王乃為之改築。」可知簡文「乃」應訓為表承接的副詞「於是」，如此「毀」訓「敗」也就難以落實。以上諸說皆從「毀」的「減損」、「批評」之義入手，「魚游春水」、「楚竹客」二先生並將「毀」屬下讀。整理者的句讀可從，不必另斷，而「毀」的訓釋或可換角度思考。此處「毀」與「改造」義相關。「毀舟為杕」、「毀鐘為鐸」、「毀方為園」等「毀」體現出的是對具體事物的規律性「改造」，鄂君啟節「毀於五十乘之中」則是數量轉換計算。此處簡文開篇以「邦有大事」而先君與大夫共「圖」，細揣文義，「毀」應是「圖」義近的遞進說明。君臣共謀由「圖」而至於「毀」，是對計策的進一步謀劃。「圖其賢者焉」則是指慎重考慮計策之中更善者，再「申之以龜筮」，才得「君與大夫晏」。「圖謀」也是一種具有規律性的活動，可理解為思維的運用和改造，「毀」在改造具體事物（鐘、方）的具體含義之上引申出對思維的改造也是合於情理的。此處如將「毀」理解為與「圖」語義相近的「計劃」、「圖謀」則句意更加契合。故「既得圖乃為之毀，圖所賢者焉，申之以龜筮，故君與大夫晏焉，不相得惡。」此段內容可理解為：「（君臣）反復謀劃，慎重考慮計策之中更善者，告以占卜，因此君上與大夫相安，不相交惡。」總之，「毀」在先秦文獻中，除了「毀壞」、「詆毀」的常見義外，應還有「改造」、「改作」的含義。這類義項可從對具體事物的改造，引申出對思維活動的改造，再運用到數學領域可泛指各種數學運算。〔註 49〕

石兆軒：「毀」讀「稽」，毀古音曉母微部，簡文讀為「稽」，古音見母脂部，聲母皆屬喉音，韻部旁轉可通。「既得圖乃為之稽」的意思是說，國君與大夫共同商量出結果，還要為這些計畫做稽核。〔註 50〕

版）》，2017 年第 3 期，頁 126。

〔註 49〕蔣偉男：〈簡牘「毀」字補說〉，簡帛網：http://www.bsm.org.cn/show_article.php?id=2531，2016-04-23。

〔註 50〕石兆軒：《清華六〈鄭武夫人規孺子〉研究》，臺灣大學碩士論文，2018 年 6 月，頁 103、105。

侯瑞華：「毀」指的是對先前提出的種種圖謀進行改變和替換。讀作「既得圖，乃為之毀。」指君與大夫得圖之後又為之改變、替換。〔註 51〕

筆者茲將各家對毀之說法表列於下：

表 2-2-1：「毀」諸家訓讀異說表

毀	讀	訓
整理者		敗
子居	鑿	鑿龜卜問
林清源		「改造」引申作「修訂」
蔣偉男		改造
暮四郎		減損
劉孟瞻、晁福林、楚竹客		批評
厚予		通「燬」，火也
blackbronze 龐壯城 沈培		撤除、廢棄
王寧		改變
曰古氏		禱祈除殃
石兆軒	稽	

按：筆者採「毀」訓「批評」之說。

翻譯：已經獲得謀略接著就進行批評，

圖（圖）	所	臤（賢）	者	女（焉）	繡（申）
之	以	龜	箬（筮）		

〔六〕圖（圖）所臤（賢）者女（焉）繡（申）之以龜箬（筮）

清華簡整理者：「圖所賢者」之「所」訓為「其」，見裴學海《古書虛字集釋》（中華書局，1954 年，第 787 頁）。〔註 52〕

〔註 51〕侯瑞華：《清華簡〈鄭武夫人規孺子〉集釋與相關問題研究》，頁 36。

〔註 52〕清華大學出土文獻研究與保護中心編，李學勤主編：《清華大學藏戰國竹簡（陸）》

王寧：「賢」訓「善」，「所賢者」就是認為原圖好的大臣，這些人不願意改變決議，就用卜筮在重申原決議不可更改。〔註53〕

blackbronze：女（焉）字作「則」，如《禮記・祭法》：「壇墠有禱，焉祭之，無禱，乃止。」《管子・幼官》：「勝無非義者，焉可以為大勝。」《墨子・兼愛》：「必知亂之所自起，焉能治之；不知亂之所自起，則不能治。」繡（申）字作「說明」、「申述」，如《楚辭・九章・抽思》：「道卓遠而日忘兮，願自申而不得。」《禮記・郊特牲》：「大夫執圭而使，所以申信也。」〔註54〕

ee：「昔吾先君」後的逗號不應有。〔註55〕「圖所賢者焉」，「焉」後應加句號。〔註56〕

暮四郎：「圖所賢者焉申之以龜筮」可以進一步斷讀為「圖所賢者，焉申之以龜筮」，意思是說，君與大臣謀劃過程中認為很好的方案，就進一步付諸占卜，以視其吉凶。〔註57〕

林清源：古書「賢」字常有「多於」、「勝過」一類意思，「所賢者」意即「（各種圖謀中）最優者」。「女」字應讀為「焉」，用作複合句的連接詞，表示在上文所說情況下事態將會如何發展，可訓為「乃」或「於是」，「焉申之以龜筮」當作一句讀。「焉」字此類用法，先秦古書屢見不鮮。戰國楚竹書也有類似例證，如《上博九・陳公治兵》簡1「君王焉先居深轡之上」、簡1「焉命師徒殺取禽獸雉兔」等例。「申」字當訓作「再度」，《爾雅・釋詁下》：「申，重也。」《尚書・堯典》：「申命羲叔宅南交」孔傳：「申，重也。」唯有此訓，方可與簡 1「必再三進大夫而與之偕圖」的「再三」前後呼應。由此可以推知，鄭國君臣共同研商國家「大事」時，態度極其慎重，簡2所述「既得圖，

下冊，頁106。

〔註53〕王寧：〈清華簡六《鄭武夫人規孺子》寬式文本校讀〉，復旦大學出土文獻與古文字研究中心網站：http://www.gwz.fudan.edu.cn/SrcShow.asp?Src_ID=2784，2016年5月1日。

〔註54〕blackbronze：簡帛研讀 » 清華六《鄭武夫人規孺子》初讀（第35樓），簡帛論壇，http://www.bsm.org.cn/bbs/read.php?tid=3345&page=7，2016年4月23日。

〔註55〕ee：簡帛研讀 » 清華六《鄭武夫人規孺子》初讀（第14樓），簡帛論壇，http://www.bsm.org.cn/bbs/read.php?tid=3345&page=7，2016年4月18日。

〔註56〕ee：簡帛研讀 » 清華六《鄭武夫人規孺子》初讀（第7樓），簡帛論壇，http://www.bsm.org.cn/bbs/read.php?tid=3345&page=7，2016年4月17日。

〔註57〕暮四郎：簡帛研讀 » 清華六《鄭武夫人規孺子》初讀（第8樓），簡帛論壇，http://www.bsm.org.cn/bbs/read.php?tid=3345&page=7，2016年4月17日。

乃為之毀圖」的決策過程，應當不只進行一次，而是反覆評估再三修訂，竭其所能力求周延完善。〔註 58〕

子居：「圖所賢者焉申之以龜筮」即從君臣的謀劃中選出較優方案再用龜筮來卜問孰吉孰凶。〔註 59〕

楚竹客：「所賢者」就是說這些意見中尚有善而可從者。「賢」有「善」義，《禮記・內則》「若富則具二牲，獻其賢者於宗子。」鄭玄注：「賢，猶善也。」簡文「所」字亦不當訓為「其」，而是用為語助詞，或構成「所……者」的結構，用來修飾前面的主語「毀圖」，相同的用法如《論語・雍也》「予所否者，天厭之。」（看《虛詞詁林》第 462 頁）「既得圖，乃為之；毀圖所賢者，焉申之以龜筮。」整句意思就是說，對於計謀的批評意見有善而可從者，就再「申之以龜筮」，用龜筮來檢驗它們。後句的「焉」字當訓為「乃、則」，《大戴禮・王言》「七教修，焉可以守，三至行，焉可以征。」《家語》作「然後可以守」、「然後可以征」（看《虛詞詁林》第 631 頁）。又清華簡〈繫年〉簡 53：「乃立靈公，焉葬襄公。」皆是此類用法。〔註 60〕

曰古氏：斷句：「既得圖，乃為之毀圖，所賢者焉申之以龜筮。」先秦時期的古人迷信，故推測「毀圖」之「毀」或當是「禱祈除殃」之義，即「毀」是屬於當時攘除災殃一類的迷信活動。《周禮・地官・牧人》「凡外祭毀事用尨」《註》：「毀，謂副辜候禳毀除殃咎之屬。」句意或是謂：已經得到諸位大夫對國家大事的謀劃，乃就這些謀劃舉行祈禱攘除災殃的儀式，其中比較好的謀劃再用占筮的方式決定最終選擇哪一種方案。〔註 61〕

沈培：賢，訓多餘。簡文可斷讀為「既得圖，乃為之毀圖所賢者，焉申之以龜筮。」其意為：已經得到了大家認可的圖謀之後，就把圖謀中多餘者撤除或廢棄，然後再對已得之圖加以占卜。其中的「毀」，龐壯城已經指出是「撤」

〔註 58〕林清源：〈清華簡（陸）《鄭武夫人規孺子》通釋〉，頁 19。

〔註 59〕子居：〈清華簡《鄭武夫人規孺子》解析〉，中國先秦史網：http://xianqin.byethost10.com/2016/06/07/338，2016 年 6 月 7 日。

〔註 60〕楚竹客：學術討論 »〈清華六《鄭武夫人規孺子》箚記一則〉，復旦大學出土文獻與研究中心：http://www.gwz.fudan.edu.cn/forum/forum.php?mod=viewthread&tid=7828，2016-4-22。

〔註 61〕曰古氏：學術討論 »〈清華六《鄭武夫人規孺子》箚記一則〉，復旦大學出土文獻與研究中心：http://www.gwz.fudan.edu.cn/forum/forum.php?mod=viewthread&tid=7828，2016-4-23。

的意思，古書「毀」、「撤」有異文關係，但二者是同義詞，我們在古書中能看到「撤毀」或「毀撤」的說法。所謂「毀圖所賢者」指撤除那些多餘的圖謀，這或許是為了不讓別人發現君臣有過圖謀的舉動而說的。簡文中「焉申之以龜筮」顯然是針對「既得圖」而言的，也就是說，在「得圖」之後，還要進行占卜。這也完全符合古人的行事習慣：既要得人謀，又要得天算。古書中記載此類事情很多。〔註 62〕

郝花萍：《尚書・洪範》「稽疑」記載：「汝則有大疑，謀及乃心，謀及卿士，謀及庶人，謀及卜筮。」介紹了古代國家重大事項決策的方法：君主決策前要徵求龜占者、筮占者、卿士、庶民四種人的意見，最後通過同意者和反對者的表決比例決定所徵詢事項的結果，滲透了兼聽則明的道理。具體地說，國君遇到難以決斷之事，不要馬上乞靈於卜筮，而應先進行必要的人謀：最初自己要用心思考一番（即「謀及乃心」）；其次要請教臣子，讓大臣們想辦法出主意（即「謀及卿士」）；再次要徵求老百姓的意見，以表示尊重民意（即「謀及庶人」）；最後才進行卜筮，看卜筮的結果。司馬遷可能從此處得到了啟迪，所以《史記・龜策列傳》才提出了「五謀而卜筮居其二，五占從其多，明有不專之道也」的觀點。簡文疑當讀作「既得圖，乃為之。毀圖，所賢者焉申之以龜筮。」如此則與《尚書・洪範》篇「遇事先人謀，人謀無定論再求助龜筮」的記載相合。〔註 63〕

朱忠恒：可斷讀為「既得圖，乃為之毀圖所賢者，焉申之以龜筮。」沈培說可從。「賢」訓作多餘，從沈培說。《呂氏春秋・順民》「則賢於千里之地」高誘注：「賢猶多也。」《論語・陽貨》：「為之，猶賢乎已。」皇侃疏：「賢猶勝也。」焉，於是。申，申述、說明，指做出了選擇。〔註 64〕

石兆軒：「所賢者」即「（國君與大臣）認為比較好的」。「既得圖乃為之稽」是說經過前文君臣共同商議，終於有些共識，但還要再次稽考；「圖所賢者，焉申之以龜筮」則是補充說明再次稽考的原因與方式。為什麼要再次稽

〔註 62〕沈培：〈清華簡《鄭武夫人規孺子》「乃為之毀圖所賢者」釋義〉，「單周堯教授七秩華誕國際學術研討會」，饒宗頤文化館 2017 年 12 月 9 日。轉引自朱忠恒：《清華大學藏戰國竹簡（陸）集釋》，武漢大學碩士學位論文，2018 年 5 月，頁 8。

〔註 63〕郝花萍：《清華大學藏戰國竹簡（陸）鄭國三篇集釋》，頁 18、19。

〔註 64〕朱忠恒：《清華大學藏戰國竹簡（陸）集釋》，頁 8。

考呢？這是為了「圖所賢者」，即圖求國君與大夫覺得最好的計策。再次稽考用什麼方式呢？即「申之以龜筮」，交由卜筮作最後的覈驗。就決策的過程來說，先君武公先與大臣共同協商，看法一致，最後交由卜筮決斷，強調的是國君不專斷，除了容納大臣的意見，最後決定也交付天意，表現出遜退與不敢自專的行事作風。〔註 65〕

侯瑞華：鄭武公能與二三臣共相圖謀，還為謀求更好的圖謀而改變、替換原有的圖謀。謀劃既畢，又用蓍龜來卜問。足見君臣關係和諧，謀事有條不紊。〔註 66〕

劉師岑：「賢」釋為「最優方案」，「申」釋為「再度」。故「既得圖，乃為之毀圖。所賢者，焉申之以龜筮」的釋義即為「得到計畫，則進行計畫的修正。最優的那份計畫，再次以占卜來決定可實施與否。」〔註 67〕

筆者茲將各家對「賢」、「女（焉）」、「繡（申）」之說法表列於下：

表 2-2-2：「賢」諸家異說表

賢	訓
王寧、楚竹客	善
林清源	多於、勝過
沈培、朱忠恒	多餘
劉師岑	最優方案

表 2-2-3：「女（焉）」諸家異說表

女（焉）	訓
blackbronze	則
林清源、楚竹客、朱忠恒	乃、於是

表 2-2-4：「繡（申）」諸家異說表

繡（申）	訓
blackbronze、朱忠恒	說明、申述
林清源、劉師岑	再度

〔註 65〕石兆軒：《清華六〈鄭武夫人規孺子〉研究》，頁 106。

〔註 66〕侯瑞華：《清華簡〈鄭武夫人規孺子〉集釋與相關問題研究》，頁 38。

〔註 67〕劉師岑：《語文古史新研——清華陸〈鄭武夫人規孺子〉內容研究》，國立臺中教育大學碩士學位論文，2018 年 7 月，頁 106。

按：處事當謀定而後動，而所定計畫當以最佳方案施行為妥，故對計畫批評在所難免，以便目標順利達成。賢：優良，美善。《禮記・內則》：「若富則具二牲，獻其賢者於宗子。」鄭玄注：「賢，猶善也。」另，者焉連用常見，如《論語》：「雖小道，必有可觀者焉」。《爾雅・釋詁》：「申，重也。」《廣雅》：「重，再也。」申：重複，一再。《左傳・成公十三年》：「申之以盟誓，重之以昏姻。」龜筮：占卦。《書・大禹謨》：「鬼神其依，龜筮協從。」

翻譯：其謀略最好的，再以占卦確認

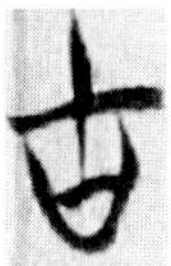 古（故）	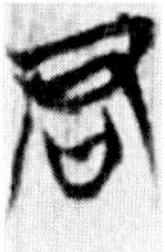 君	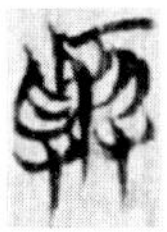 與	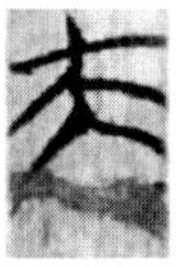 夫₌（大夫）	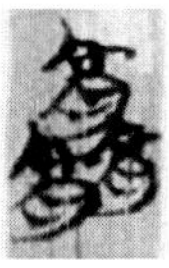 䜌（晏）	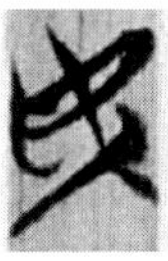 玄（焉）
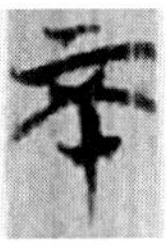 不	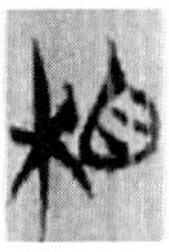 相	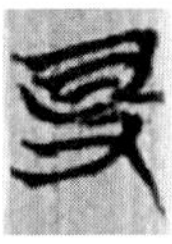 㝵（得）	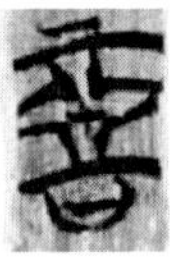 亞（惡）		

〔七〕古（故）君與夫₌（大夫）䜌（晏）玄（焉），不相㝵（得）亞（惡）。

清華簡整理者：䜌上博簡《孔子詩論》中假為「宛」字，在影母元部，此處讀為同音的「晏」。《禮記・月令》鄭注：「晏，安也。」得，訓「獲」。不相得惡，意云不相互怨恨。〔註68〕

子居：䜌直接讀為「安」亦可，似不必讀為「晏」再訓為「安」。〔註69〕

ee：整理者讀為「晏」，不如讀為「婉」更直接。〔註70〕

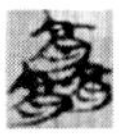

王寧：相當於「怨」的字本作「䜌」，原整理者括讀「晏」。上博簡二〈容成氏〉裡琬琰的「琬」字寫法即上從三兔下從月，當即「腕」字而讀為「琬」，則此字當讀與「宛」同，此讀為「怨」。「怨焉不相得」即產生怨憤而相處不融洽。因為君主有時候要改變決議，而群臣中有堅持原決議的用占卜來重申原決議不可改變，因此君主才與群臣產生了矛盾。原整理者與下「惡」字連

〔註68〕清華大學出土文獻研究與保護中心編，李學勤主編：《清華大學藏戰國竹簡（陸）》下冊，頁106。

〔註69〕子居：〈清華簡《鄭武夫人規孺子》解析〉，中國先秦史網：http://xianqin.byethost10.com/2016/06/07/338，2016年6月7日。

〔註70〕ee：簡帛研讀 » 清華六《鄭武夫人規孺子》初讀（第7樓），簡帛論壇，http://www.bsm.org.cn/bbs/read.php?tid=3345&page=7，2016年4月17日。

讀為「不相得惡」，然古書中「相得」、「不相得」、「得惡」之語甚常見，卻不見有「相得惡」、「不相得惡」這種說法，故與「惡」連讀恐非。〔註71〕

林清源：由本段竹書所述情境來看，「惡」當訓為「嫌惡」，簡文「故君與大夫婉焉，不相得惡」，意思是「鄭國君臣相處融洽，彼此不會互相嫌惡」，唯有如此斷讀，方可與下文「區區鄭邦望吾君，無不逞其志於吾君之君已也」前後呼應。〔註72〕

blackbronze：「昔虘（吾）先君，女（如）邦牆（將）又（有）大事，杙（必）再三進夫₌（大夫）而與之膚（偕）【一】慁（圖）。既旻（得）慁（圖），乃為之。毀慁（圖）所臤（賢）者女（焉）繙（申）之以龜簭（筮），古（故）君與夫₌（大夫）毚（晏）女（焉），不相旻（得）咢（惡）。」整段話語譯成：過去鄭國先君，若國家將有大事，必會與大夫多次計畫、圖謀。已有圖謀，於是執行。撤除、廢棄好的計畫，則要以龜筮的結果申述、說明，所以先君與大夫們相安，而不相惡。〔註73〕

石兆軒：「毚」讀「歡」，歡古音曉母元部，和「毚」鄰紐同韻。「焉」當即復指前文武姜所描述的先君執政之時不敢自專的事例。「君與大夫歡焉」即「在前述武公不敢自專的行事基礎上，君與大夫彼此皆感到喜悅滿足」之意，因為國君遇大事必和大臣共同商量，商量出草案後又以卜筮覈驗，以定出最終方案。最終決定交付天意，這樣一來選出的方案大家都沒有意見，而方案落選者也不怨恨，是以君臣相處能夠喜悅滿足，而不相招致怨恨。〔註74〕

侯瑞華：簡文的「毚」當讀為「婉」訓為歡。「毚焉」即是歡焉，指君與大夫相得甚歡。「惡」，厭惡、憎惡之義。「不相得惡」即指君臣之間關係歡悅，而沒有相互之間厭惡憎恨。〔註75〕

按：《古文字通假字典》：「古（魚見 gu）讀為故（魚見 gu）。包山楚簡《受期》：『……辛未之日不對陳宔醢醢之傷之古，以告……』二一七號卜筮祭禱

〔註71〕王寧：〈清華簡六《鄭武夫人規孺子》寬式文本校讀〉，復旦大學出土文獻與古文字研究中心網站：http://www.gwz.fudan.edu.cn/SrcShow.asp?Src_ID=2784，2016 年 5 月 1 日。

〔註72〕林清源：〈清華簡（陸）《鄭武夫人規孺子》通釋〉，頁 20。

〔註73〕blackbronze：簡帛研讀 » 清華六《鄭武夫人規孺子》初讀（第 35 樓），簡帛論壇，http://www.bsm.org.cn/bbs/read.php?tid=3345&page=7，2016 年 4 月 23 日。

〔註74〕石兆軒：《清華六〈鄭武夫人規孺子〉研究》，頁 112、113、114。

〔註75〕侯瑞華：《清華簡〈鄭武夫人規孺子〉集釋與相關問題研究》，頁 39。

簡：『占之，恒貞吉，少又（有）慐於躬身，且外又（有）不順，以其古敚（說）之。』《詩・大雅・烝民》：『古訓是式。』《列女傳》二引古作故。又郭店楚簡《六德》簡一九～二〇：『是古夫死又（有）宔（主），終身不變，胃（謂）之婦……。』又上博楚竹書〈子羔〉簡一：『可（何）古以得為帝？』又同篇簡六：『堯見舜之悳（德）臤（賢），古讓之。』」〔註 76〕故：因此，所以。《戰國策・燕策》：時恐急，劍堅，故不可立拔。（上（1）.孔.23）隸定為「兔」，故隸定為𩾰，可從。《古文字通假字典》：「宛（元影 wan）讀為怨（元影 yuan），又《孔子家語・五儀》怨作宛。」〔註 77〕宛、安，同為元部。筆者從直接讀「安」之說。由史惠鼎中「察化諲（惡）臧」之諲（惡）從言從亞，以及郭.性.54 隸定為「亞」，亞、惡皆魚部，推知從亞從口之啞隸定為惡，可從。惡：討厭，憎恨。《易・謙》：「人道惡盈而好謙。」

翻譯：所以國君與臣子相安無事，不相交惡。

區＝（區區）	奠（鄭）	邦	䁧（望）	虐（吾）	君
亡（無）	不	浧（盈）	亓（其）	志	於
虐（吾）	君	之	君	㠯（己）	也

〔八〕區＝（區區）奠（鄭）邦【二】䁧（望）虐（吾）君，亡（無）不浧（盈）亓（其）志於虐（吾）君之君㠯（己）也。

張崇禮：望，瞻望、景仰。《易・繫辭下》：「君子知微知彰，知柔知剛，萬夫之望。」孔穎達疏：「故為萬夫所瞻望也。」《漢書・晁錯傳》：「是以天下樂其政，歸其德，望之若父母，從之若流水。」〔註 78〕

〔註 76〕王輝：《古文字通假字典》，北京：中華書局，2008 年 2 月，頁 67。

〔註 77〕王輝：《古文字通假字典》，頁 703。

〔註 78〕張崇禮：〈清華簡《鄭武夫人規孺子》考釋〉，復旦大學出土文獻與古文字研究中

林清源：在先秦兩漢典籍中，「區區」有時還可表示「人心」的意思，如李陵〈答蘇武書〉:「昔范蠡不殉會稽之恥，曹沫不死三敗之辱，卒復勾踐之讎，報魯國之羞。區區之心，切慕此耳。」由此，又可引申而有「真情摯意」、「一心一意」等義，如《漢書・蕭望之傳》:「則下走其庶幾願竭區區，底厲鋒鍔，奉萬分之一。」《後漢書・朱樂何列傳》:「臣敞區區，誠欲計策兩安，絕其綿綿，塞其涓涓。」本簡「區區」的用法，正與上引古書一脈相承。下文「鄭邦」疑指鄭邦大夫，「望」應訓作「仰望」、「企盼」，而鄭國大夫企盼之事則為「吾君之君己」。簡文「區區鄭邦望吾君」，意思是說：真情摯意的鄭邦（大夫）無不企盼吾君（之君己）。〔註79〕鄭武夫人口中的「吾君」，是指鄭武公。「其」字指代的對象應為複數，當指「鄭國大夫」。「於」為介詞，引進動作行為發生、出現的原因。「於吾君之君己」為介賓結構，用作「逞其志」的補語。「君己」之「君」宜訓解作「治理」或「領導」。「君己」的「己」指鄭國大夫。「亡（無）不逞亓（其）志於虗（吾）君之君㠯（己）也。」是說「（鄭國大夫）無不企盼接受吾君（武公）的領導」。〔註80〕

王寧：原整理者讀作「區區鄭邦望吾君，亡（無）不盈其志於吾君之君己焉也」，不可通。「惡」是疑問詞，義同「何」，即為何之意。「區區鄭邦」即渺小的鄭邦。「望」字原作「朢」，原整理者括讀「望」。按此字當是遠望之「望」的專字，故加「見」為義符。《說文》:「望，出亡在外，望其還也。」「亡」原整理者括讀「無」，疑非，當依字讀，出亡意。「望吾君亡」是說盼望出亡的吾君（武公）回來。這兩句是說：為什麼小小的鄭邦都盼望著出亡的我君（指武公）回來，卻不能滿足這個意願？從這幾句簡文中看，似乎其中隱藏著一個事實，就是鄭桓公時期的立儲之爭：可能鄭桓公有子數人，鄭武公為太子，本是已經確定的君位繼承人，但後來鄭桓公想另立他人，群臣不同意，還要堅持立武公，並用占卜來和桓公爭辯，因此鄭桓公和群臣發生了矛盾，鄭武公為了避難，出亡於外（此事與下文「吾君陷於大難之中，處於衛三年」之事無涉）。群臣國人都希望武公能回來，卻因為桓公的堅持而不能滿足願望。桓公死後，大概群臣也沒有擁立桓公想立的人，最終還是武公

心：http://www.gwz.fudan.edu.cn/Web/Show/4306，2018/10/17。

〔註79〕林清源：〈清華簡（陸）《鄭武夫人規孺子》通釋〉，頁20。

〔註80〕林清源：〈清華簡（陸）《鄭武夫人規孺子》通釋〉，頁21。

回國即位，可能由此引起了一場鄭國內部的動亂，只是詳情已經不能知道。後來鄭武公的時候，夫人武姜要求廢太子寤生（鄭莊公）而立叔段，鄭武公堅決不同意（見《左傳・隱公元年》），或有這個事情的因素在裡面。鄭武夫人在這裡說得比較含糊，大概是為先君諱之故。〔註81〕另，「於」當是至於意。「君己」即以己為君。「於吾君之君己也，使人遙聞於邦」這二句很可能表述的是，武公出亡後，他在出亡之地自立為鄭君，所謂「君己」，並派人把自立的事情告知於鄭國，說明他「君己」的時候不在鄭國。〔註82〕

清華簡整理者：盈，滿。《左傳》文公十八年「不可盈厭」，杜注：「盈，滿也。」「君己」之「君」為動詞。此云鄭國之人擁護武公。〔註83〕

子居：〈清華六整理報告補正〉中王挺斌指出：「溋亓志其實讀為逞其志更佳。古書『逞志』一詞十分常見，出土古文字材料中亦不少見。」〔註84〕所說是，「盈」當讀為「逞」〔註85〕，訓為快意稱心，《左傳・宣公十七年》：「使郤子逞其志，庶有豸乎？」《左傳・昭公二十五年》：「無民而能逞其志者，未之有也。」北大簡《周訓・六月》：「四主無後，重耳乃置，孝悌慈仁，眾莫弗喜，遂長有晉。子孫繼嗣，非徒不廢，又伯于世，大逞其志。」皆是其例。〔註86〕

厚予：「盈亓志」即「逞其志」，逞、盈可通，《說文通訓定聲》「逞叚借為盈」。逞志見《楚辭叚・大招》「逞志究欲」，王逸注「逞，快也」。〔註87〕

明珍：君己，似可讀為「君紀」。紀，義為綱領、法度。〔註88〕

〔註81〕王寧：〈清華簡六《鄭武夫人規孺子》寬式文本校讀〉，復旦大學出土文獻與古文字研究中心網站：http://www.gwz.fudan.edu.cn/SrcShow.asp?Src_ID=2784，2016年5月1日。

〔註82〕王寧：〈清華簡六《鄭武夫人規孺子》寬式文本校讀〉，復旦大學出土文獻與古文字研究中心網站：http://www.gwz.fudan.edu.cn/SrcShow.asp?Src_ID=2784，2016年5月1日。

〔註83〕清華大學出土文獻研究與保護中心編，李學勤主編：《清華大學藏戰國竹簡（陸）》下冊，頁106。

〔註84〕〈清華六整理報告補正〉，清華大學出土文獻研究與保護中心：http://www.ctwx.tsinghua.edu.cn/publish/cetrp/6842/20160416052940099595642/1460755813610.doc，2016年4月16日。

〔註85〕高亨：《古字通假會典》，濟南：齊魯書社，1989年7月，頁49。

〔註86〕子居：〈清華簡《鄭武夫人規孺子》解析〉，中國先秦史網：http://xianqin.byethost10.com/2016/06/07/338，2016年6月7日。

〔註87〕厚予：簡帛研讀 » 清華六《鄭武夫人規孺子》初讀（第25樓），簡帛論壇，http://www.bsm.org.cn/bbs/read.php?tid=3345&page=7，2016年4月18日。

〔註88〕明珍：簡帛研讀 » 清華六《鄭武夫人規孺子》初讀（第34樓），簡帛論壇，http://www.

王挺斌：「盪亓志」其實讀為「逞其志」更佳。〔註 89〕

郝花萍：「亡（無）不盈亓（其）志於吾君之君己也」這句話主語是鄭邦之人。王寧將「亡」視作「吾君」的後置定語，傳世文獻中似乎沒有類似的用法。且其關於鄭桓公時期立儲之爭的推測雖然可以自圓其說，但終究只是推測，真實的歷史到底如何，還是個未解之謎。〔註 90〕

朱忠恒：望，盼望。《詩・小雅・都人士》：「行歸于周，萬民所望。」鄭玄箋：「咸瞻望。」盈，從王挺斌讀為「逞」。逞其志，訓為快心，稱願。整理者對「君己」的理解可從，「君」用為動詞，其用法與《管子・權修》：「君國不能壹民」、《史記・吳太伯世家》「周章已君吳」之「君」相同，指統治。「區區鄭邦望吾君，無不逞其志於吾君之君己也。」意思是：小小的鄭邦盼望著我們的國君來統治管理我們，沒有不快意稱心的。〔註 91〕

王瑜楨：「䁨」通「望」，「望」本作「朢」，左上的「臣」即從「目」類，後來聲化為「望」，失去義符，所以另加義符「見（視）」。「盈」通「逞」，可從，《史記・晉世家》「曲沃攻逞，逞死，遂滅欒氏宗。逞者，欒書孫也。」裴駰《集解》：「《左傳》『逞』作『盈』。」古書中的「逞」字，就是「完全表達」的意思。戰國楚璽有一方印文為「乍（作）詩逞志」，「逞志」即「遂志」，「完全達成意志」與本簡「逞其志」意思接近。「君己」之「君」當訓為「主宰、擔任」，《周易・繫辭下》「陽一君而二民」王夫之《稗疏》：「君者所主也，民者所治也。」「己」，不是指「國君自己」，而是指鄭國的臣民，前句說：「區區鄭邦望吾君」，主語是「鄭邦的大夫」，因此下句的「己」當是指「鄭邦（的臣民）」，「君己」的意思是：「擔任我的國君（領導我們）」。〔註 92〕

侯瑞華：「區區鄭邦望吾君」，即言我們這小小的鄭邦之人都瞻望於吾君。逞其志就是使其心願得逞，盈其志就是讓其願望滿足，二者並無太大差異。簡文既然作「盈」，則沒有太大必要改讀。這裡的意思是說鄭邦之人都把自己願望的滿足寄託在鄭武公身上，換句話說就是對鄭武公有所希冀或希求。讀為：「區區鄭邦，無不盈其志於吾君之群己」，就是指鄭邦之人都希望吾君能

bsm.org.cn/bbs/read.php?tid=3345&page=7，2016 年 4 月 21 日。

〔註 89〕王挺斌：〈清華簡第六輯研讀箚記〉，《出土文獻》，2016 年 10 月 31 日，頁 198。

〔註 90〕郝花萍：《清華大學藏戰國竹簡（陸）鄭國三篇集釋》，頁 20、21。

〔註 91〕朱忠恒：《清華大學藏戰國竹簡（陸）集釋》，頁 10。

〔註 92〕王瑜楨：《清華大學藏戰國竹簡（陸）鄭國史料三篇研究》，頁 95。

夠會合自己，言外之意是鄭邦之人都希望被選拔任用。〔註 93〕

張崇禮：君己，作自己的君主、統治自己。〔註 94〕

筆者茲將各家對「區區」、「望」、「盈」、「於」及「君己」之「君」之說法表列於下：

表 2-2-5：「區區」諸家異說表

區區	訓
林清源	「人心」引申為「真情摯意」、「一心一意」
王寧	渺小

表 2-2-6：「望」諸家異說表

望	訓
林清源	「仰望」、「企盼」
朱忠恒	盼望

表 2-2-7：「盈」諸家訓讀異說表

盈	訓
整理者	滿
子居	讀為「逞」訓「快意稱心」

表 2-2-8：「於」諸家異說表

於	訓
林清源	引進動作行為發生、出現的原因
王寧	至於

表 2-2-9：「君己」之「君」諸家異說表

「君己」之「君」	訓
林清源	「治理」或「領導」
王寧	以……為君
朱忠恒、張崇禮	統治
王瑜楨	主宰、擔任

〔註 93〕侯瑞華：《清華簡〈鄭武夫人規孺子〉集釋與相關問題研究》，頁 42、43。

〔註 94〕張崇禮：〈清華簡《鄭武夫人規孺子》考釋〉，復旦大學出土文獻與古文字研究中心：http://www.gwz.fudan.edu.cn/Web/Show/4306，2018/10/17。

按：區區：小；少。《左傳．襄公十七年》：「宋國區區，而有詛有祝，禍之本也。」望：瞻望、景仰。《詩經．小雅．都人士》：「行歸於周，萬民所望。」〔註95〕

無不：沒有不；全是。《禮記．中庸》：「辟如天地之無不持載，無不覆幬。」另，盈、逞皆耕部可通。筆者從「逞其志」之說。逞志：快心，稱願。《左傳．成公十三年》：「天誘其衷，成王隕命，穆公是以不克逞志於我。」君：主宰、統治。《詩．大雅．公劉》：「君之宗之。」

翻譯：小小的鄭國臣民皆景仰我國君，對於我國君之統治自己沒有不快其心，稱其願的。

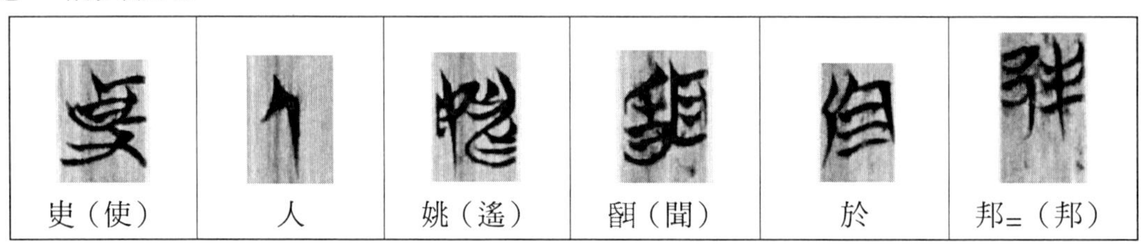

貞（使）	人	姚（遙）	餌（聞）	於	邦=（邦）

〔九〕貞（使：）人姚（遙）餌（聞）於邦

清華簡整理者：武公在衛，故以使人聞知鄭邦大事。聞，與「知」同義。《戰國策．齊策四》「吾所未聞者」，高誘注：「聞，知也。」〔註96〕

暮四郎：「姚餌」或當讀為「勞問」。《詩經．魏風．碩鼠》：「莫我肯勞。」《呂氏春秋．舉難》高誘注引作「逃」。「勞問」見於《逸周書．度邑》「久憂勞問，害不寢？」〔註97〕

子居：網友暮四郎提出：「姚餌」或當讀為「勞問」，筆者以為，餌讀為「問」是，「使人遙問於邦」即派使者到邦中詢問，這也說明當時鄭國當是由與鄭武公的對立勢力掌控，因此鄭武公才只能派人到鄭國去瞭解鄭國的情況。〔註98〕

王瑜楨：《論語．學而》「子禽問於子貢曰：夫子至於是邦也，必聞其政。求之與？抑與之與？」其中「聞其政」不是只有「聽說政治情況」，還有「參

〔註95〕王力：《王力古漢語字典》，頁453。

〔註96〕清華大學出土文獻研究與保護中心編，李學勤主編：《清華大學藏戰國竹簡（陸）》下冊，頁106。

〔註97〕暮四郎：《清華六〈鄭武夫人規孺子〉初讀》第1樓，簡帛論壇：http://www.bsm.org.cn/bbs/read.php?tid=3345，2016年4月16日。

〔註98〕子居：〈清華簡《鄭武夫人規孺子》解析〉，中國先秦史網：http://xianqin.byethost10.com/2016/06/07/338，2016年6月7日。

與政治思考」的意思。不過，本篇簡文的「聞」字，訓為「聞知」，即「打聽」義。〔註99〕

石兆軒：「勞問」應當是由近義字構組的複詞，表示對臣下辛勞的慰問之意。由於此二句簡文「使人勞問於邦，邦亦無大傜賦於萬民」並沒有任何提示語說明此句與下文武公處於衛為一事，宜當與上文文義相接，仍是在說往昔先君在邦有大事的情況下是如何作為。武公除決斷不敢自專，還慰問邦中辛勞的人民，且不使人民有過多的賦役。〔註100〕

侯瑞華：「勞問於邦」，是說鄭武公注重尊賢任能，於鄭邦之中各處慰勞、慰問。〔註101〕

張崇禮：姚，當讀為「眺」。《國語．齊語》：「而重為之皮幣，以驟聘眺於諸侯。」韋昭注：「眺，視也。」餌，問也。眺問，巡視詢問。〔註102〕

按：使：派遣。《左傳．僖公三十三年》：「鄭穆公使視客館，則束載，厲兵，秣馬矣。」《古文字通假字典》：「姚（宵喻 yao）讀為遙（宵喻 yao），雙聲疊韻。睡虎地秦簡〈為吏之道〉：『不時怒，民將姚去。』整理小組引《荀子．榮辱》楊倞注：『與遙同。』」〔註103〕《荀子．榮辱》：「其功盛姚遠矣！」《古文字通假字典》：「餌（聞，文明 wen）讀為問（文明 wen）。長沙出土楚銅量：『郾客臧嘉餌王於郊郢之歲……』」〔註104〕聞：詢問。《荀子．堯問》：「不聞，即物少至，少至則淺。」

翻譯：派遣人詢問遠方鄭國（狀況）

邦）	亦	無	大	繇	賻
於	萬	民	虗（吾）	君	圅（陷）

〔註99〕王瑜楨：《清華大學藏戰國竹簡（陸）鄭國史料三篇研究》，頁97。

〔註100〕石兆軒：《清華六〈鄭武夫人規孺子〉研究》，頁117。

〔註101〕侯瑞華：《清華簡〈鄭武夫人規孺子〉集釋與相關問題研究》，頁45。

〔註102〕張崇禮：〈清華簡《鄭武夫人規孺子》考釋〉，復旦大學出土文獻與古文字研究中心：http://www.gwz.fudan.edu.cn/Web/Show/4306，2018/10/17。

〔註103〕王輝：《古文字通假字典》，頁171。

〔註104〕王輝：《古文字通假字典》，頁680。

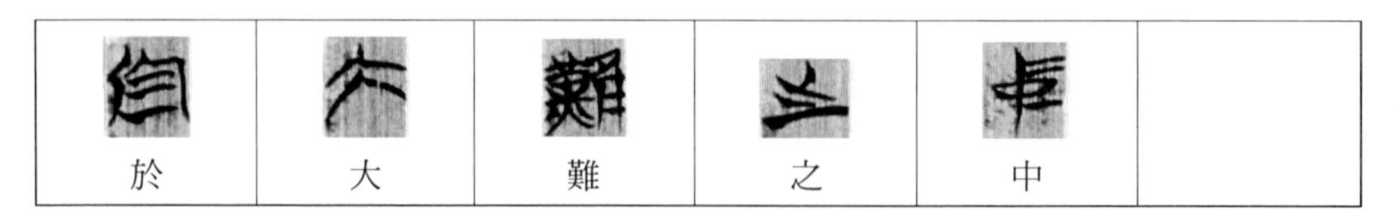

於	大	難	之	中	

〔十〕邦亦無大繇賻（賦）於萬民。虐（吾）君凾（陷）於大難之中

王挺斌：頗疑「繇賻（賦）」一詞當直接讀為「傜賦」，指的是傜役與賦稅，《韓非子．詭使》：「習悉租稅，專民力所以備難充倉府也。而士卒之逃事狀匿附託有威之門以避傜賦，而上不得者萬數。」〔註 105〕

子居：繇即繇，字又作「傜」、「徭」，即勞役。傜賦連稱目前由傳世文獻所見，不早於戰國末期，故可推知〈鄭武夫人規孺子〉的成文時間當與之相近，即約在戰國後期、末期左右。〔註 106〕

王寧：「繇」讀「傜」，大傜即大傜役，疑指戰爭，《山海經．南山經》：「見則縣有大繇」，郭璞注：「大繇，謂作役也。」「賻」當讀「敷」或「布」。鄭武公「君己」的這件事，和周平王被周幽王驅逐以後，在申國自立為王的情況可能非常相似。平王自立為君，所以引發了王室的內亂，周幽王因此起兵征伐西申，導致身死國亡。根據這個故事可知，鄭武夫人說的意思是，本來鄭武公在出亡地宣佈自己是國君，當時桓公應該還活著，他把自立為君的消息傳回鄭國之後，按照慣例應該出兵征伐他，可鄭國沒有興兵討伐。言外之意：一是說鄭國群臣能堅持正確的決議，不因為君主的意願而隨便改變，在遇到大事時也能做出正確決斷。二是說群臣一直忠心於武公，他自立為君，他們認為合理，故不予征伐。總之是要說明鄭國群臣忠心且有能力，可以信賴。〔註 107〕另，大難，李學勤先生認為即指周幽王、鄭桓公被犬戎所殺之事，（李學勤：《有關春秋史事的清華簡五種綜述》，《文物》2016 年第 3 期。）〈補正〉引程浩先生認為「這或與平王東遷成周有關。」（清華大學出土文獻讀書會：〈清華六整理報告補正〉）但從鄭武夫人的敘述來看，這個「大難」恐與

〔註 105〕王挺斌：〈清華六整理報告補正〉，清華大學出土文獻研究與保護中心：http://www.ctwx.tsinghua.edu.cn/publish/cetrp/6842/20160416052940099595642/1460755813610.doc，2016 年 4 月 16 日。

〔註 106〕子居：〈清華簡《鄭武夫人規孺子》解析〉，中國先秦史網：http://xianqin.byethost10.com/2016/06/07/338，2016 年 6 月 7 日。

〔註 107〕王寧：〈清華簡六《鄭武夫人規孺子》寬式文本校讀〉，復旦大學出土文獻與古文字研究中心網站：http://www.gwz.fudan.edu.cn/SrcShow.asp?Src_ID=2784，2016 年 5 月 1 日。

周王室事無關。魚遊春水先生認為是鄭武公開拓疆土和衛人交手，「鄭武公既不見其邦，亦不見其室，而鄭國國內已經等同於『無君』，幸而有良臣，才沒有崩潰——這多半是暗示一個敗局。只是為夫君諱，沒有明說。」（《初讀》，24 樓發言。發表日期：2016-04-18）很有道理。總之，鄭武公時期鄭國曾經發生過一次很大的變故，武公被困於衛，後文載君（鄭莊公）回答邊父的話裡說「不是（啻）然，或（又）稱起吾先君於大難之中」，說明這次變故對鄭國是一次很沉重的打擊，但因為群臣的忠心和努力，全力輔佐武公，使鄭國重新振興起來。只是具體是怎麼回事已經不可知。〔註 108〕

王瑜楨：「繇」，《說文》釋為「隨從也」，王挺斌讀為「傜」，可從。《說文》無「傜」字，「傜」字見於《玉篇・彳部》，訓為「傜役也」。「賗」字見於《集韻・去聲・十一莫》，釋為「以財相酬」，原考釋李均明括號讀為「賦」，可從。《說文・卷六・貝部》：「賦，斂也。」即賦稅。「大傜賦」，即「大傜、大賦」。鄭武公使人打聽他不在鄭國時的情形，還好鄭國並沒有被徵收龐大的傜役與賦斂，可見執政的大臣們，雖無國君在內，也忠心耿耿地一心為國效勞，使得鄭國的政治正常平順。〔註 109〕

朱忠恒：「繇（傜）賗（賦）」從整理者、王挺斌說。大傜賦，繁重的傜役和賦稅。「使人遙聞於邦，邦亦無大傜賦於萬民。」這句話意思是：派人到鄭國瞭解情況，（得知）鄭國也沒有對民眾徵收繁重的傜役和賦稅。〔註 110〕

侯瑞華 A：「亦無大傜賦於萬民」則是說鄭武公的惠民政策，注意愛惜民力，而沒有對百姓橫征暴斂，濫興傜役。〔註 111〕

清華簡整理者：函，匣母侵部字，讀為同部之「陷」，陷入。師訇簋（《殷周金文集成》四三四二）：「欲汝弗以乃辟函（陷）於艱。」清華簡〈祭公〉：「我亦不以我辟陷於難。」〔註 112〕

魚游春水：首先，「大難」是說鄭武公，不是周平王。所居之衛，應該直

〔註 108〕王寧：〈清華簡六《鄭武夫人規孺子》寬式文本校讀〉，復旦大學出土文獻與古文字研究中心網站：http://www.gwz.fudan.edu.cn/SrcShow.asp?Src_ID=2784，2016 年 5 月 1 日。

〔註 109〕王瑜楨：《清華大學藏戰國竹簡（陸）鄭國史料三篇研究》，頁 97。

〔註 110〕朱忠恒：《清華大學藏戰國竹簡（陸）集釋》，頁 10。

〔註 111〕侯瑞華：《清華簡〈鄭武夫人規孺子〉集釋與相關問題研究》，頁 45。

〔註 112〕清華大學出土文獻研究與保護中心編，李學勤主編：《清華大學藏戰國竹簡（陸）》下冊，頁 106。

接理解為河淇一帶的衛國。這應該是比較自然的。其次，鄭武公要「發展」，只要北過黃河，就算是到了衛人勢力範圍（衛南臨河淇，而鄭謀求的是濟洛河穎之間，河水為界）。和衛國交手，無法回避。鄭國幫助平王實現東遷後，積極擴張。王室要借助衛國來限制鄭國（成王顧命之際，顧命大臣中就有衛侯），也不是沒有可能的。《左傳》隱公期就寫，鄭莊公和王室的矛盾其實已經白熱化，以至於直接跟王室交戰。大概武公期並不是和王室同心同德。清華簡新刊〈鄭文公問大伯〉，說到武公期開拓的成果之一，就是魯衛之君來見。據此，鄭武公和衛國交手差不多是既成事實。武公和衛國交手或許是有明顯占上風，所以到莊公時，直接和王室衝突；也可能是沒有占上風，所以莊公時王室還敢於取鄭國鄔劉等數處田邑。因為王室要限制鄭國，肯定會和衛國站一邊，所以不論哪一種情況，鄭武公和衛的衝突都不言而喻。第三，武公夫人此時訓話，不但沒必要吹噓「勤勞王家」的勳業，反而是要表達「創業維艱」之意。其艱苦程度是，鄭武公既不見其邦，亦不見其室，而鄭國國內已經等同於「無君」，幸而有良臣，才沒有崩潰——這多半是暗示一個敗局。只是為夫君諱，沒有明說。所以將其局面理解為武公被困的可能性應該比較大。簡文這陷入大難居於衛三年等等內容，估計就算不是說鄭武公被困在衛國三年，至少也應該直接理解成河淇之間。和輔佐平王大概是無關的。〔註113〕

李學勤：這裡講的武公「陷於大難」，當即指西周王朝的覆亡而言。當時桓公死難，武公即位，其間武公曾有三年不在他父親在今河南新鄭一帶建立的國家而居處於衛國，這件事傳世文獻沒有記載，對於我們瞭解兩周之際的歷史頗為重要。另，按清華簡〈繫年〉云：「周亡王九年，邦君諸侯焉始不朝于周，晉文侯乃逆平王于少鄂，立之於京師。三年，乃東徙，止于成周。」據此，迎逆平王一事是在幽王滅後九年（前762年），而《毛詩正義》引鄭玄《詩譜》說：晉文侯、鄭武公迎宜咎于申而立之，是為平王。以亂故，徙居東都王城。可知迎立平王的還有鄭武公，其時他顯然業已擺脫了處衛三年的困境，由此不難推想武公的處衛是在嗣位之初，到這個時候，已有與晉文侯一起行動的實力了。到下一年，即武公十年，他與同平王關係密切的申國通

〔註113〕魚游春水：簡帛研讀 » 清華六《鄭武夫人規孺子》初讀（第24樓），簡帛論壇，http://www.bsm.org.cn/bbs/read.php?tid=3345&page=7，2016年4月18日。

婚。〔註 114〕

王瑜楨：子居以為「大難」指出鄭武公在衛國而不能回到鄭國，可能是鄭國境內有與鄭武公對立的勢力，可信。我以為對立的勢力，有可能是指北方部族玁狁、西方部族犬戎，在與周幽王交戰之後或者是與鄭國爭奪地盤之初的敵對外患，且鄭武公處於劣勢，於是居衛三年避難。可想而知，鄭桓公過世後至鄭武公初期，鄭國國祚仍處於不甚穩定的狀態，隨時仍會受到周圍勢力的侵擾。雖簡文已明確指出王處衛三年，因此不太可能如學者所述以為是輔佐周平王，也不可能是與衛國失和，此時，衛國執政者為衛武公，自西元前 812 年～西元前 758 年，在位期間共 55 年，可說是西周晚期衛國的興盛時期。簡文又說「如毋有良臣，三年無君，邦家亂已」，可見得不太可能是內亂而是外患。至於究竟是指哪一場大難，尚待進一步研究。〔註 115〕

侯瑞華 B：簡文所說的「陷於大難之中」，其事現在已經不可稽考。鄭國可能在初期發展中與衛國發生嫌隙，以致兩國交惡乃至敵對作戰。鄭武公很可能因為作戰失利或別的原因而被軟禁在衛國，如同蔡昭侯朝楚，由於不願意滿足囊瓦的索賄而被拘禁三年。由於鄭武公子嗣年齡尚小，且國內群臣對鄭武公忠心不減，故鄭國仍能在三年無君的情況下保持國家政局穩定，直到鄭武公回國。〔註 116〕

筆者茲將各家對「繇」、「賻」之說法表列於下：

表 2-2-10：「繇」諸家訓讀異說表

繇	訓
王挺斌、朱忠恒、王瑜楨、王寧	讀「傜」訓「傜役」
子居	（又作「傜」）訓「勞役」

表 2-2-11：「賻」諸家訓讀異說表

賻	訓、讀
王挺斌、朱忠恒、王瑜楨	賦稅
王寧	讀「敷」或「布」

〔註 114〕李學勤：〈有關春秋史事的清華簡五種綜述〉，《文物》，2016 年第三期，頁 80。
〔註 115〕王瑜楨：《清華大學藏戰國竹簡（陸）鄭國史料三篇研究》，頁 102、103。
〔註 116〕侯瑞華：《清華簡〈鄭武夫人規孺子〉集釋與相關問題研究》，頁 49。

按：「繇」同「繇」又「繇」通「傜」，繇：力役。《淮南子．精神》：「繇者揭钁，負籠土。」。高注：「繇役也。」《史記．項羽本紀》：「每吳中有大繇役及喪。」所謂輕傜薄賦，「繇」訓繇役，故「�」訓賦稅為宜。賻從「甫」又甫、賦皆魚部，筆者從讀「賦」之說。「函」後接大難，故其讀「陷」文句方較為通順。函、陷均為談部，筆者從「陷」之說。大難：巨大的禍變、災難。《易．明夷》：「內文明而外柔順，以蒙大難，文王以之。」

翻譯：國家也沒有給百姓繁重的繇役與賦稅。我國君陷入於重大的危難中，

 凥（處）	 於	 躗（衛）	 三	 年	 不
 見	 亓（其）	 邦	 亦	 不	 見
 亓（其）	 室				

〔十一〕凥（處）於躗（衛）三年，不見亓（其）邦，亦不見亓（其）室

程浩：「處衛三年」這或與平王東遷成周有關。《左傳》云：「我周之東遷，晉、鄭焉依」，鄭國在平王東遷的過程中起到了至關重要的作用。平王東遷之初，在成周立足并未穩固，仍然「陷於大難之中」。武公處衛三年，乃是為了在旁輔佐平王。在武公之時，成周的東北仍為衛國所控制。按照〈鄭文公問太伯〉的說法，鄭國到了莊公時期才「北城溫、原」，「東啓隤、樂」，將鄭、衛兩國的邊界推到更往東的河南輝縣附近。因此，武公在鄭衛交界的成周夾輔平王自然可稱「處衛」，而簡文中武姜說「自衛與鄭，若卑耳而謀」也可印證這一點。〔註 117〕

〔註 117〕程浩（清華大學出土文獻讀書會）：〈清華六整理報告補正〉，清華大學出土文獻研究與保護中心：http://www.ctwx.tsinghua.edu.cn/publish/cetrp/6842/20160416052940099595642/1460755813610.doc，2016 年 4 月 16 日。

王瑜楨：「見」，應是「視」字之誤。「見」、「視」形義相近，因此不易區分。本簡「見」當讀為「視」，意思是視察、探視。如《管子・四時》：「令有時，無時則必視順天之所以來。」另，「亦不見其室」的「室」可以有兩種解釋，其一泛指「居室」，如《詩經・豳風・鴟鴞》「無毀我室」；其二指「家室、妻室」，如《禮記・曲禮上》：「三十曰壯，有室。」本篇的「不見其室」應採第二種解釋，原考釋訓釋可從。雖然「三年大難」與鄭武公娶武姜的確切時間很難釐清，但依照文義，此處僅能釋為「家室」。〔註118〕

清華簡整理者：室，《逸周書・度邑》「矧其有乃室」，朱右曾《集訓校釋》：「室，家室。」〔註119〕

王寧：「室」當指妻子家人。〈鄭世家〉言武公十年娶武姜，則此「大難」很可能發生在武公十年以後。〔註120〕

朱忠恒：整理者把「室」訓作家室，可從。武公居衛之前已娶武姜為妻。《史記・十二諸侯年表》載鄭武公十年（西元前 761 年）「娶申女武姜」，所以武公居衛三年應當是西元前 761 年之後的事情。「吾君陷於大難之中，處於衛三年，不見其邦，亦不見其室。」這幾句話意思是：武公當初陷於大災難中，在衛國居住了三年，不能回鄭國，也不能見到自己的家室。〔註121〕

按：亦見於包 2.7（楚）。邦：國家。《孟子・梁惠王上》：「刑于寡妻，至於兄弟，乙禦（治）於家邦。」室：家。《詩・邶風・北門》：「室人交遍謫我。」《王力古漢語字典》：「室：家。《詩經・周南・桃夭》：『之子於歸，宜其室家。』引申為妻。」〔註122〕

翻譯：居於衛國三年，不得見他的國人，也不得見他的家人

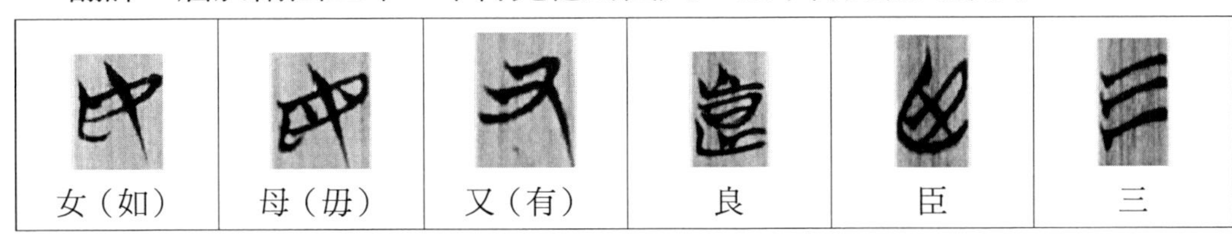

〔註118〕王瑜楨：《清華大學藏戰國竹簡（陸）鄭國史料三篇研究》，頁 103、104。

〔註119〕清華大學出土文獻研究與保護中心編，李學勤主編：《清華大學藏戰國竹簡（陸）》下冊，頁 106。

〔註120〕王寧：〈清華簡六《鄭武夫人規孺子》寬式文本校讀〉，復旦大學出土文獻與古文字研究中心網站：http://www.gwz.fudan.edu.cn/SrcShow.asp?Src_ID=2784，2016 年 5 月 1 日。

〔註121〕朱忠恒：《清華大學藏戰國竹簡（陸）集釋》，頁 11、12。

〔註122〕王力：《王力古漢語字典》，頁 221。

 年	 無	 君	 邦	 冡（家	 𤔔（亂）
 巳（也）	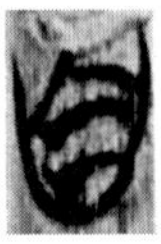 自	 躗（衛）	 與	 奠（鄭）	 若
 卑	 耳	 而	 昬（謀）		

〔十二〕女（如）母（毋）又（有）良臣，三年無君，邦冡（家）𤔔（亂）巳（也）。【四】自躗（衛）與奠（鄭）若卑耳而昬（謀）。

明珍：巳，應讀為「矣」。〔註 123〕

張崇禮：與，操持、執掌。《方言》卷十二：「與，操也。」郭璞注：「謂操持也。」〔註 124〕

王寧：「巳」原整理者括讀「也」，《補正》引王挺斌先生認為「『巳／已』的語氣詞用例既然那麼豐富，其實也可以保留其虛詞特性，不一定非得取消」，當是。〈管仲〉篇簡 1 及簡 2 均有「學烏可以巳（已）」句，「巳」即「已」。此用為句末語氣詞。「自躗（衛）與奠（鄭）若卑耳而昬（謀）」是說：鄭武公在衛國的時候，仍然管理鄭國國政，他從衛國傳回命令，都能被執行，就象對著耳朵謀劃一樣。此亦說明群臣對武公的忠心，能完全執行其命令。〔註 125〕

郝花萍：「巳」，《釋名・釋天》：「巳，已也。」《韻補・紙韻》：「古巳午之巳，亦讀如已矣之已。」「已」，可作語助詞，用於句末，表示確定語氣。如：《尚書・洛誥》：「公定，予往已。」《史記・太史公自序》：「察其所以，皆失其本已。」司馬貞索隱：「已者，語終之辭也。」故上述簡文中「巳」可直接

〔註 123〕明珍：簡帛研讀 » 清華六《鄭武夫人規孺子》初讀（第 34 樓），簡帛論壇，http://www.bsm.org.cn/bbs/read.php?tid=3345&page=7，2016 年 4 月 21 日。

〔註 124〕張崇禮：〈清華簡《鄭武夫人規孺子》考釋〉，復旦大學出土文獻與古文字研究中心：http://www.gwz.fudan.edu.cn/Web/Show/4306，2018/10/17。

〔註 125〕王寧：〈清華簡六《鄭武夫人規孺子》寬式文本校讀〉，復旦大學出土文獻與古文字研究中心網站：http://www.gwz.fudan.edu.cn/SrcShow.asp?Src_ID=2784，2016 年 5 月 1 日。

視作虛詞用例，不必括讀「也」。〔註126〕「卑耳而謀」可以從兩個角度來看，一是像王寧所說，表現武公從衛國傳回的指令都能被執行，顯出鄭國群臣對君主的忠心；二是暗指鄭、衛的客觀地理位置接近，便於武公傳達指令回國，此處可印證〈補正〉中程浩對於武公「陷於大難之中，處於衛三年」的推測，簡文之所以稱武公「處衛」是因為武公當時在鄭衛交界的成周。〔註127〕

朱忠恒：巳，如字讀。《釋名．釋天》：「巳，已也。」楊伯峻《古漢語虛詞》：「『已』作語氣詞，同『矣』，有時『已矣』連用，只是加重語氣罷了。」《戰國策．秦策三》：「利則行之，害則舍之，疑則少嘗之。雖堯、舜、禹、湯復生，弗能改已。」「如毋有良臣，三年無君，邦家亂巳。」這幾句意思是：如果沒有良臣，在三年沒有國君的情況下，國家必然亂套。另，「與」從「魚遊春水」說，指參與國內政事。《論語．八佾》：「吾不與祭，如不祭。」《禮記．王制》：「五十不從力政，六十不與服戎，七十不與賓客之事。」「卑」，從王挺斌讀作「比」。「自衛與鄭若比耳而謀。」這句話意思是：在衛國參與鄭國的政事，就像靠近耳朵謀劃一樣。〔註128〕

清華簡整理者：與，《戰國策．秦策一》「不如與魏以勁之」，高誘注：「猶助也。」卑，《穀梁傳》僖公十五年楊士勛疏：「猶近也。」〔註129〕

王挺斌：「卑」字，整理者引古注訓為「近」，可信。可以補充的一點就是，「卑」字訓為近，可能就是「比」的假字。「卑」、「比」音近古通，例多不贅。「卑耳而謀」實際上就是「比耳而謀」。〔註130〕

子居：「與」就是一般意義上的同、跟；「卑耳」就是「辟耳」〔註131〕，辟可訓為偏、側，故「卑耳」即後世所謂「側耳」。〔註132〕

魚游春水：「與」疑可直接理解為與聞之與，指參與國內政事，也可以讀為

〔註126〕郝花萍：《清華大學藏戰國竹簡（陸）鄭國三篇集釋》，頁24。

〔註127〕郝花萍：《清華大學藏戰國竹簡（陸）鄭國三篇集釋》，頁25。

〔註128〕朱忠恒：《清華大學藏戰國竹簡（陸）集釋》，頁12。

〔註129〕清華大學出土文獻研究與保護中心編，李學勤主編：《清華大學藏戰國竹簡（陸）》下冊，頁106。

〔註130〕王挺斌（清華大學出土文獻讀書會）：〈清華六整理報告補正〉，清華大學出土文獻研究與保護中心：http://www.ctwx.tsinghua.edu.cn/publish/cetrp/6842/20160416052940099595642/1460755813610.doc，2016年4月16日。

〔註131〕高亨：《古字通假會典》，頁478。

〔註132〕子居：〈清華簡《鄭武夫人規孺子》解析〉，中國先秦史網：http://xianqin.byethost10.com/2016/06/07/338，2016年6月7日。

「舉」，處理。總之「自衛與鄭，若卑耳而謀」這意思是說，鄭武公身在衛國時處理鄭國的政事，好像就在鄭國似的。〔註 133〕

王瑜楨：網名「魚游春水」讀「與」為「與聞」之「與」較為合理。自衛與鄭，是指從衛國參與鄭國的政治，猶如今言「遙控」。王挺斌釋「卑」為「比」，可從，「卑耳」讀為「比耳」，意思是指貼著耳朵。〔註 134〕

石兆軒：「自衛與鄭若卑耳而謀」，說的是武公雖在衛，參與遠方鄭國的政事，就好像彼此親見親聞一般，與鄭國大臣共同商議，沒有隔閡。〔註 135〕

侯瑞華：應讀為「如無有良臣」。「卑」為幫母支部字，「辟」為滂母錫部字，二字同為唇音，且支錫二部陰入對轉，故其古音相近，因而二字常可通用。「卑耳」可以讀為「辟咡」。「與」則應當是「與聞」之「與」。「自衛與鄭」即是「自衛與鄭邦之政」的一種省略的說法，就是從衛國來與聞鄭國的政事。「自衛與鄭」在某種意義上亦可稱為「越國而謀」，因為鄭武公在衛，故而鄭國政事的謀劃來自於衛國。「若辟咡而謀」是說鄭君從衛國與聞鄭國國政，與良臣圖謀，就好像長者俯身低頭與幼者共謀一樣。〔註 136〕

筆者茲將各家對「與」、「卑」之說法表列於下：

表 2-2-12：「與」諸家異說表

與	訓
整理者	助
子居	同、跟
魚游春水、王瑜楨、朱忠恒	參與

表 2-2-13：「卑」諸家異說表

卑	訓
整理者、王挺斌、朱忠恒	近
子居	辟：偏、側

按：《古文字通假字典》：「女（魚泥 nü）讀為如（魚日 ru）。鄂君啓舟節：『女載馬牛羊以出內（入）關，則政（征）於大府，毋政於閫（門串）。』鄂

〔註 133〕魚游春水：簡帛研讀 » 清華六《鄭武夫人規孺子》初讀（第 24 樓），簡帛論壇，http://www.bsm.org.cn/bbs/read.php?tid=3345&page=7，2016 年 4 月 18 日。

〔註 134〕王瑜楨：《清華大學藏戰國竹簡（陸）鄭國史料三篇研究》，頁 105。

〔註 135〕石兆軒：《清華六〈鄭武夫人規孺子〉研究》，頁 128。

〔註 136〕侯瑞華：《清華簡〈鄭武夫人規孺子〉集釋與相關問題研究》，頁 50、51。

君啓車節：『女馬女牛女德（特），屯（純）十以當一車。』女亦讀如，訓假如或如同。」〔註137〕《古文字通假字典》：「母（之明 mu）讀為毋（魚明 wu）。母、毋古本一字，後分化出毋字，為禁止之詞。于省吾《甲骨文字釋林》說：『甲骨文和金文均借用母字以為否定詞之毋。』陳侯午敦：『永世母忘。』」〔註138〕《古文字通假字典》：「又（之匣 you）讀為有（之匣 you）。《京》三一六三：『己巳卜，王貞：其又禍。』又讀為有。有、又為二字，但通用例甚多。《易・繫辭下》：『又以尚賢也。』釋文：『又，鄭作有。』」〔註139〕邦家：國家。《詩・小雅・南山有台》：「樂只君子，邦家之基。」《古文字通假字典》：「今本《周易・損》初九『已事遄往』帛書本已作巳。睡虎地秦簡已、巳皆作巳。如《日書》甲《詰咎》：『以水沃之，則巳矣。』文獻巳、已、以相通，例甚多。」〔註140〕巳、已皆之部，筆者從讀「已」之說。自：在。《詩・小雅》：「不自我先，不自我後。」若：像。《墨子・尚賢中》：「聖人之德，若天之高，若地之普。」與：參與。《禮記・王制》：「五十不從力政，六十不與服戎，七十不與賓客之事。」另，筆者從卑通「比」，訓近之說。《古文字通假字典》：「卑（支幫 bei）讀為比（脂幫 bi），之脂通轉。中山王嚳（嚳）鼎：『克順克卑。』《詩・大雅・皇矣》：『王此大邦，克順克比。』」〔註141〕《左傳・文公十八年》：「是與比周。」注：「比，近也。」

翻譯：如果沒有賢良的臣子，三年沒有國君在朝，國家早已動亂了。在衛國參與鄭國國政像近耳而謀劃般如臨其境。

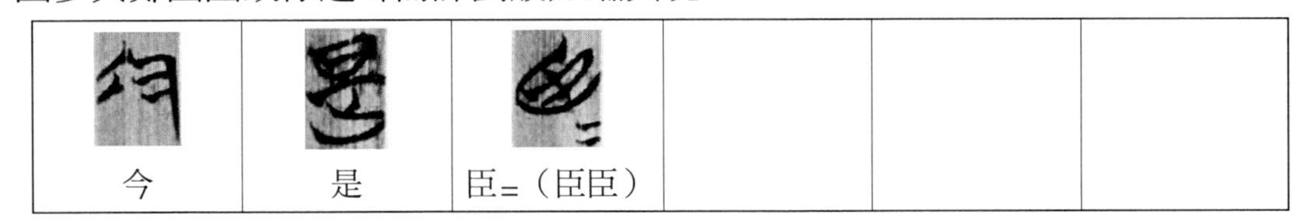

今	是	臣=（臣臣）			

〔十三〕今是臣=（臣臣）

清華簡整理者：是臣，這樣的臣。其下「臣」字為動詞。句云以這樣的臣為臣。〔註142〕

〔註137〕王輝：《古文字通假字典》，頁 104。
〔註138〕王輝：《古文字通假字典》，頁 128。
〔註139〕王輝：《古文字通假字典》，頁 11、12。
〔註140〕王輝：《古文字通假字典》，頁 27。
〔註141〕王輝：《古文字通假字典》，頁 538。
〔註142〕清華大學出土文獻研究與保護中心編，李學勤主編：《清華大學藏戰國竹簡（陸）》下冊，頁 106。

子居：「今是臣臣」猶言「今臣是臣」，此時鄭莊公尚未為君，因此所倚重的自然仍多是鄭武公時期的舊臣。〔註143〕

羅小虎：「今是臣臣」，依據整理報告的意見，這個句式近乎賓語前置的結構，但是賓語置於動詞之前有句法約束。就以「今是臣臣」來看，不太符合，而且這樣的表達方式比較罕見。所以這個解釋可疑。筆者認為，今，即現在。是，此。臣臣，可理解為名詞的疊用，意思是很多臣子。當然，這一類的用法在上古漢語中也不常見，但有用例。如「元元」表示百姓時，其用法類似。《戰國策．秦策一》：「制海內，子元元。」《史記．文帝本紀》：「以全天下元元之民。」注：「其言元元者，言非一人也。」《漢書．元帝紀》：「由此觀之，元元何辜。」文獻中的「子子孫孫」也是名詞疊用，只是疊用後還連用，稍有不同。〔註144〕又「臣=」，第一個臣懷疑是賢字之省。「臣=」，故可讀為賢臣。筆者以前認為「臣=」為名詞疊用，可能不確。〔註145〕

林清源：「臣臣」疑應理解作名詞性偏正詞組，第一個「臣」字為修飾語，意思是「謹守臣的本分」，第二個「臣」字為中心語，可訓作「臣子」。簡文「今是臣臣」，「今」即「當今」，「是」相當於今語「這些」，整句話可語譯作「當今這些謹守臣道的臣子」。〔註146〕

王瑜楨：「是臣」指先君鄭武公留下來的那些忠心耿耿的老臣，「是臣臣」指這些老臣們當莊公的臣下（為莊公效勞），如《孟子．萬章上》：「吾豈若使是民為堯舜之民哉？」。上一「臣」字為名詞，下一「臣」字為動詞，訓為「當臣子」，即擔任孺子守喪期間主持國政的臣子。〔註147〕

石兆軒：「今是臣臣」即「現今這些臣子都為你辦事」，第二個「臣」乃名詞活用為動詞的用法。〔註148〕

按：該字亦見於[illegible]（郭.唐.17）。《國語．晉語》：「事君不貳是謂臣。」臣

〔註143〕子居：〈清華簡《鄭武夫人規孺子》解析〉，中國先秦史網：http://xianqin.byethost10.com/2016/06/07/338，2016年6月7日。

〔註144〕羅小虎：簡帛研讀 » 清華六《鄭武夫人規孺子》初讀（第61樓），簡帛論壇，http://www.bsm.org.cn/bbs/read.php?tid=3345&page=7，2017年6月27日。

〔註145〕羅小虎：簡帛研讀 » 清華六《鄭武夫人規孺子》初讀（第65樓），簡帛論壇，http://www.bsm.org.cn/bbs/read.php?tid=3345&page=7，04-18。

〔註146〕林清源：〈清華簡（陸）《鄭武夫人規孺子》通釋〉，頁22。

〔註147〕王瑜楨：《清華大學藏戰國竹簡（陸）鄭國史料三篇研究》，頁108。

〔註148〕石兆軒：《清華六〈鄭武夫人規孺子〉研究》，頁130。

臣從林清源之說，視為偏正結構。

翻譯：現今這些事君不貳、能盡臣道的臣子

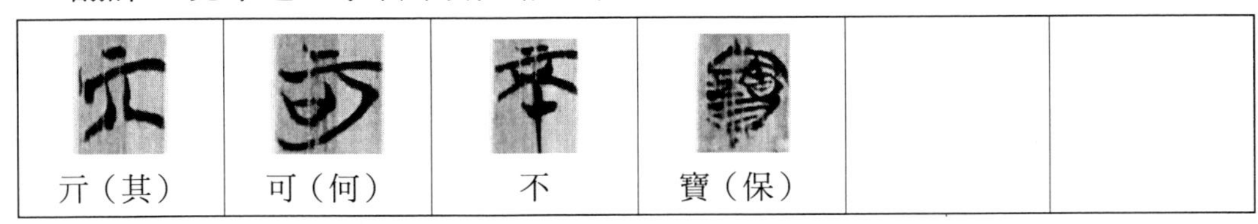

亓（其）	可（何）	不	寶（保）		

〔十四〕亓（其）可（何）不寶（保）？

王寧：「可」原整理者括讀「何」，ee 先生認為「『可』不必破讀為『何』」，(《初讀》7 樓發言。發表日期：2016-04-17）可從。「寶」原整理者括讀「保」，似亦不必，「寶」是珍惜、珍視的意思。〔註 149〕

清華簡整理者：其何不保，「保」訓安定。〔註 150〕

子居：保當訓保守，指保守舊政。下文「孺子如毋知邦政，屬之大夫」即與此處呼應。〔註 151〕

羅小虎：可，整理報告讀為「何」。似不必破讀，讀如本字即可。「其」字在上古就有表示反詰的用例。正因如此，「可」也不必破讀為「何」。「其可」一詞，古書有見。《左傳・僖公五年》：「一之謂甚，其可再乎？」寶，整理報告讀為「保」，訓為安定，可商。「寶」字亦可讀如本字。（王寧先生亦已經提出相同的看法）寶，珍視，重視。《淮南子・說山》：「侯王寶之。」高誘注：「寶，重也。」所以「今是臣₌（臣臣）亓（其）可不寶」這句話的意思是說，現在這些臣子們，怎麼能不珍視呢？《尚書・旅獒》：「不寶遠物，則遠人格。所寶為賢，則邇人安。」《國語・楚語下》：「明王聖人能制議百物，以輔相國家，則寶之。」與簡文的立意比較接近。所以這句話可以理解為：現在這些臣子們，怎麼能夠不珍視呢？〔註 152〕

ee：似應斷讀為：「今是臣₌（臣，臣）其可不保？」另外，「可」不必破讀

〔註 149〕王寧：〈清華簡六《鄭武夫人規孺子》寬式文本校讀〉，復旦大學出土文獻與古文字研究中心網站：http://www.gwz.fudan.edu.cn/SrcShow.asp?Src_ID=2784，2016 年 5 月 1 日。

〔註 150〕清華大學出土文獻研究與保護中心編，李學勤主編：《清華大學藏戰國竹簡（陸）》下冊，頁 106。

〔註 151〕子居：〈清華簡《鄭武夫人規孺子》解析〉，中國先秦史網：http://xianqin.byethost10.com/2016/06/07/338，2016 年 6 月 7 日。

〔註 152〕羅小虎：簡帛研讀 » 清華六《鄭武夫人規孺子》初讀（第 61 樓），簡帛論壇，http://www.bsm.org.cn/bbs/read.php?tid=3345&page=7，2017 年 6 月 27 日。

為「何」。〔註 153〕

王瑜楨：「其」即「猶豈、難道」。《尚書・盤庚上》：「若火之燎於原，不可向邇，其猶可撲滅？」「寶」，王寧依字讀，即「珍惜、珍寶」，可從。文獻中有「寶臣」一詞，《說苑・至公》：「老君在前而不踰，少君在後而不豫，是國之寶臣也。」《漢書・杜周傳第三十》：「竊見朱博忠信勇猛，材略不世出，誠國家雄俊之寶臣也。」〔註 154〕

石兆軒：「其可不寶」是表示「這些臣子難道可以不寶愛珍視嗎」。〔註 155〕

侯瑞華：讀為「今是臣臣，其可不寶？」可以翻譯成：現在有這樣的臣為臣，怎麼能不加以寶愛珍視？〔註 156〕

筆者茲將各家對「」之說法表列於下：

表 2-2-13a：「」諸家訓讀異說表

	訓
整理者	讀「保」。「保」訓「安定」
子居	保訓「保守」，指保守舊政。
王寧、羅小虎、王瑜楨、石兆軒	珍惜、珍視

按：其與「豈」可通，訓為「難道」，表詰問。《左傳・僖公三十二年》：「其為死君乎。」筆者從讀「豈」訓「難道」之說。寶：珍視、珍愛。《孟子・盡心下》：「寶珠玉者，殃必及身。」

翻譯：豈可不珍視、珍愛？

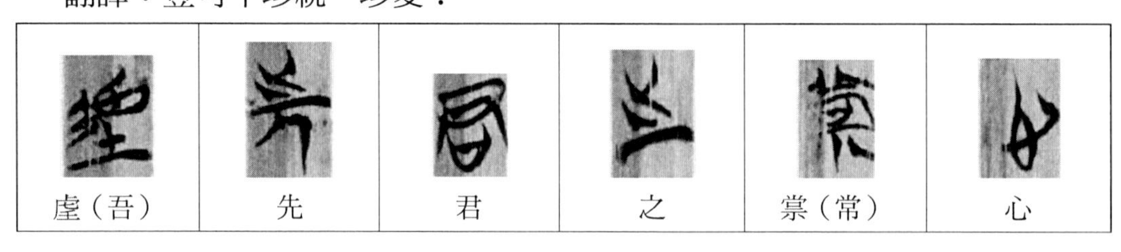

〔註 153〕ee：簡帛研讀 » 清華六《鄭武夫人規孺子》初讀（第 7 樓），簡帛論壇，http://www.bsm.org.cn/bbs/read.php?tid=3345&page=7，2016-04-17。

〔註 154〕王瑜楨：《清華大學藏戰國竹簡（陸）鄭國史料三篇研究》，頁 108、109。

〔註 155〕石兆軒：《清華六〈鄭武夫人規孺子〉研究》，頁 132。

〔註 156〕侯瑞華：《清華簡〈鄭武夫人規孺子〉集釋與相關問題研究》，頁 56。

		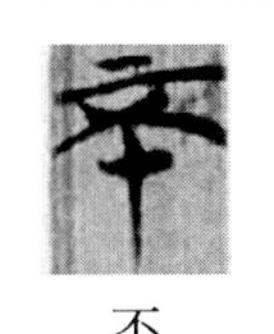	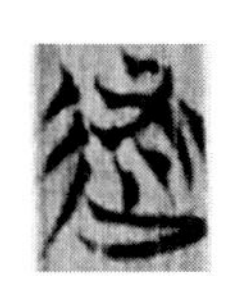		
亓（其）	可（何）	不	述（遂）		

〔十五〕虗（吾）先君之祟（常）心，亓（其）可（何）不述（遂）？

清華簡整理者：遂，《逸周書・常訓》：「順政曰遂。」〔註 157〕

子居：這裡是讓鄭莊公繼承鄭武公的志願，即「先君之常心」。〔註 158〕

林清源：「常心」猶言「素願」、「初衷」，此詞曾見於古書，如《莊子・德充符》：「得其常心，物何為最之哉？」本篇竹書所載鄭武夫人規誡辭，聚焦於孺子應秉承鄭國先君信任臣子代理邦政的傳統，在這樣的敘事情境中，「述」應訓作「遵循」。「今是臣＝（臣臣），亓可不寶？虗（吾）先君之祟心，亓可不述？」是說：當今這些謹守臣道的臣子豈可不予以珍惜？我們鄭國先君治國的素願豈可不予以傳承？〔註 159〕

暮四郎：當斷讀為「今是臣，臣其可不寶吾先君之常心？其可不遂？」。其中的兩個「其」字表示反問語氣。〔註 160〕

ee：「述」是稱述，引申為遵循之意。〔註 161〕

bulang：「遂」即「憂心不遂」、「意慮定則心遂安，心遂安則所行不錯」之「遂」，安適、綏肆之意。〔註 162〕

郝花萍：此處疑當作「今是臣臣，其何不保吾先君之常心？保吾先君之常心，其何不遂？」簡文奪重文符號。「常心」指不變的心和意志。「今是臣臣，其何不保吾先君之常心？保吾先君之常心，其何不遂？」可理解為：「現在這樣的良臣作為臣子，他們怎麼會不保有先君待民之恆心？（他們）保有先君

〔註 157〕清華大學出土文獻研究與保護中心編，李學勤主編：《清華大學藏戰國竹簡（陸）》下冊，頁 106。

〔註 158〕子居：〈清華簡《鄭武夫人規孺子》解析〉，中國先秦史網：http://xianqin.byethost10.com/2016/06/07/338，2016 年 6 月 7 日。

〔註 159〕林清源：〈清華簡（陸）《鄭武夫人規孺子》通釋〉，頁 23。

〔註 160〕暮四郎：簡帛研讀 » 清華六《鄭武夫人規孺子》初讀（第 11 樓），簡帛論壇，http://www.bsm.org.cn/bbs/read.php?tid=3345&page=7，2016 年 4 月 18 日。

〔註 161〕ee：簡帛研讀 » 清華六《鄭武夫人規孺子》初讀（第 14 樓），簡帛論壇，http://www.bsm.org.cn/bbs/read.php?tid=3345&page=7，2016 年 4 月 18 日。

〔註 162〕bulang：簡帛研讀 » 清華六《鄭武夫人規孺子》初讀（第 40 樓），簡帛論壇，http://www.bsm.org.cn/bbs/read.php?tid=3345&page=7，2016 年 4 月 29 日。

待民之恆心，（處理邦國大事）怎麼會不順遂？」如此斷讀，這番話既可視作上文的推論，又可引出下文的言論。承上而言，「女（如）毋（毋）又（有）良臣，三年無君，邦家亂已（也）」這幾句已將良臣的重要性突顯，進而推測如此能幹的良臣治國必可成事自然順理成章；同時，與下文文意也是相通的：先講良臣可成事，再講先君武公去世後繼任的孺子莊公卻「毋知邦政」，面臨這般現狀，把國事「屬之大夫」的想法趁勢挑明似在情理之中。考慮到前後語句的語意連貫性，可在原整理者將「寶」括讀「保」的基礎上將其訓為「保有」。既稱良臣，想必亦保有先君待民愛民之心。〔註 163〕

朱忠恒：常心，平素的心跡。《莊子・德充符》：「得其常心，物何為最之哉？」簡文或指武公生前安定鄭邦、開疆拓土的心願。「其何」，其，句中助詞，無義；何，豈，怎。《楚辭・屈原・涉江》：「雖僻遠其何傷。」遂，稱心，如意。《語篇・辵部》：「遂，稱也。」《詩・曹風・候人》：「彼其之子，不遂其媾。」朱熹集傳：「遂，稱。」「今是臣臣，其何不保？吾先君之常心，其何不遂？」這幾句意思是：現在這樣的大臣臣服，國家怎麼會不安定？我們先君生前安定鄭邦、開疆拓土的心願，怎麼會不實現？〔註 164〕

王瑜楨：「述」字，如字讀即可，ee 釋為稱述，引申為遵循之意，可從，其實可以將「述」逕訓作「繼承」義。《墨子・尚賢上》：「尚欲祖述堯舜禹湯之道，將不可以不尚賢。」《孔子家語・本姓解》：「祖述堯、舜，憲章文、武」。「常心」應釋為「一向的用心」，也就是一向「相信自己的大夫良臣」的這種心理。又「吾先君之常心，亓（其－豈）可不述（循）」：吾先君這種一向的用心，怎麼可以不繼承呢？〔註 165〕

石兆軒：「其可不述」的意義即「先君恆常抱持的想法，難道可以不依循嗎」。〔註 166〕

侯瑞華：讀為「吾先君之常心，其可不遂？」可以翻譯成：我們先君所念茲在玆的理念（任用群臣），怎麼能不加以遵循效法？〔註 167〕

〔註 163〕郝花萍：《清華大學藏戰國竹簡（陸）鄭國三篇集釋》，頁 26。
〔註 164〕朱忠恒：《清華大學藏戰國竹簡（陸）集釋》，頁 13。
〔註 165〕王瑜楨：《清華大學藏戰國竹簡（陸）鄭國史料三篇研究》，頁 109、111。
〔註 166〕石兆軒：《清華六〈鄭武夫人規孺子〉研究》，頁 135。
〔註 167〕侯瑞華：《清華簡〈鄭武夫人規孺子〉集釋與相關問題研究》，頁 56。

筆者茲將各家對「常心」、「」之說法表列於下：

表 2-2-14：「常心」諸家異說表

常心	訓
林清源	猶言「素願」、「初衷」
郝花萍	不變的心和意志
朱忠恒	平素的心跡
王瑜楨	一向的用心

表 2-2-15：「」諸家異說表

	訓
整理者	順政曰遂
bulang	遂：安適、綏肆
郝花萍	遂：順遂
朱忠恒	遂：稱心，如意。
林清源	述：遵循
ee	「述」是稱述，引申為遵循
王瑜楨	述：繼承

按：《易象下傳》：「未變常也。」「常心」筆者從林清源「夙願」之說。

《說文》：「述，循也。」《楚辭・天問》：「昏微循跡。」注：「循，遵也。」《離騷》：「循繩墨而不頗。」「述」筆者從「遵循」之說。

翻譯：我先王的夙願，豈可不遵循？

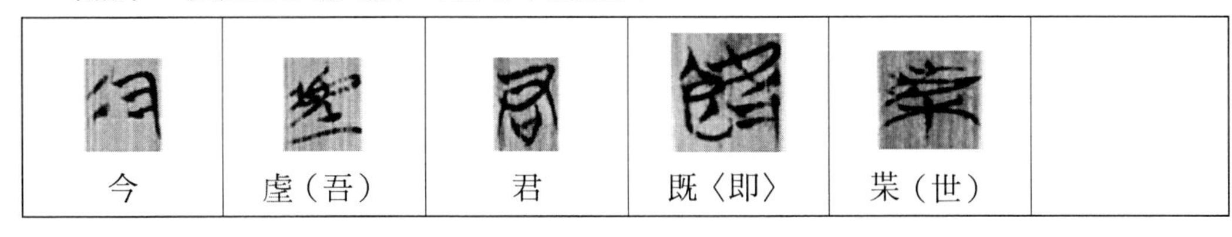

〔十六〕今虐（吾）君既〈即〉枼（世），

清華簡整理者：即世，亦見清華簡〈繫年〉第二章「武公即世」，整理者注：「即世，意為亡卒，見《左傳》成公十三年、十六年，襄公二十九年，昭公十九年、二十六年等，如成公十三年『穆、襄即世』，杜注：『文六年晉襄、秦穆

皆卒。』」〔註 168〕

王瑜楨：「世」即「去世」，見《呂氏春秋·觀世》「以終其世」高誘注。〔註 169〕

侯瑞華：「今吾君既世孺子」就是說現在先君使孺子你繼世。〔註 170〕

按：《古文字通假字典》：「既（物見 ji）讀為即（質精 ji），物質旁轉。馬王堆帛書《六十四卦·旅》六二：『旅既次，壞（懷）其茨（資），得童剝（僕），貞。』既通行本《易》作即。《尚書·顧命》：『茲既受命還。』漢石經既作即。」〔註 171〕即世：去世。

《左傳·成公十三年》：「無祿，獻公即世。」

翻譯：現今我國國君去世

 乳=（孺子）	 女（汝）	 母（毋）	 智（知）	 邦	 正（政）
 詎（屬）	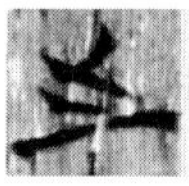 之	 夫=（大夫）			

〔十七〕乳=（孺子）【五】女（汝）母（毋）智（知）邦正（政），詎（屬）之夫=（大夫），

王寧：「如」本作「女」，原整理者讀「汝」。按當讀「如」，用為助動詞，當也。（楊樹達：《詞詮》，中華書局 1954 年，261 頁。）簡 8「孺子女共（恭）大夫」之「女」亦當如是解。〔註 172〕

ee：「孺子女毋知邦政」，這裡的「女」有兩種可能，一種是讀為「汝」，但可能性較低，參簡 7「孺子」後不帶「汝」。第二種即如劉光先生讀為「如」，但他未有解釋。若讀為「如」，「如」應訓為「不如」，參沈培先生〈由上博簡證

〔註 168〕清華大學出土文獻研究與保護中心編，李學勤主編：《清華大學藏戰國竹簡（陸）》下冊，頁 106。

〔註 169〕王瑜楨：《清華大學藏戰國竹簡（陸）鄭國史料三篇研究》，頁 113。

〔註 170〕侯瑞華：《清華簡〈鄭武夫人規孺子〉集釋與相關問題研究》，頁 61。

〔註 171〕王輝：《古文字通假字典》，頁 604。

〔註 172〕王寧：〈清華簡六《鄭武夫人規孺子》寬式文本校讀〉，復旦大學出土文獻與古文字研究中心網站：http://www.gwz.fudan.edu.cn/SrcShow.asp?Src_ID=2784，2016 年 5 月 1 日。

「如」可訓為「不如」〉一文。〔註 173〕

心包：此處之「如」似可考慮用為無意義的助詞（即加強後之「毋」），猶惟也，參蕭旭先生《古書虛詞旁釋》「如」字條（256 頁，廣陵書社）。〔註 174〕

清華簡整理者：屬，《左傳》襄公十九年「仲子生牙，屬諸戎子」，杜注：「屬，託之。」〔註 175〕

陳偉：「女」或許可以讀為「如」，是假設連詞。〔註 176〕

劉光：孺子女毋知邦政，女讀為如。〔註 177〕

林清源：由先秦宮廷稱呼習慣考慮，此處宜採用讀為「如」之說，相對較為穩妥一些。〔註 178〕

郝花萍：乳=（孺子）女（汝）母（毋）智（知）邦正（政），其實可讀作「孺子，汝毋智邦正」。顯示鄭武夫人說話時的厲聲語氣。〔註 179〕

王瑜楨：「女」字應讀為「如」，但是應釋為「當」（用王寧說）。「孺子女毋知邦政，屬之大夫」是說「孺子應該不要主掌國政，就交給大夫們負責吧！」這樣解釋，比較符合鄭武夫人在此時「規孺子」的語氣。當然，這種句法中的「如」，仍然是帶有一點委婉的語氣，和全然命令的句法是不同的。〔註 180〕

朱忠恒：「女」從整理者讀作「汝」。屬，託之。從整理者說。「孺子汝毋知

〔註 173〕ee：簡帛研讀 » 清華六《鄭武夫人規孺子》初讀（第 0 樓），簡帛論壇，http://www.bsm.org.cn/bbs/read.php?tid=3345&page=7，2016 年 4 月 16 日。沈培：「『如』訓為『不如』在古書中並不罕見：隱元年《公羊傳》曰：『母欲立之，己殺之，如勿與而已矣。』何《注》曰：『如，即不如，齊人語也。』、僖二十二年《左傳》曰：『若愛重傷，則如勿傷；愛其二毛，則如服焉。』《正義》曰：『如，猶不如，古人之語然，猶似敢即不敢。』等，即是其例。」見氏著：〈由上博簡證「如」可訓為「不如」〉，簡帛網：http://www.bsm.org.cn/show_article.php?id=624，2007-07-15。

〔註 174〕心包：簡帛研讀 » 清華六《鄭武夫人規孺子》初讀（第 3 樓），簡帛論壇，http://www.bsm.org.cn/bbs/read.php?tid=3345&page=7，2016 年 4 月 16 日。

〔註 175〕清華大學出土文獻研究與保護中心編，李學勤主編：《清華大學藏戰國竹簡（陸）》下冊，頁 106。

〔註 176〕陳偉：〈鄭伯克段「前傳」的歷史敘事〉，中國社會科學網：http://www.cssn.cn/lsx/lskj/201605/t20160530_3028614.shtml，2016 年 05 月 30 日。

〔註 177〕劉光（清華大學出土文獻讀書會）：〈清華六整理報告補正〉，清華大學出土文獻研究與保護中心：http://www.ctwx.tsinghua.edu.cn/publish/cetrp/6842/20160416052940099595642/1460755813610.doc，2016 年 4 月 16 日。

〔註 178〕林清源：〈清華簡（陸）《鄭武夫人規孺子》通釋〉，頁 24。

〔註 179〕郝花萍：《清華大學藏戰國竹簡（陸）鄭國三篇集釋》，頁 27。

〔註 180〕王瑜楨：《清華大學藏戰國竹簡（陸）鄭國史料三篇研究》，頁 113。

邦政，屬之大夫。」這幾句話意思是：孺子你不要管理鄭國政事了，把這些託付給大夫就行了。〔註181〕

侯瑞華：斷為「孺子，汝毋知邦政」。〔註182〕

筆者茲將各家對「女」之說法表列於下：

表 2-2-16：「女」諸家訓讀異說表

女	訓　讀
王寧、王瑜楨	讀「如」，當也。
ee	讀「如」，訓為「不如」
心包	如：助詞，無義
陳偉	讀「如」，是假設連詞。
劉光、林清源	讀「如」
整理者、郝花萍、朱忠恒	讀「汝」

按：前頭出現「女（如）母（毋）又（有）良臣」，今此處亦將女讀如。如：如果。《廣雅》：「如，若也。」《論語．先進》：「如用之，則吾從先進。」《古文字通假字典》：「智（支端 zhi）讀為知（支端 zhi）。毛公鼎：『引唯乃智余非。』包山楚簡一三五：『……皆智其殺之。』長沙子彈庫楚帛書甲：『民人弗智。』又郭店楚簡《五行》簡二五：『見而智之，智也。聞而智之，聖也。』」〔註183〕《古文字通假字典》：「正（耕照 zheng）讀為政（耕照 zheng）。長沙子彈庫戰國楚帛書甲篇：『建恒懷民，五正乃明。』陳邦懷《戰國楚帛書文字考證》云正讀為政。引《管子．禁藏》：『發五正。』張佩綸云：『正、政通。』又銀雀山竹簡《晏子．六》：『伐人者德足以安其國，正足以和其民。』此在傳本為《內篇問上》第三章，明本正作政。又馬王堆帛書《老子》乙本《德經》：『其正閔閔，其民屯屯。其正察察，其〔民缺缺〕。』傅奕本作：『其政閔閔，其民偆偆。其政詧詧，其民缺缺。』又睡虎地秦簡《日書》甲《稷辰》：『……臨官立正相宜也。』影本『立正』讀為『蒞政』。」〔註184〕邦政：國家軍政。《書．周官》：「司馬掌邦政，統六師，平邦國。」《古文字通假字典》：「『詎』或說讀為『屬』。包山楚簡詎字屢見。簡一五～一六：「君王詎僕於子

〔註181〕朱忠恒：《清華大學藏戰國竹簡（陸）集釋》，頁 14。

〔註182〕侯瑞華：《清華簡〈鄭武夫人規孺子〉集釋與相關問題研究》，頁 60。

〔註183〕王輝：《古文字通假字典》，頁 54。

〔註184〕王輝：《古文字通假字典》，頁 371。

左尹」〔註185〕屬：囑咐；委託。《左傳・隱公三年》：「宋穆公疾，召大司馬孔父而屬殤公焉。」

翻譯：國君如果不知國家軍政，可囑咐、委託給臣子

 老	 婦	 亦	 𨟻（將）	 ㄐ（糾）	 攸（修）
 宮	 中	 之	 正（政）		

〔十八〕老婦亦𨟻（將）ㄐ（糾）攸（修）宮中之正（政），

子居：據《禮記・曲禮》：「公侯有夫人，有世婦，有妻，有妾。夫人自稱于天子，曰老婦；自稱于諸侯，曰寡小君；自稱於其君，曰小童。」但《戰國策》中多例可證，自戰國後期多為自稱「老婦」，這也說明〈鄭武夫人規孺子〉很可能是成文於戰國後期、末期。〔註186〕

清華簡整理者：糾修，治理。《左傳》昭公六年「糾之以政」，孔疏：「糾，謂舉治也。」《論語・堯曰》「修廢官」，皇侃義疏：「治故曰修。」〔註187〕

陳偉：「ㄐ」或許可以讀為「收」，是收斂、約束的意思。這裡顯然是在談判，可以說是要脅，而非一般意義上母子間的規勸。〔註188〕

易泉：「ㄐ」似當讀作「厚」。郭店老子甲36、郭店性自命出23「厚」皆從「句」，可證。〔註189〕

林清源：簡文「ㄐ攸」疑應讀作「具修」，訓作「齊備」、「完善」，如《後漢書・顯宗孝明帝紀》：「升歌鹿鳴，下管新宮，八佾具脩，萬舞於庭。」（南朝・齊）王融〈永明十一年策秀才文〉：「必待天爵具脩，人紀咸事，然後沿

〔註185〕王輝：《古文字通假字典》，頁314。

〔註186〕子居：〈清華簡《鄭武夫人規孺子》解析〉，中國先秦史網：http://xianqin.byethost10.com/2016/06/07/338，2016年6月7日。

〔註187〕清華大學出土文獻研究與保護中心編，李學勤主編：《清華大學藏戰國竹簡（陸）》下冊，頁106。

〔註188〕陳偉：〈鄭伯克段「前傳」的歷史敘事〉，中國社會科學網：http://www.cssn.cn/lsx/lskj/201605/t20160530_3028614.shtml，2016年05月30日。

〔註189〕易泉：簡帛研讀 » 清華六〈鄭武夫人規孺子〉初讀（第4樓），簡帛論壇，http://www.bsm.org.cn/bbs/read.php?tid=3345&page=3，2016年4月17日。

才授職。」「老婦亦牆（將）ㄐ攸宮中之正（政），門檻之外母（毋）敢又（有）智（知）亽（焉）。」之相關內容，為鄭武夫人向莊公表示：「老婦我將會專注完善後宮事務，朝廷政務就不敢多事過問。」〔註 190〕

劉偉浠：「ㄐ（糾）攸（修）宮中之正（政）」之「ㄐ」字當「糾」字讀。訓「舉」，《左傳・昭六年》：「糾之以政。」注：「糾，舉也。」《尚書・冏命》：「繩愆糾謬。」疏：「糾，謂發舉其愆過。」後世也有「糾政」的用法，《金瓶梅》第 48 回：「彈壓官邪，振揚法紀，乃禦史糾政之職也。」簡文中「ㄐ」與「修」義近，有遞進的關係，檢舉並修治宮內政事。〔註 191〕

石兆軒：「糾」當理解為抽象的約束歧出、縱逸等宮中之政的偏失，使之回到正軌之義。「修」即整治、修飾之義，亦即使其完善，到更好的狀態。「糾修」為一組近義複詞，「糾修宮中之政」即約束、收斂宮中之政可能的缺失，並使宮中之政完善，以臻更好的狀態。〔註 192〕

筆者茲將各家對「」之說法表列於下：

表 2-2-17：「」諸家訓讀異說表

	訓　　讀
整理者	糾：舉治。糾修：治理
陳偉	讀「收」，收斂、約束
易泉	讀「厚」
林清源	「ㄐ攸」讀「具修」：「齊備」、「完善」
劉偉浠	訓「舉」。糾修：檢舉並修治
石兆軒	糾：約束

按：ㄐ、糾皆幽部。糾：督察；督責。《周禮・秋官・大司寇》：「以五刑糾萬民。」。《古文字通假字典》：「攸（幽喻 you）讀為修（幽心 xiu）。《璽彙》四四九六、四四九七：『攸身。』此為吉語璽，應讀為『修身』。《禮記・樂記》：『修身及家。』《禮記・中庸》：『修身以道。』郭店楚簡《六德》簡四一～四

〔註 190〕林清源：〈清華簡（陸）《鄭武夫人規孺子》通釋〉，頁 24、25。

〔註 191〕劉偉浠：簡帛研讀 » 清華六《鄭武夫人規孺子》初讀（第 41 樓），簡帛論壇，http://www.bsm.org.cn/bbs/read.php?tid=3345&page=7，2016 年 5 月 6 日。

〔註 192〕石兆軒：《清華六〈鄭武夫人規孺子〉研究》，頁 157。

二：『下攸甚（其）本』又簡四七：『人民少者，以攸其身。』」〔註 193〕修：整治。《史記．貨殖列傳》：「管子修之。」《古文字通假字典》：「正（耕照 zheng）讀為政（耕照 zheng）。長沙子彈庫戰國楚帛書甲篇：『建恒褱（懷）民，五正乃明。』陳邦懷《戰國楚帛書文字考證》云正讀為政。引《管子．禁藏》：『發五正。』張佩綸云：『正、政通。』」〔註 194〕

翻譯：我也將督察、整治宮中的政務

門	檻	之	外	母（毋）	敢
又（有）	智（知）	乆（焉）	老	婦	亦
不	敢	以	𥘈（兄）	弟	昏（婚）
因（姻）	之	言	以	亂（亂）	夫=（大夫）
之	正（政）	乳=（孺子）	亦	母（毋）	以
埶（褻）	豊（豎）	卑	御		

〔十九〕門檻之外母（毋）敢又（有）智（知）乆（焉）。老婦亦不敢【六】以𥘈（兄）弟昏（婚）因（姻）之言以亂（亂）夫=（大夫）之正（政）。乳=（孺子）亦母（毋）以埶（褻）豊（豎）卑御，

〔註 193〕王輝：《古文字通假字典》，頁 217。
〔註 194〕王輝：《古文字通假字典》，頁 371。

子居：檻，欄杆。《楚辭・九歌・東君》：「暾將出兮東方，照吾檻兮扶桑。」洪興祖補注：「檻，闌也。」「檻」字本義是指柵欄，用於宮室建築上「欄杆」義約出現在戰國後期、末期，如《晏子春秋・內篇雜上》：「晏子曰：嬰聞兩檻之間，君臣有位焉。」《楚辭・招魂》：「高堂邃宇，檻層軒些。……坐堂伏檻，臨曲池些。」因此這也就意味著〈鄭武夫人規孺子〉的成文時間當不早於戰國後期。〔註195〕

王瑜楨：先秦典籍中以門分內外時，多半說「閫」，今之門檻、門限。本篇的「檻」相當於閫，當釋為門檻，是「檻」釋為門檻、門限的最早材料。「毋敢或知焉」，意思是：「（老婦）不敢干涉朝中政治」。這種「女（焉）」字，是做動詞的補語，表示有關的人事物，類似的句子，如「見賢思齊焉，見不賢而內自省也」、「吾舅死於虎，吾夫又死焉，今吾子又死焉」。〔註196〕

清華簡整理者：《詩・雨無正》有「暬御」，朱熹《集傳》：「近侍也。」卑，卑微。御，《詩・車攻》「徒御不驚」，朱熹《集傳》：「車御也。」暬豎卑御，泛指近侍者。〔註197〕

石小力：「埶」字還見於簡 15「埶嬖」，亦括注為「暬」，從楚簡及古書用字習慣看，還是括注為「褻」較好。卑御之卑讀為「嬖」，「嬖御」見於《禮記・緇衣》：「毋以嬖御人疾莊后。」上博簡《緇衣》簡 12 作「毋以辟（嬖）御𧖴莊后」，郭店〈緇衣〉簡 23 作「毋以卑（嬖）御息莊后」。〔註198〕

馬楠：「孺子亦毋以褻豎嬖御勤力射馭媚妬之臣躳恭其顏色、掩於其巧語，以亂大夫之政」應當作一句讀。「褻豎」、「嬖御」、「勤力」、「射馭」、「媚妬」並列。〔註199〕

子居：「褻豎」、「嬖御」易以近侍得寵，「筋力」、「射馭」易以勇武得寵，

〔註195〕子居：〈清華簡《鄭武夫人規孺子》解析〉，中國先秦史網：http://xianqin.byethost10.com/2016/06/07/338，2016 年 6 月 7 日。

〔註196〕王瑜楨：《清華大學藏戰國竹簡（陸）鄭國史料三篇研究》，頁 116、117。

〔註197〕清華大學出土文獻研究與保護中心編，李學勤主編：《清華大學藏戰國竹簡（陸）》下冊，頁 106。

〔註198〕石小力（清華大學出土文獻讀書會）：〈清華六整理報告補正〉，清華大學出土文獻研究與保護中心：http://www.ctwx.tsinghua.edu.cn/publish/cetrp/6842/20160416052940099595642/1460755813610.doc，2016 年 4 月 16 日。

〔註199〕馬楠（清華大學出土文獻讀書會）：〈清華六整理報告補正〉，清華大學出土文獻研究與保護中心：http://www.ctwx.tsinghua.edu.cn/publish/cetrp/6842/20160416052940099595642/1460755813610.doc，2016 年 4 月 16 日。

「媚妬」易以言語得寵，以〈鄭武夫人規孺子〉篇作者的觀念，這些皆會妨於邦政。〔註 200〕

陳偉：「卑」，大概應該讀為「辟」或「嬖」，寵信、親近的意思，與「暬」字含義類似。「暬豎卑（嬖）御」，也就是後文邊父所說的「暬辟（嬖）」。〔註 201〕

王寧：〈補正〉引馬楠云：「『孺子亦毋以褻豎嬖御勤力射馭媚妬之臣躬恭其顏色、掩於其巧語，以亂大夫之政』應當作一句讀。『褻豎』、『嬖御』、『勤力』、『射馭』、『媚妬』並列。」可從。「暬」通「褻」，《康熙字典．辰集上．日部》：「暬，《說文》：『日狎習相慢也。』《詩．小雅》：『曾我暬御』，《傳》：『暬御，侍御也。』《五經文字》與『褻』同。」〔註 202〕

朱忠恒：糾修，治理。從整理者說。《國語．魯語下》：「公父文伯之母如季氏，康子在其朝，與之言，弗應，從之及寢門，弗進而入。康子辭於朝而入見，曰：『肥也不得聞命，無乃罪乎？』曰：『子弗聞乎？天子及諸侯合民事於外朝，合神事於內朝；自卿以下，合官職於外朝，闔家事於內朝；寢門之內，婦人治其業焉。上下同之。夫外朝，子將業君之官職焉；內朝，子將庀季氏之政焉，皆非吾所敢言也。』」「寢門之內」，與簡文「門檻之外」類似，分別代指宮門內外。宮門之內，為女子居所，宮門之外，為國君大夫議事朝堂。武姜以「門檻之外」代指朝政，表示自己只治理後宮，不會過問政事。「老婦亦將糾修宮中之政，門檻之外毋敢有知焉。」這句話意思是：老婦我也將要治理宮中的事務，宮門之外的事務我不敢參與。「糾修」與「門檻之外毋敢有知焉」之「知」相對應，都是治理之意。意在表明要求莊公暫時不理政並非是自己想專權，增強說服力。〔註 203〕

王瑜楨：石小力釋作「暬御」，可從。《說文》：「暬，日狎習相嫚也。」「褻，私服也。」以本義言，「暬」較合適。又文獻未見「卑御」，讀為「嬖御」，可從。「卑御」又見於《清華一．祭公》簡 16 作「俾御」，也應讀為「嬖御」。嬖

〔註 200〕子居：〈清華簡《鄭武夫人規孺子》解析〉，中國先秦史網：http://xianqin.byethost10.com/2016/06/07/338，2016 年 6 月 7 日。

〔註 201〕陳偉：〈鄭伯克段「前傳」的歷史敘事〉，中國社會科學網：http://www.cssn.cn/lsx/lskj/201605/t20160530_3028614.shtml，2016 年 05 月 30 日。

〔註 202〕王寧：〈清華簡六《鄭武夫人規孺子》寬式文本校讀〉，復旦大學出土文獻與古文字研究中心網站：http://www.gwz.fudan.edu.cn/SrcShow.asp?Src_ID=2784，2016 年 5 月 1 日。

〔註 203〕朱忠恒：《清華大學藏戰國竹簡（陸）集釋》，頁 15。

御為受寵幸的嬪妃姬妾。「𢘑豎、嬖御」是君王最貼身的侍者，是侍候君王生活的人。

此外，沈培認為「毋（毌）以」的「以」當釋為「因」，可信，又以為「以亂大夫之政」的「以」當釋為「而」，亦可從。〔註 204〕

朱忠恒：「埶豎」「卑御」當從石小力說，分別讀為「褻豎」、「嬖御」。褻，親近的、熟識的。《論語・鄉黨》：「見齊衰者，雖狎，必變。見冕者與瞽者，雖褻，必以貌。」《禮記・檀弓下》：「調也，君之褻臣也。」豎，地位低微的小吏。《周禮・天官・內豎》：「內豎掌內外之通令、凡小事。」亦專指宦官。漢司馬遷《報任少卿書》：「夫以中才之人，事有關於宦豎，莫不傷氣，而況於慷慨之士乎！」嬖御，受寵幸的姬妾、侍臣。《逸周書・祭公》：「汝無以嬖御固莊后。」孔晁注：「嬖御，寵妾也。」「褻豎、嬖御」指親近寵幸的小吏侍臣。〔註 205〕

石兆軒：豎與御皆是左右侍御小臣，地位本來就卑下，因此若用「卑」來形容則稍顯累贅，當讀「嬖」。〔註 206〕

侯瑞華 A：「褻豎」就是指君主身邊親近的小臣。「卑御」當讀為「嬖御」。所謂「嬖御」其實就是文獻中更加常見的「便辟」。「嬖御」即君王身邊受寵幸的小臣、賤臣。〔註 207〕

張崇禮：褻豎、卑禦、勤力、射馭、嬍姹都是並列結構的名詞，指莊公身邊的人。褻豎，當是指負責貼身侍奉莊公的男性小吏。卑禦，負責侍奉的女性奴僕。〔註 208〕

侯瑞華 B：「褻豎」是指君主身邊親近的小臣，出土及傳世文獻中還有「褻臣」的說法，《郭店簡・緇衣》簡 28「則大臣不治，而埶（褻）臣托也。」「嬖禦」即君王身邊受寵幸的小臣、賤臣，與「褻豎」的意義相近。《左傳・隱公三年》：「嬖人之子也」，《釋文》云：「賤而得幸曰嬖。」而「禦」為在側侍禦之稱。《詩經・大雅・行葦》：「授几有緝禦」，鄭箋：「禦，侍也。」〔註 209〕

〔註 204〕王瑜楨：《清華大學藏戰國竹簡（陸）鄭國史料三篇研究》，頁 122、123、124。

〔註 205〕朱忠恒：《清華大學藏戰國竹簡（陸）集釋》，頁 16、17。

〔註 206〕石兆軒：《清華六〈鄭武夫人規孺子〉研究》，頁 158。

〔註 207〕侯瑞華：《清華簡〈鄭武夫人規孺子〉集釋與相關問題研究》，頁 72。

〔註 208〕張崇禮：〈清華簡《鄭武夫人規孺子》考釋〉，復旦大學出土文獻與古文字研究中心：http://www.gwz.fudan.edu.cn/Web/Show/4306，2018/10/17。

〔註 209〕侯瑞華：〈清華簡《鄭武夫人規孺子》二題〉，《殷都學刊》，2020 年 3 月 15 日，頁 41、42。

筆者茲將各家對「」、「」之說法表列於下：

表 2-2-18：「」諸家訓讀異說表

	訓讀
石小力、朱忠恒	褻：親近的、熟識的。
王寧	「暬」通「褻」
王瑜楨	暬

表 2-2-19：「」諸家訓讀異說表

	訓　讀
整理者	卑微
石小力、朱忠恒、石兆軒	卑讀「嬖」
陳偉	讀「辟」或「嬖」，寵信、親近的意思
王瑜楨	讀「嬖」嬖御為受寵幸的嬪妃姬妾。

按：「檻」筆者從子居之說。檻：欄杆。《漢書．朱雲傳》：「御史將雲下，雲攀殿檻，檻折。」《古文字通假字典》：「智（支端 zhi）讀為知（支端 zhi）。毛公鼎：『引唯乃智余非。』包山楚簡一三五：『……皆智其殺之。』長沙子彈庫楚帛書甲：『民人弗智。』又郭店楚簡《五行》簡二五：『見而智之，智也。聞而智之，聖也。』一、三兩智字皆讀為知。」〔註 210〕知：管理；主持。《國語．越語上》；「有能助寡人謀而退吳者，吾與之共知越國之政。」以：因為。《左傳．僖公三十三年》：「以貪勤民。」「昏因」亦作「昏姻」指姻親關係。《詩．小雅．角弓》：「兄弟昏姻，無胥遠矣。」高亨注：「昏姻，指姻戚。」言：話。《詩．鄭風．將仲子》：「父母之言。」以：而。《大戴禮記．曾子制言》：「富以苟，不如貧以譽；生以辱，不如死以榮。」《古文字通假字典》：「埶（月疑 yi）讀為褻（月心 xie）。郭店楚簡《緇衣》簡二〇～二一：『邦家之不寍（寧）也，則大臣不台（治），而埶臣託也。』又簡二八：『……古（故）上不可以埶型（刑）而輕雀（爵）。』今本《禮記．緇衣》埶作褻。」〔註 211〕

〔註 210〕王輝：《古文字通假字典》，頁 54。
〔註 211〕王輝：《古文字通假字典》，頁 643。

亂：敗壞；擾亂。《論語．衛靈公》：「巧言亂德，小不忍則亂大謀。」褻：親近的。《論語．鄉黨》：「見齊衰者，雖狎，必變。見冕者與瞽者，雖褻，必以貌。」《禮記．檀弓下》：「調也，君之褻臣也。」豎：小吏。《周禮．天官．內豎》：「內豎掌內外之通令、凡小事。」《左傳．昭公四年》：「皆召其徒，使視之，遂使為豎。」杜預注：「豎，小臣也。」卑：地位低微。《易．繫辭》：「天尊地卑。」《王力古漢語字典》：「御：女官，侍從的近臣。《國語》：『王御不參一族。』韋昭注：『御，婦官也。』又《吳語》：『一介嫡男，……以隨諸御。』韋昭注：『御，近臣宦御之屬。』」〔註212〕

翻譯：朝堂政事不敢有所主持、管理。我也不敢因為兄弟姻親的話，而敗壞臣子的政事。國君您也勿因親近之小臣、地位低微的侍從近臣

勤	力	弞（價）	馯（馭）		

〔二十〕勤力弞（價）馯（馭），

清華簡整理者：力，《國語．晉語》「子之力」，韋注：「功也。」勤力意為有功勞。弞，從夬聲，讀為同在見母月部的「價」。《詩．板》「價人維藩」，鄭箋：「價，甲也。」一說「弞」為「射」字異體，指射手。馭，馭者。〔註213〕

子居：「勤力」當讀為「筋力」，「筋力」一詞在先秦文獻中的出現時間不早於戰國後期，因此這同樣說明〈鄭武夫人規孺子〉的成文時間很可能不早於戰國後期。〔註214〕

王寧：「射」原作「弞」，原整理者括讀「價」，何有祖先生亦認為當為「射」，（何祖有：〈讀清華六短劄（三則）〉，http://www.bsm.org.cn/show_article.php?id=2524，2016-04-19）是也。在楚文字中此字用為「射」殆是會意字，從弓從夬（決），表示決弦開弓射箭意，〈天問〉所謂「馮珧利決，封狶是射」是也。後世用為決弦工具之「玦」（抉指）的或體，《集韻》：「弞，所以闓弦者。

〔註212〕王力：《王力古漢語字典》，頁299。

〔註213〕清華大學出土文獻研究與保護中心編，李學勤主編：《清華大學藏戰國竹簡（陸）》下冊，頁107。

〔註214〕子居：〈清華簡《鄭武夫人規孺子》解析〉，中國先秦史網：http://xianqin.byethost10.com/2016/06/07/338，2016年6月7日。

通作決。」則為形聲字，二者形同而音義不同。褻豎即君主親近的內宦，嬖禦即受寵幸的嬪妃姬妾，勤力指君主身邊的雜役人員，射馭是為君主出獵遊樂服務的官員，媚妬即諂媚嫉妒之臣，這是說了君主身邊五種不同的人，都是君主易受其迷惑者。〔註 215〕

許文獻：「弞馭」在此恐怕仍是屬於從政之行為，而非指射箭或禦馬術之「射馭」。，隸作「弞」，且據字書，疑即「夬」字異構，如《集韻》便將此字列在「夬」字下，並釋云「弞，所以闓弦者。《詩》『夬拾既次』，或從弓。」而「夬」字初文取象本就與射箭有關〔註 216〕，因此，簡文此字從弓，應是「夬」字為了表義目的所疊加之形符，換言之，清華簡此字可能是目前「弞」字所見最早之字例，更是「夬」字初形本義之實證。」「弞馭」，應即「夬馭」，而「馭」字本有統治或治理之意，其猶《周禮．天官．大宰》所云「以八柄詔王馭群臣……以八統詔王馭萬民。」鄭玄注曰「凡言馭者，所以敺之，內之於善。」與簡文所謂大臣從政之德皆有所相關。「夬」字應讀為「決」，訓作「迅急」，此類用例古籍習見，其猶《易經．說卦》所云「震為雷，為龍，為玄黃，為旉，為大塗，為長子，為決躁。」王引之《經義述聞．周易》釋曰「決、躁，皆急也。象雷之迅，故為決躁。」「夬馭」即「決馭」，指其在治理上能迅速決斷之意，以合於上文對此詞屬為政之德之初步推論。〔註 217〕

易泉：為「射」之異體。勤力射馭，《國語．晉語》「智宣子將以瑤為後……射禦足力則賢」之「射禦足力」，可與之參看。〔註 218〕

郝花萍：因孺子年輕，好車騎，可能與善車騎之人親近，故鄭武夫人規勸之。「弞」所從的「夬」或許就是表扳指，指用戴扳指的手指開弓射箭。〔註 219〕

〔註 215〕王寧：〈清華簡六《鄭武夫人規孺子》寬式文本校讀〉，復旦大學出土文獻與古文字研究中心網站：http://www.gwz.fudan.edu.cn/SrcShow.asp?Src_ID=2784，2016 年 5 月 1 日。

〔註 216〕趙平安：〈夬的形義和它在楚簡中的用法——兼釋其他古文字資料中的夬字〉，《第三屆國際中國古文字學研討會論文集》（香港：香港中文大學中國文化研究所、中國語文及文學系發行，1997 年 1 月第 1 版），頁 711～723。

〔註 217〕許文獻：〈關於清華《鄭武夫人規孺子》簡 7 之「弞」字〉，簡帛網：http://www.bsm.org.cn/show_article.php?id=3024，2018-03-16。

〔註 218〕易泉：簡帛研讀 » 清華六〈鄭武夫人規孺子〉初讀（第 5 樓），簡帛論壇，http://www.bsm.org.cn/bbs/read.php?tid=3345&page=3，2016 年 4 月 17 日。

〔註 219〕郝花萍：《清華大學藏戰國竹簡（陸）鄭國三篇集釋》，頁 29。

王瑜楨：「勤力、射御」是善於駕車射箭的人，是侍候君王外出及維護安全的人。〔註 220〕

朱忠恒：「𢎞」為「射」之異體說可從。勤力射馭，意思是積極射箭御馬，把精力都花在這些上面。〔註 221〕

石兆軒：「勤力射御」應當看作是「𣝍豎孌御」的行為，如此與下文「足恭其顏色」是「媚妬之臣」的行為形成一組結構相同的對仗。「勤力」是近義連用的一組詞彙，義為勤勞努力，而「射御」則是為人主所提供的一種低階的服務。〔註 222〕

侯瑞華：「勤力」即是殷勤的力士，是憑藉自身勇力事奉君主的某種小臣。「射馭」即君主身邊負責駕馭的馭者和車上射箭的射者。〔註 223〕

張崇禮：勤力，做體力活的奴僕。射馭，負責護衛、駕車的侍衛。〔註 224〕

侯瑞華：「勤力」是殷勤盡力，《史記．殷本紀》：「毋不有功於民，勤力迺事」；射馭從字面上看就是射箭和駕馭車馬，《禮記．王制》：「凡執技論力，適四方，裸股肱，決射御。」但也可能代指田獵。「勤力」修飾「射馭」，指殷勤盡力於射箭駕馭。身邊的近臣「𣝍豎」、「孌御」很可能會殷勤盡力於射馭或者田獵從而奉承年幼的孺子，博取孺子的歡心。〔註 225〕

筆者茲將各家對「」之說法表列於下：

表 2-2-20：「」諸家訓讀異說表

	訓　讀
整理者	讀「價」一說「𢎞」為「射」字異體，指射手。
王寧	射
許文獻	即「夬」讀為「決」，訓「迅急」
易泉、朱忠恒	「射」之異體

〔註 220〕王瑜楨：《清華大學藏戰國竹簡（陸）鄭國史料三篇研究》，頁 123。

〔註 221〕朱忠恒：《清華大學藏戰國竹簡（陸）集釋》，頁 17。

〔註 222〕石兆軒：《清華六〈鄭武夫人規孺子〉研究》，頁 164。

〔註 223〕侯瑞華：《清華簡〈鄭武夫人規孺子〉集釋與相關問題研究》，頁 73、74。

〔註 224〕張崇禮：〈清華簡《鄭武夫人規孺子》考釋〉，復旦大學出土文獻與古文字研究中心：http://www.gwz.fudan.edu.cn/Web/Show/4306，2018/10/17。

〔註 225〕侯瑞華：〈清華簡《鄭武夫人規孺子》二題〉，頁 42。

按：勤力：勞費體力。《史記・殷本紀》：「維三月，王自至於東郊。告諸侯群後：『毋不有功於民，勤力迺事。』」从「弓」且「又」為偏旁，筆者從「射」之說。另，（包 2.180）亦讀「馭」，筆者從「馭，馭者」之說。馭：駕馭車馬之人。《莊子・盜蹠》：「孔子不聽，顏回為馭，子貢為右，往見盜蹠。」豎、禦為人，射、馭亦應指人為宜。有因人成事者，亦有因人敗事者，當親賢臣、遠小人，避免因人敗事。

翻譯：勞費體力者、射手及駕馭車馬之人

媺（媚）	 妬	 之	 臣	 躳（躬）	 共（恭）
 亓（其）	 產（顏）	 色			

〔二十一〕媺（媚）妬之臣躳（躬）共（恭）亓（其）產（顏）色，

張崇禮：媺，即「媺」，古「美」字。妬，當讀為「姹」。「石」，禪母鐸部；「乇」，端母鐸部。二者音近可通。《玉篇・女部》：「姹，美女也。」媺姹，妃嬪之類的侍妾。躳，讀為「窮」，極力、盡力。《說文・穴部》：「窮，極也。」〔註 226〕

清華簡整理者：妬，《戰國策・趙策二》「奉陽君妬」，鮑注：「嫉賢也。」顏色，《論語・鄉黨》「逞顏色」，劉寶楠正義：「顏色是氣之見於外者。」〔註 227〕

林清源：「鞠」、「躬」二字義近，均有「彎曲身體」之意。「躬恭」一詞，疑與「鞠恭」同義，二者皆可用以形容對人敬謹之貌，如（宋）委心子《新編分門古今類事・夢兆門下・黃牛廟詩》：「方拜時，神像為起鞠恭，且使人邀予上，耳語久之。」（清）魏源〈登太行絕頂〉之三：「諸山聽指揮，趨侍何鞠恭。」「躬恭其顏色」，意思是說「表現出畢恭畢敬的神色」。〔註 228〕

〔註 226〕張崇禮：〈清華簡《鄭武夫人規孺子》考釋〉，復旦大學出土文獻與古文字研究中心：http://www.gwz.fudan.edu.cn/Web/Show/4306，2018/10/17。

〔註 227〕清華大學出土文獻研究與保護中心編，李學勤主編：《清華大學藏戰國竹簡（陸）》下冊，頁 107。

〔註 228〕林清源：〈清華簡（陸）《鄭武夫人規孺子》通釋〉，頁 25。

吳祺：娧可讀為「媢」。「娧（媢）妬之臣」當指好嫉妒之臣，似與「媚」義無涉。〔註 229〕

王瑜楨：「媚妬之臣」是最能討君王歡心，巧言佞色的人。如果「躬恭其顏色，掩於其巧語」，則很容易蠱惑君王，干擾國政。「躬恭其顏色」，其實沒有什麼不辭，沈培釋「船」作「躬」，訓為「身」，可信。「躬」字可以當副詞，表示「親身做到」，《爾雅・釋詁上》「躬，身也。」郝義行《義疏》：「躬從身，亦訓為身。《周禮》『身圭、躬圭』，其義同，故躬為身，身亦為躬，轉相訓也。」

《論語・憲問》「禹稷躬稼，而有天下」、《禮記・月令》「親東鄉躬桑」、《禮記・祭義》「躬秉耒，以事天地」，以上的「躬」字，都是「親身做到」的意思。「躬恭其顏色」是指以上那三類五種人能親身做到「恭其顏色」；「掩於其巧語」的主語仍是以上那三類五種人，能夠把邪惡的念頭用「巧語」來遮掩，自然就能得到君王的寵愛，從而干涉國政，擾亂綱常。〔註 230〕

石兆軒：船讀「愨」。「愨」是顏色容貌的表現。愨表現在容貌顏色上，訓為「謹敬」較合適。愨與恭是一組近義並列的詞彙，「愨恭其顏色」是使動用法，即使其容貌顏色謹慎恭敬，與「勤力射御」一樣都是臣子正面的行為，但褻豎嬖御、媚妬之臣基於不適當的身分與地位，都不宜干預政事。因此武夫人才告誡孺子莊公，切莫因為這些人表現出勤勉恭敬的樣子，就被他們的巧語所掩蔽，而去干犯大夫的執政。〔註 231〕

侯瑞華 A：「媚妬之臣」就是指善於諂媚君主、而又妬忌賢能的小臣。「共」讀「供」，「供其顏色」就是指通過自身供奉其顏色來承歡君上。〔註 232〕

劉師岑：「暬豎、卑御、勤力、射馭、媚妬」為五種不同之人。「躬恭其顏色，掩於其巧語」的主語為上述五種職稱的人。〔註 233〕

沈培：王寧對五種人的具體身分做了說明：「褻豎即君主親近的內宦，嬖

〔註 229〕吳祺：〈清華六《鄭武夫人規孺子》校釋三則〉，西南大學：第七屆出土文獻研究與比較文字學全國博士生論壇，重慶：2017 年 10 月 26 日。轉引自侯瑞華：《清華簡〈鄭武夫人規孺子〉集釋與相關問題研究》，頁 69。

〔註 230〕王瑜楨：《清華大學藏戰國竹簡（陸）鄭國史料三篇研究》，頁 123、124。

〔註 231〕石兆軒：《清華六〈鄭武夫人規孺子〉研究》，頁 166、167、168、169。

〔註 232〕侯瑞華：《清華簡〈鄭武夫人規孺子〉集釋與相關問題研究》，頁 75、76。

〔註 233〕劉師岑：《語文古史新研——清華陸〈鄭武夫人規孺子〉內容研究》，國立臺中教育大學碩士學位論文，2018 年 7 月，頁 148。

禦即受寵倖的嬪妃姬妾，勤力指君主身邊的雜役人員，射馭是為君主出獵遊樂服務的官員，媚妬即諂媚嫉妒之臣，這是說了君主身邊五種不同的人，都是君主易受其迷惑者。」令人感到奇怪的是把「勤力」也看做指人。又當讀為「媚妬之臣躬恭，其顏色掩於其巧語」。「其顏色掩於其巧語」，指其真實的態度不見於顏色，不形於外，掩蓋在其花言巧語之下。另，可以把「勤力」看做「射禦」的修飾語。如此，這一句就可以讀為「褻豎、嬖禦勤力射馭」，也就是說「勤力射馭」是「褻豎、嬖禦」的謂語。「褻豎、嬖禦勤力射馭」與「媚妬之臣躬恭、其顏色掩於其巧語」其實是兩個並列的子句。總之，應該讀為：「孺子亦毋以褻豎、嬖禦勤力射馭，媚妬之臣躬恭、其顏色掩於其巧語，以亂大夫之政。」簡文裡邊說到的只有兩類人，一類是「褻豎」「嬖禦」，一類是「媚妬之臣」。前者是君王身邊服侍者，後者是臣子當中的壞人，身分區別還是很明顯的。兩類人，一種是「勤力射禦」，一種是「躬恭、其顏色掩於其巧語」，其所作所為，都跟他們本來的身分有關。〔註 234〕

侯瑞華 B：「躬恭其顏色」，「恭」在這裡是使動用法，意為使其外貌顯得恭順。《禮記．曲禮上》：「君子恭敬撙」，孔穎達疏云：「在貌為恭，在心為敬」。「躬恭其顏色」就是指媚妒之臣自己使其外貌顯得恭順，以此來承歡君上。《論語．學而》「巧言令色鮮矣仁」章，朱熹注云：「好其言，善其色，致飾於外，務以悅人」，恰可移作簡文「恭其顏色」之解。〔註 235〕

按：妬從女從石。女、石亦見於 （帛丙 4.1）、 （包 2.80）。媚：逢迎取悅。《左傳．宣公三年》：「人服媚之如是。」《國語．周語》：「若是乃能媚於神。」妬同「妒」。妒：忌人之長。《荀子．仲尼》：「處重擅權，則好專事而妒賢能。」

躬：自己。《儀禮．士昏禮記》：「已躬命之。」《詩．衛風．氓》：「靜言思之，躬自悼之。」《古文字通假字典》：「共（東群 gong）讀為恭（東見 gong）。蔡侯申盤：『蔡侯申虔共大命。』《璽彙》五一三三：『共。』應讀為恭。郭店楚簡《五行》簡二二：『不尊不共，不共亡豊（禮）。』《尚書．甘誓》：『今予

〔註 234〕沈培：〈清華簡《鄭武夫人規孺子》校讀五則〉，《漢字漢語研究》，2018 年 12 月 20 日，頁 41、42。

〔註 235〕侯瑞華：〈清華簡《鄭武夫人規孺子》二題〉，頁 42。

惟恭行天之罰。』《墨子・明鬼上》引恭作共。」〔註 236〕《爾雅》:「恭，敬也。」顏色：表情；神色。《論語・泰伯》:「正顏色，斯近信矣。」

翻譯：逢迎取悅、忌人之長的臣子，自己使他們的表情恭敬

〔二十二〕【七】盪（掩）於亓（其）考（巧）語，

清華簡整理者：盪，「鹽」本字，字在喻母，讀影母之「掩」，皆談部字。《戰國策・趙策二》「豈掩於眾人之言」，鮑注：「猶蔽。」〔註 237〕

侯瑞華 A：「豔於其巧語」即是「使其巧語豔」，指那些小臣愈加極盡、張大其花言巧語（而使君主歆羨）。釋讀如下：「褻豎、嬖御，勤力、射馭，媚妬之臣，躬供其顏色，豔於其巧語」。其中褻豎與嬖御、勤力與射馭、以及媚妬之臣，乃是君王身邊的三類親近臣僕。他們這些小臣、近臣，往往會以自身顏色承歡、供奉君上，更會盡力張肆其花言巧語而使人主感到歆羨。而這些都是會誘使人君聽信其讒言，順從其欲求，以致擾亂大夫所掌管的政事。〔註 238〕

侯瑞華 B：「盪」乃「鹽」字的表意初文，又見於包山簡 147「煮盪（鹽）於海」、〈上博簡二・容成氏〉簡 3「煮盪（鹽）」。在此應該讀為「豔」。「鹽」、「豔」皆為余母談部字，雙聲疊韻，音近可通。《禮記・郊特牲》:「而流示之禽，而鹽諸利」，鄭玄注曰：「鹽，讀為豔。」孔疏云：「鹽者，豔也。」《韓非子・外儲說左上》云：「夫不謀治強之功，而豔乎辯說文麗之聲，是卻有術之士而任壞屋折弓也。」其中的「豔乎辯說文麗之聲」，正可作為簡文「豔於其巧語」的解釋參照。〔註 239〕

按：鹽、掩皆為「談」部可通。掩：藏。《左傳・文公十八年》:「掩賊為臧。」注：「匿也。」《禮記・月令》:「處必掩身。」《古文字通假字典》:「考

〔註 236〕王輝：《古文字通假字典》，頁 460。

〔註 237〕清華大學出土文獻研究與保護中心編，李學勤主編：《清華大學藏戰國竹簡（陸）》下冊，頁 107。

〔註 238〕侯瑞華：《清華簡〈鄭武夫人規孺子〉集釋與相關問題研究》，頁 77。

〔註 239〕侯瑞華：〈清華簡《鄭武夫人規孺子》二題〉，頁 42、43。

（幽溪 kao）讀為巧（幽溪 qiao）。睡虎地秦簡《日書》乙《生》:『乙丑生，不武乃工考。』甲本《生子》作:『乙丑生子，武以攻（工）巧。』又乙本:『丁亥生，考。』上博楚竹書《孔子詩論》簡八:『少（小）弁，考言……』『考言』即《巧言》,《詩・小雅》篇名。」〔註 240〕巧語：表面好聽卻虛偽的話。

翻譯：卻藏禍心在他們表面好聽卻虛偽的話中

 以	 䜌（亂）	 夫₌（大夫）	 之	 正（政）	 乳₌（孺子）
 女（汝）	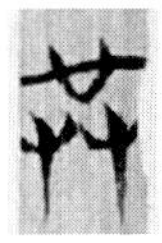 共（恭）	 夫₌（大夫）	 虘（且）	 以	 教
 玄（焉）					

〔二十三〕以䜌（亂）夫₌（大夫）之正（政）。「乳₌（孺子）女（汝）共（恭）夫₌（大夫），虘（且）以教玄（焉）。

許文獻：「孺子亦毋以褻豎、嬖禦、勤力、㢮馭、媚妬之臣，躬恭其顏色、掩於其巧語，以亂大夫之政。」指「孺子也不要因為其『褻豎』、『嬖禦』、『勤力』、『決馭』、『媚妬』等表現，就親近他，且被其顏色巧語所蒙蔽，而禍亂士大夫之政。」〔註 241〕

劉孟瞻：整理者亦將「女」讀「汝」，雖也可通，然不若讀為「如」之曉暢。文中指鄭武夫人對孺子的規勸。〔註 242〕

子居：「女」不若讀為「如」之曉暢，這裡是作為一種假設狀態的「如果」解。〔註 243〕

清華簡整理者：教，《禮記・學記》「善教者使人繼其志」，陸德明釋文：

〔註 240〕王輝：《古文字通假字典》，頁 183、184。

〔註 241〕許文獻：〈關於清華《鄭武夫人規孺子》簡 7 之「㢮」字〉，簡帛網：http://www.bsm.org.cn/show_article.php?id=3024，2018-03-16。

〔註 242〕劉孟瞻：簡帛研讀 » 清華六〈鄭武夫人規孺子〉初讀（第 20 樓），簡帛論壇，http://www.bsm.org.cn/bbs/read.php?tid=3345&page=3，2016 年 4 月 18 日。

〔註 243〕子居：〈清華簡《鄭武夫人規孺子》解析〉，中國先秦史網：http://xianqin.byethost10.com/2016/06/07/338，2016 年 6 月 7 日。

「教，一本作學。」〔註 244〕

子居：「教」不必如整理者所引解為「學」，句讀也當斷在「恭」字而以「大夫」屬下讀，且「恭」當與下文一樣讀為「拱」，指君主不親自處理事務的狀態。〔註 245〕

林清源：簡 8 宜斷讀作「孺子如拱，大夫且以教焉」，意思是「孺子如果垂拱而治，（此期間）大夫將會教導你（治國實務）」，這樣的遊說口氣，比較符合當時鄭武夫人的身分。〔註 246〕

王寧：「女」原整理者括讀「汝」，當讀「如」，當也。此處「恭」為恭敬、尊重義。「教」當讀為「效」，即效驗之「效」，《廣雅・釋詁五》：「稽、效，考也」，即考驗、考察義。「乳₌（孺子）女（汝）共（恭）夫₌（大夫），䖒（且）以教女（焉）。」此二句是說孺子應當尊重大夫們，且要考察他們。所以下文說「如及三歲，幸果善之」如何如何，「如弗果善」如何如何，正是考察之謂。〔註 247〕

朱忠恒：可斷讀為「孺子亦毋以褻豎、嬖禦勤力射馭，媚妬之臣躬恭其顏色、掩於其巧語，以亂大夫之政。」第一個「以」，連詞，因為。第二個「以」，連詞，表目的，用來。意思是，孺子你也不要因為這些親近寵愛的侍臣小吏而把精力都用在射箭禦馬之上。（他們這些）獻媚嫉賢的臣子表面恭敬，真實態度卻掩藏在他們的好話之後，來擾亂大夫們的政事。〔註 248〕

石兆軒：讀為「孺子如拱，大夫且以教焉」說的是孺子假若拱手無為，大夫並且在這樣的情況中教導你。〔註 249〕

侯瑞華：「女」讀「汝」。「教」當讀為「學」，指孺子在屬邦政於大夫之後，悉心向大夫學習如何執政。「教」、「學」乃同源關係，《郭店簡・唐虞之道》簡

〔註 244〕清華大學出土文獻研究與保護中心編，李學勤主編：《清華大學藏戰國竹簡（陸）》下冊，頁 107。

〔註 245〕子居：〈清華簡《鄭武夫人規孺子》解析〉，中國先秦史網：http://xianqin.byethost10.com/2016/06/07/338，2016 年 6 月 7 日。

〔註 246〕林清源：〈清華簡（陸）《鄭武夫人規孺子》通釋〉，頁 24。

〔註 247〕王寧：〈清華簡六《鄭武夫人規孺子》寬式文本校讀〉，復旦大學出土文獻與古文字研究中心網站：http://www.gwz.fudan.edu.cn/SrcShow.asp?Src_ID=2784，2016 年 5 月 1 日。

〔註 248〕朱忠恒：《清華大學藏戰國竹簡（陸）集釋》，頁 17。

〔註 249〕石兆軒：《清華六〈鄭武夫人規孺子〉研究》，頁 171。

5「太教（學）之中，天子親齒，教民弟也。」「教」即讀為「學」。〔註 250〕

劉師岑：「孺子如拱，大夫且以教焉」：「你如果垂拱無為，大臣將會教導你如何處理政務。」從此處可看出，執政大臣應有武夫人（又或親申）之人。〔註 251〕

沈培：應當讀為：「孺子，汝恭大夫，且以學焉。」〔註 252〕

筆者茲將各家對「□」、「□」之說法表列於下：

表 2-2-21：「□」諸家訓讀異說表

□	訓　　讀
林清源、劉孟瞻、子居、石兆軒	讀「如」
王寧	讀「如」，當也。
沈培、侯瑞華	讀「汝」

表 2-2-22：「□」諸家訓讀異說表

□	訓　　讀
林清源、子居、石兆軒	讀「拱」
王寧	恭：恭敬、尊重

按：以：而。《尚書》：「天大雷電以風。」《大戴禮記．曾子制言》：「富以苟，不如貧以譽；生以辱，不如死以榮。」孺子：此稱諸侯之繼承人。《書．立政》：「嗚呼！孺子王矣。」《古文字通假字典》：「女（魚泥 nü）讀為如（魚日 ru）。鄂君啓車節：『女馬女牛女德（特），屯（純）十以當一車。』女亦讀如，訓假如或如同。又《珍秦齋藏印．戰國篇》三二：『文是（氏）相女。』『相女』即『相如』，常見人名。」〔註 253〕《古文字通假字典》：「共（東群 gong）讀為恭（東見 gong）。《璽彙》五一三三：『共。』應讀為恭。上博楚竹書《從政》甲簡五：『五德……二曰共……』」〔註 254〕《爾雅》：「恭，敬也。」

〔註 250〕侯瑞華：《清華簡〈鄭武夫人規孺子〉集釋與相關問題研究》，頁 81。
〔註 251〕劉師岑：《語文古史新研——清華陸〈鄭武夫人規孺子〉內容研究》，頁 151。
〔註 252〕沈培：〈清華簡《鄭武夫人規孺子》校讀五則〉，頁 54。
〔註 253〕王輝：《古文字通假字典》，頁 104。
〔註 254〕王輝：《古文字通假字典》，頁 460。

敬：不苟且不怠慢，慎重對待。筆者認為雖為人君亦應禮賢下士、虛心求教，「共」以讀「恭」為宜。且：將。《列子・湯問》：「年且九十。」《戰國策・秦策》：「城且拔矣。」《王力古漢語字典》：「教：傳授：《左傳・襄公三十一年》：『教其不知，而恤其不足。』」〔註255〕

翻譯：而敗壞臣子的政事。您如果敬謹，臣子將以所能傳授您。

女（如）	及	三	戠（歲）	幸	果
善	之				

〔二十四〕女（如）及三戠（歲），幸果善之，

清華簡整理者：果，訓「終」，見《古書虛字集釋》（第339頁）。這是說諸臣執政三年而終善。〔註256〕

王寧：「三歲」蓋指三年之喪，即鄭莊公為鄭武公服喪三年。《韓非子・內儲說上》：「墨者之葬也，冬日冬服，夏日夏服，桐棺三寸，服喪三月，世主以為儉而禮之。儒者破家而葬，服喪三年，大毀扶杖，世主以為孝而禮之。」「三年之喪」蓋儒家所推崇的喪制。「如及三歲」即如果到三年服喪期滿。根據鄭武夫人的要求，在莊公為武公服喪的三年期間是不能過問政事的，國中諸事均交付給群臣搭理，同時考驗群臣的忠心和能力。按：莊公即位時年尚幼，姜氏專政。莊公親政後仍與姜氏不斷有權力之爭，直到莊公二十二年（《左傳》魯隱公元年，前722），莊公利用叔段叛亂事件才徹底清除了姜氏的勢力。此處鄭武夫人讓莊公服三年之喪，並且說自己只「糾修宮中之政，門檻之外毋敢有知焉」，實言行不一，為其專權的開始。〔註257〕

〔註255〕王力：《王力古漢語字典》，頁409。

〔註256〕清華大學出土文獻研究與保護中心編，李學勤主編：《清華大學藏戰國竹簡（陸）》下冊，頁107。

〔註257〕王寧：〈清華簡六《鄭武夫人規孺子》寬式文本校讀〉，復旦大學出土文獻與古文字研究中心網站：http://www.gwz.fudan.edu.cn/SrcShow.asp?Src_ID=2784，2016年5月1日。

張崇禮：果，果真。《禮記．中庸》：「果能此道矣，雖愚必明，雖柔必強。」〔註 258〕

王瑜楨：〈鄭武夫人規孺子〉簡 8 武姜要求孺子「孺子如恭大夫且以學焉。如及三歲」，而簡 11～12 又說「自是期以至葬日，孺子毋敢有知，焉屬之大夫及百執事」，這兩句話的時間點顯然是一致的，從朝夕哭到葬，剛好就是三年，這是鄭武公之喪有「三年之喪」的重要依據；簡 13 有「小祥，大夫聚謀」的句子，既然有「小祥」，那麼必然有「大祥」，「小祥」是喪期滿一年之稱，「大祥」是喪期二年之稱，這也是鄭國在此時有三年之喪的證明。「如果善之」的意思是：「孺子毋知邦政，屬之大夫」的結果如果真的是「善」，即「好的」；「之」只是一個可有可無的語助詞。「幸果善之」及其後的「如弗果善」是指莊公三年不主持政務，把政務交給大臣的後果。〔註 259〕

朱忠恒：果，果真。如，連詞，表示假設關係，相當於「假如」、「如果」。《詩．秦風．黃鳥》：「如可贖兮，人百其身。」幸，僥倖，《說文》：「幸，吉而免兇也。」《史記．廉頗藺相如列傳》：「幸得脫矣。」善，通曉，熟練，熟悉。「幸果善之」之「之」，代指治理國家。〔註 260〕

按：如：如果。《廣雅》：「如，若也。」《論語．雍也》：「如有復我者，則吾必在汶上矣。」及：等到。《列子．湯問》：「及日中則如盤盂。」字亦見於清華簡七〈子犯子餘〉簡 05：「（幸）得又利不忻蜀」幸：幸運。《史記．廉頗藺相如列傳》：「亦幸赦臣。」果：當真，果然。《史記．魏公子列傳》：「如姬果盜兵符與公子。」善：好。《左傳．襄公三十年》：「善人國之主也。」《呂氏春秋．長攻》：「所以善代者乃萬故。」注：「善好也。」《論語．述而》：「擇其善者而從之，其不善者而改之。」

翻譯：如果等到三年，幸運地果然是好的

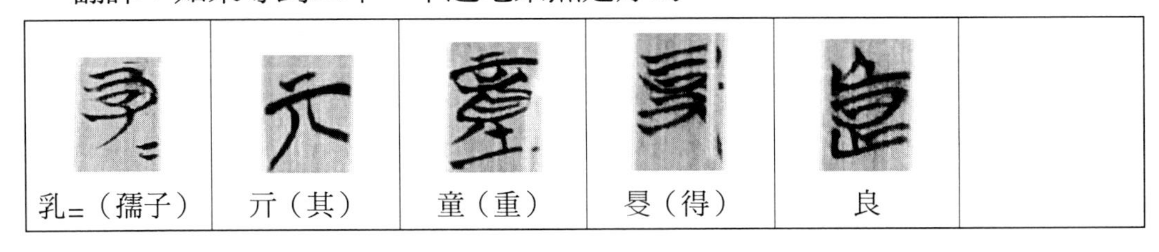

〔註 258〕張崇禮：〈清華簡《鄭武夫人規孺子》考釋〉，復旦大學出土文獻與古文字研究中心：http://www.gwz.fudan.edu.cn/Web/Show/4306，2018/10/17。

〔註 259〕王瑜楨：《清華大學藏戰國竹簡（陸）鄭國史料三篇研究》，頁 130。

〔註 260〕朱忠恒：《清華大學藏戰國竹簡（陸）集釋》，頁 17、18。

〔二十五〕乳=（孺子）亓（其）童（重）叓（得）良【八】

清華簡整理者：重，訓「多」，見《詞詮》（第210頁）。〔註261〕

子居：「重得良臣」，就是重新確認這些鄭武公舊臣仍是能很好輔佐鄭莊公的良臣。整理者將簡八與簡九連讀，實則簡八當下接簡十，重即重新之義。〔註262〕

朱忠恒：重，重新之意。重得良臣，指孺子若經歷三年的學習指導，效果很好，大臣也為他出謀劃策。大臣們在作為先君的良臣之後，也重新成為他的良臣了。「孺子汝恭大夫，且以教焉。如及三歲，幸果善之，孺子其重得良臣」，意思是：孺子你恭敬地對待大夫，並且讓他們來教你。如果過了三年，你僥倖果真熟悉了治國理政，那麼孺子你就是接著你的父親而重新獲得了良臣了。〔註263〕

石兆軒：「重」：復、再次之義。「重得良臣」亦即在大臣代君執政而有良好結果的情況下，這些原先服事先君的良臣又供職於孺子，如同再次得到良臣。〔註264〕

侯瑞華：「童」讀為「踵」，「踵」乃踵繼、接續之意。「踵得」相當於「繼得」，指孺子能夠接續先君，繼得其良臣。也就是再得、又得良臣。〔註265〕

劉師岑：「孺子其重得良臣」：孺子將增得良臣。〔註266〕

張崇禮：重，再次、重新。《爾雅・釋言》：「重，再也。」《廣韻・用韻》：「重，更為也。」眾大夫本即武公良臣，如能忠心侍奉，對莊公而言，就是重新得到良臣。〔註267〕

按：其：當，可。《左傳・僖公三十二年》：「吾其還也。」《古文字通假字典》：「童（東定 tong）讀為重（東定 zhong）。上博楚竹書〈容成氏〉簡二

〔註261〕清華大學出土文獻研究與保護中心編，李學勤主編：《清華大學藏戰國竹簡（陸）》下冊，頁107。

〔註262〕子居：〈清華簡《鄭武夫人規孺子》解析〉，中國先秦史網：http://xianqin.byethost10.com/2016/06/07/338，2016年6月7日。

〔註263〕朱忠恒：《清華大學藏戰國竹簡（陸）集釋》，頁18。

〔註264〕石兆軒：《清華六〈鄭武夫人規孺子〉研究》，頁176。

〔註265〕侯瑞華：《清華簡〈鄭武夫人規孺子〉集釋與相關問題研究》，頁83。

〔註266〕劉師岑：《語文古史新研——清華陸〈鄭武夫人規孺子〉內容研究》，頁155。

〔註267〕張崇禮：〈清華簡《鄭武夫人規孺子》考釋〉，復旦大學出土文獻與古文字研究中心：http://www.gwz.fudan.edu.cn/Web/Show/4306，2018/10/17。

一：『禹然後始行以儉，衣不鮮美，食不童味……』重複義的重音 chong。」〔註 268〕「重」從整理者之說訓「多」。《左傳・成公二年》：「重器備。」注：「猶多也。」良臣：幹練、忠誠的臣子。《管子・立政》：「是故國有德義未明於朝而處尊位者，則良臣不進。」

翻譯：您可多獲得幹練、忠誠的

 臣	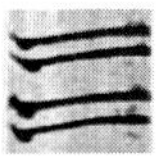 三（四）	 𨜰（鄰）		 虗（吾）	 先
 君	 為	 能	 敘		

〔二十六之一〕臣、三（四）𨜰（鄰）以虗（吾）先君為能敘。

明珍：「　」殘字上從虍，若照一般從虍聲字推之，可能是讀為「虎臣」。〔註 269〕

清華簡整理者：敘，《周禮・司書》「以敘其財」，鄭注：「猶比次也。」〔註 270〕

子居：「三（四）𨜰（鄰）以虗（吾）先君為能敘」是說四鄰諸國認為鄭武公能得其世敘，即承認鄭莊公能繼承先君事業的意思。〔註 271〕

王寧：「臣」前一字當為「吾」之殘泐，「吾臣」一詞古書習見，意思是我的臣子，這裡鄭武夫人說的「吾臣」是指我鄭國的群臣。「敘」即《書・舜典》「百揆時敍」之「敍」，次序，「能敘」即能合理排定官員的次序，謂善於安排群臣。「吾臣、四鄰以吾先君為能敘」是說我們鄭國的群臣以及四鄰諸國都認為吾先君很會安排使用諸臣。〔註 272〕

〔註 268〕王輝：《古文字通假字典》，頁 468、469。

〔註 269〕明珍：簡帛研讀 » 清華六〈鄭武夫人規孺子〉初讀（第 34 樓），簡帛論壇，http://www.bsm.org.cn/bbs/read.php?tid=3345&page=3，2016 年 4 月 21 日。

〔註 270〕清華大學出土文獻研究與保護中心編，李學勤主編：《清華大學藏戰國竹簡（陸）》下冊，頁 107。

〔註 271〕子居：〈清華簡《鄭武夫人規孺子》解析〉，中國先秦史網：http://xianqin.byethost10.com/2016/06/07/338，2016 年 6 月 7 日。

〔註 272〕王寧：〈清華簡六《鄭武夫人規孺子》寬式文本校讀〉，復旦大學出土文獻與古文字研究中心網站：http://www.gwz.fudan.edu.cn/SrcShow.asp?Src_ID=2784，2016 年

沈培：「敘」當讀「豫」。「敘」從「余」聲，《周易》的「豫」卦，上博簡作「余」；「余」「餘」是古今字的關係，「餘」與「豫」常相通假。「豫」的常用義為「備」，古人常將善於「豫」的人看做智者：《淮南子．說山》：「巧者善度，知者善豫。」高誘注：「豫，備也。」「四鄰以吾先君為能豫」跟「孺子其重得良臣」相呼應。簡文開頭說鄭武公在世時，君臣相處甚歡，國家三年無君，仍然能夠不亂，是因為有良臣在。武夫人此處說「孺子其重得良臣」，等於是說孺子你也可以三年不知政，如果大臣們三年都能善待你，就等於你接著你父親而重新獲得良臣，就好像你父親早就給你準備好了一樣，可見你父親是多麼聖智。〔註 273〕

王瑜楨：原考釋把「敘」依字解為「比次」，但沒有說「比次」什麼。各家大都從「比次」這類的意義去發揮。其缺點是：簡文只說「敘」，沒有受詞，因此「敘」什麼？要依自己體會去加上受詞。王寧釋為「安排群臣」，是加上了「群臣」。體會簡文的意思，鄭武公所留下的大夫，所能成為「良臣」，是因為鄭武公的領導風格下對大夫所完成的訓練：「如邦將有大事，必再三進大夫而與之偕圖。既得圖，乃為之毀圖，所賢者，焉申之以龜筮。故君與大夫宴焉，不相得惡」，大夫能參與邦國大事的謀畫，因此都能成為國之「良臣」。這就是吾先君「能敘」。沈文讀「敘」為「豫」，有通假的例證，釋義也合理可從。從孺子的角度來看，吾先君當年的領導，造就了一批良臣，可供莊公任用，這就是「能豫」。〔註 274〕

朱忠恒：以……為，把……作為。敘，從沈培讀為「豫」，備也。「四鄰以吾先君為能豫。」意思是：四鄰諸國認為我們先君能預備後事。（指為鄭莊公安排大臣輔政）〔註 275〕

侯瑞華：「敘」本為次序，同時又有排列次序的意思，引申則有安排之義。「能敘」指其善於安排內外，並且得到承繼。〔註 276〕

劉師岑：「能豫」為「能提前準備」之義，即讚賞武公有先見之明，提前訓

---

5 月 1 日。

〔註 273〕沈培：〈清華簡《鄭武夫人規孺子》校讀五則〉，頁 43。

〔註 274〕王瑜楨：《清華大學藏戰國竹簡（陸）鄭國史料三篇研究》，頁 132。

〔註 275〕朱忠恒：《清華大學藏戰國竹簡（陸）集釋》，頁 18。

〔註 276〕侯瑞華：《清華簡〈鄭武夫人規孺子〉集釋與相關問題研究》，頁 95。

練好鄭國大臣，使政治不亂。〔註 277〕

按：四鄰：四方鄰國。《書・蔡仲之命》：「懋乃攸績，睦乃四鄰，以蕃王室，以和兄弟，康濟小民。」《王力古漢語字典》：「以：以為、認為。《戰國策・齊策》：『臣之妻私臣，臣之妾畏臣，臣之客欲有求於臣，皆以美於徐公。』」〔註 278〕敘、豫皆魚部可通。《上海博物館藏戰國楚竹書・容成》：「敘（豫）州始可處也。」〔註 279〕筆者從「豫」之說。《王力古漢語字典》：「豫：預備，事先有準備。也作『預』。《禮記・中庸》：『凡事豫則立，不豫則廢。』」〔註 280〕

翻譯：臣子、四方鄰國認為我先王是能事先準備（的）

 女（如）	 弗	 果	 善	 欮	 虗（吾）
 先	 君	 而	 孤	 乳=（孺子）	

〔二十六之二〕女（如）弗果善，欮虗（吾）先君而孤乳=（孺子），

清華簡整理者：欮，《廣雅・釋詁一》：「病也。」此指為難。〔註 281〕

子居：「欮」可讀為「棄」或「欺」，「棄吾先君」指的是背棄先君之命。〔註 282〕

林清源：「欮」當可通讀為從朿得聲的「責」。「責」有「責備」、「責難」義，「欮」字所以從「死」，疑與責難對象為死者有關。〔註 283〕「孤」有「辜負」義，如《史記・遊俠列傳》：「今拘學或抱咫尺之義，久孤於世，豈若卑論儕俗，與世沉浮而取榮名哉！」司馬貞索隱：「言拘學守義之士，或抱咫尺

〔註 277〕劉師岑：《語文古史新研——清華陸〈鄭武夫人規孺子〉內容研究》，頁 155。

〔註 278〕王力：《王力古漢語字典》，頁 16。

〔註 279〕先秦甲骨金文簡牘詞彙資料庫：http://inscription.asdc.sinica.edu.tw/c_index.php。

〔註 280〕王力：《王力古漢語字典》，頁 1314。

〔註 281〕清華大學出土文獻研究與保護中心編，李學勤主編：《清華大學藏戰國竹簡（陸）》下冊，頁 107。

〔註 282〕子居：〈清華簡《鄭武夫人規孺子》解析〉，中國先秦史網：http://xianqin.byethost10.com/2016/06/07/338，2016 年 6 月 7 日。

〔註 283〕林清源：〈清華簡（陸）《鄭武夫人規孺子》通釋〉，頁 27。

纖微之事，遂久以當代，孤負我志。」「責吾先君而孤孺子」，意思是說：（委託大夫代管邦政三年之後，大夫施政成績若不理想）將使吾先君蒙受識人不明的批評，同時也將辜負孺子期望多得良臣的心願。〔註 284〕

暮四郎：「欮」似當直接讀為「死」。「死先君」與「孤孺子」相對。〔註 285〕

王寧：「欮」即《說文》「𣧑」字，云：「戰見血曰傷，亂或為惛，死而復生為𣧑。從死次聲。」段注：「謂之𣧑者，次於死也。……從死次聲，形聲包會意也。」然此疑為「𣧑」的或體，讀為「尸」，主也。尸吾先君而孤孺子，意思是主掌了吾先君的位置（或權利）而孤立了孺子。〔註 286〕

郝花萍：孤，或為「辜負」意。《集韻・模韻》：「孤，負也。」「女（如）弗果善」和上文提到的「女（如）及三歲，幸果善之」應該是假設了兩種情況。如果三年之後，大臣們善政，則可視為君主的良臣，如果不善政，則為有罪，罪名是為難先君，辜負現任君主。莊公放權于大臣，給予諸臣處理國事的權力，若諸臣不善政，自是對君主之信任的辜負。〔註 287〕

何有祖：字左從歺，右從人，從次。欠、次作為偏旁時義近換用，又會意字，為死字異體。「死吾先君而孤孺子」，大意是因吾先君已死而棄其少子。〔註 288〕

沈培：「欮」是「死」的異體。從「欠」的字有的跟心情有關，比如有欲、欣、歆、歡。簡文特地在這個「死」旁加上「欠」，很可能就是為了突顯「死吾先君」的「死」是一種意動用法。即使君主死去已成事實，但從情感上不能把他當做死人。〔註 289〕

〔註 284〕林清源：〈清華簡（陸）《鄭武夫人規孺子》通釋〉，頁 28。

〔註 285〕暮四郎：簡帛研讀 » 清華六〈鄭武夫人規孺子〉初讀（第 10 樓），簡帛論壇，http://www.bsm.org.cn/bbs/read.php?tid=3345&page=3，2016 年 4 月 18 日。

〔註 286〕王寧：〈清華簡六《鄭武夫人規孺子》寬式文本校讀〉，復旦大學出土文獻與古文字研究中心網站：http://www.gwz.fudan.edu.cn/SrcShow.asp?Src_ID=2784，2016 年 5 月 1 日。

〔註 287〕郝花萍：《清華大學藏戰國竹簡（陸）鄭國三篇集釋》，頁 35。

〔註 288〕何有祖：〈讀清華簡六劄記（二則）〉，簡帛網：http://www.bsm.org.cn/show_article.php?id=2867，2017-08-17。

〔註 289〕沈培：〈從釋讀清華簡的一個實例談談在校讀古文獻中重視古人思想觀念的效用〉，「2017 出土文獻與傳世典籍的詮釋國際學術研討會」論文，復旦大學出土文獻與古文字研究中心主辦，2017 年 10 月 14 日～15 日。轉引自朱忠恒：《清華大學藏戰國竹簡（陸）集釋》，武漢大學碩士學位論文，2018 年 5 月，頁 19。

許文獻：簡文「」字可逕釋為從死從次，非從欠，且有可能是雙聲字，死次皆聲（「死」字上古音屬心母脂部，「次」字則屬清母脂部，二字疊韻聲近。）而可隸作「䀶」，但是否為「死」字異構，因楚簡「死」字尚猶未見從次者，恐猶可商。又「䀶」字或可改讀為「趑」，二字聲韻俱近，且同從次聲，應可相通，而「趑」字本訓作「行不進」，即不願付諸行動之意，如《說文》釋「趑」即云「趑趄，行不進也。」另外，典籍文獻所見「趑」字多未單獨存在，更多的是以聯綿詞「趑趄」之詞形方式呈現。因此，簡文「」字在戰國時期有可能是「趑趄」之專字，甚或有合音形構之關係，是故，簡文此所謂「吾先君而孤孺子」，當可讀為「趑（趄）吾先君而孤孺子」，殆指「對死去之國君懷有二心，現在更孤立其孺子」之意。「趑趄」，指「懷有二心」之意。〔註290〕

王瑜楨：「欶」字從「死」、從「欠」，楚文字「欠」旁多加兩點，看起來像「次」，其實都要看成「欠」旁。楚文字有些加「欠（次）」旁的字，仍然要從欠之外的讀音去通讀，如《清華一・程寤》簡9的「歜」（足）字，學者都同意讀為「足」。因此，「欶」字也是這樣的情況。所以我認為這個字應分析為從欠、死聲，「死」旁亦兼義。（也可以看成「欠」旁聲化為「次」，「次（七四切）」與「死（息姊切）」上古音都是齒音脂母字）。「死吾先君」，何文、沈文與林文中已舉出很多文獻中類似的用例，沈文對這些材料能從先秦歷史傳統、儒家文化的角度來詮釋「死吾先君」的語意，可從。〔註291〕

朱忠恒：此處編聯從尉侯凱、子居意見。簡8下接簡10。簡9置於簡13與簡14之間，上接簡13，下啟簡14。欶，「死」之異體，從何有祖、沈培說。孤，負也。李陵〈答蘇武書〉：「陵雖孤恩，漢亦負德。」〔註292〕

張崇禮：欶，「欠」旁當是「次」之省，可分析為從死次聲，《字彙補・歹部》：「欶，同殄。」「欶」讀為「訾」。次，清母脂部；此，清母支部。二者音近可通。（參見張儒、劉毓慶：《漢字通用聲素研究》，512頁【此通次】條。）訾，不思報稱其上之恩也。《說文》：「訾，不思稱意也。從言此聲。《詩》

〔註290〕許文獻：〈清華簡六《鄭武夫人規孺子》「死次」字釋讀疑義淺說〉，簡帛網：http://www.bsm.org.cn/show_article.php?id=2937，2017-11-07。

〔註291〕王瑜楨：《清華大學藏戰國竹簡（陸）鄭國史料三篇研究》，頁136。

〔註292〕朱忠恒：《清華大學藏戰國竹簡（陸）集釋》，頁20。

曰：『翕翕訿訿。』」段注：「《釋訓》云：『翕翕訿訿，莫供職也。』毛傳云：『翕翕然患其上，訿訿然不思稱其上。』不思稱其上者，謂不思報稱其上之恩也。《大雅》傳云：『訿訿，窳不供事也。』二傳辭義同。」另，孤：辜負。《史記．遊俠列傳》：「今拘學或抱咫尺之義，久孤於世，豈若卑論儕俗，與世沉浮而取榮名哉！」司馬貞索隱：「言拘學守義之士，或抱咫尺纖微之事，遂久以當代，孤負我志。」《後漢書．明德馬皇后紀》：「臣叔父援孤恩不報。」李賢注：「孤，負也。」朱駿聲《說文通訓定聲》：「蓋背恩之意。」〔註 293〕

筆者茲將各家對「」之說法表列於下：

表 2-2-23：「」諸家訓讀異說表

	訓　讀
整理者	為難
子居	讀「棄」或「欺」　棄：背棄
林清源	讀「責」。責：責備、責難
暮四郎、何有祖、沈培、王瑜楨、朱忠恒	讀「死」
王寧	讀「尸」，主也。
許文獻	讀「赼」「赼趄」之專字赼趄指懷有二心
張崇禮	讀「訾」。訾，不思報稱其上之恩也。

按：欳、棄皆脂部可通。筆者從讀「棄」之說。棄：違背。《左傳．宣公二年》：「棄君之命，不信。」孤：使孤立。《墨子．號令》：「守人臨城，必謹問父老吏大夫，請有怨仇讎不相解者，召其人，明白為之解之，守必自異其人而藉之孤之。」《史記．蘇秦列傳》：「故為大王計，莫如從親以孤秦。」

翻譯：如果不是果然好的，違背我先王而使國君孤立

 亓（其）	 辠（罪）	 亦	 跋（足）	 婁（數）	 也

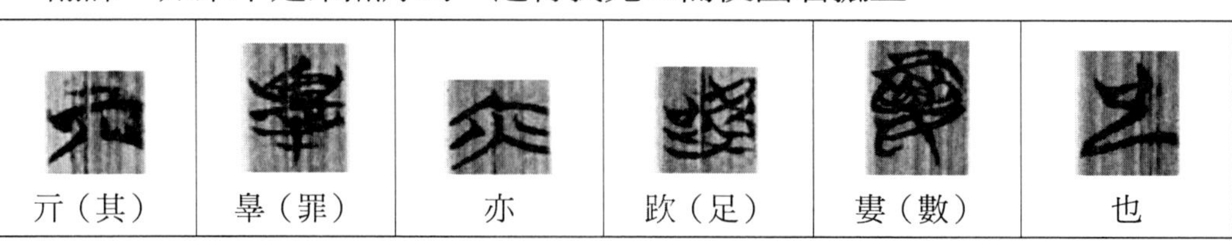

〔註 293〕張崇禮：〈清華簡《鄭武夫人規孺子》考釋〉，復旦大學出土文獻與古文字研究中心：http://www.gwz.fudan.edu.cn/Web/Show/4306，2018/10/17。

〔二十七〕亓（其）辠（罪）亦跌（足）婁（數）也。

清華簡整理者：此段所云果善或弗果善，皆指大夫諸臣而言。如及三年，諸臣不能善政，則責以為難先君之罪。數，《左傳》昭公二年「使吏數之」，杜注：「責數其罪。」〔註 294〕

子居：所責者當是「棄吾先君而孤孺子」之罪，即指這些舊臣如果不能奉行舊政而言，也就是說將這三年當做對舊臣能否在鄭莊公不干預的情況下依然很好地治理鄭國的一個考驗。〔註 295〕

林清源：「跌」字疑應讀為「積」，訓為「眾」、「多」之意，如《漢書・食貨志下》：「夫縣法以誘民，使入陷阱，孰積於此。」顏師古注：「積，多也。」〔註 296〕

「婁」疑應讀為「數」，訓為「計數」或「列舉」。古書有「積數」一詞，指「累積的數目或數量」，如《漢書・天文志》：「凡天文在圖籍昭昭可知者，經星常宿中外官凡百一十八名，積數七百八十三星，皆有州國官宮物類之象。」事物累積日久，數量必定可觀，是以「積數」一詞常與「繁」、「多」等詞搭配使用。「其罪亦積數也」，意思猶如「大夫失政之罪大矣」。〔註 297〕

暮四郎：「跌婁」當讀為「促速」，表示快速、急促之義。《禮記・樂記》「衛音趨數煩志」，鄭玄注：「趨數讀為促速，聲之誤也。」「趨數」、「促速」和此處「跌婁」是一個詞，上古「數」、「速」常常通用。（張儒、劉毓慶：《漢字通用聲素研究》，太原：山西古籍出版社，2002 年，第 271 頁。）「其辠亦跌（促）婁（速）也」是說那麼他們的罪過就會很快降臨到他們頭上。〔註 298〕

王寧：「足」簡文本作「跌」，從足從次（欠），原整理者隸定為「跌」，後世典籍用為「跌跙」字，然此字與之不同，原整理者括讀為「足」，是也。疑即飽足、充足之「足」的後起專字。下文「亦猶足吾先君」、「幾孤其足為免」之「足」同。數，原整理者云：「《左傳》昭公二年『使吏數之』，杜注：『責數其

〔註 294〕清華大學出土文獻研究與保護中心編，李學勤主編：《清華大學藏戰國竹簡（陸）》下冊，頁 107。

〔註 295〕子居：〈清華簡《鄭武夫人規孺子》解析〉，中國先秦史網：http://xianqin.byethost10.com/2016/06/07/338，2016 年 6 月 7 日。

〔註 296〕林清源：〈清華簡（陸）《鄭武夫人規孺子》通釋〉，頁 31。

〔註 297〕林清源：〈清華簡（陸）《鄭武夫人規孺子》通釋〉，頁 32。

〔註 298〕暮四郎：簡帛研讀 » 清華六〈鄭武夫人規孺子〉初讀（第 10 樓），簡帛論壇，http://www.bsm.org.cn/bbs/read.php?tid=3345&page=3，2016 年 4 月 18 日。

罪。』」《漢書・高帝紀上》:「漢王數羽」,顏注:「數,責其罪也」,為責備、譴責意。「足數」謂足以譴責。〔註 299〕

朱忠恒:「其罪」指大臣們之罪。先君死了,孺子三年也沒有學會治國理政,大臣們辜負了孺子。這是他們的罪過。足,充分,足夠。《詩經・召南・行露》:「誰謂雀無角,何以穿我屋。誰謂女無家,何以速我獄。雖速我獄,室家不足!」余冠英注:「『室家不足』是說對方要求締結婚姻的理由不足。」數,從整理者說,責難。「如弗果善,死吾先君而孤孺子,其罪亦足數也。」這幾句意思是:如果你果真不熟悉治國理政,那麼先君死了孺子也被辜負了,他們的罪責也足以被責難。〔註 300〕

侯瑞華:「其罪亦足數也」是說大臣若治政不善,那麼他們的罪過著實不小。〔註 301〕

張崇禮:趑,《字彙補・足部》:「趑,趑且,卻行也。《易》:『其行次且。』古本作趑。」《易夬》:「臀無膚,其行次且,牽羊悔亡。」高亨今注:「次且,借為趑趄,行不進之貌。」《集韻・脂韻》:「趑,《說文》:『趑趄,行不進也。』或作趑。」趑,讀為「資」,憑藉、依靠。《篇海類編・珍寶類・貝部》:「資,憑。」《孟子・離婁下》:「則資之深。」朱熹集註:「資,猶藉也。」《文選・顏延年〈皇太子釋奠會作詩〉》:「資此夙知,降從經志。」李善注:「資,猶籍也。」〔註 302〕

筆者茲將各家對「」、「」之說法表列於下:

表 2-2-24:「」諸家訓讀異說表

	訓　讀
林清源	讀「積」,訓「眾」、「多」
暮四郎	讀「促」

〔註 299〕王寧:〈清華簡六《鄭武夫人規孺子》寬式文本校讀〉,復旦大學出土文獻與古文字研究中心網站:http://www.gwz.fudan.edu.cn/SrcShow.asp?Src_ID=2784,2016 年 5 月 1 日。

〔註 300〕朱忠恒:《清華大學藏戰國竹簡(陸)集釋》,頁 20。

〔註 301〕侯瑞華:《清華簡〈鄭武夫人規孺子〉集釋與相關問題研究》,頁 97。

〔註 302〕張崇禮:〈清華簡《鄭武夫人規孺子》考釋〉,復旦大學出土文獻與古文字研究中心:http://www.gwz.fudan.edu.cn/Web/Show/4306,2018/10/17。

朱忠恒	足，充分，足夠
張崇禮	讀「資」，憑藉、依靠。

表 2-2-25：「」諸家訓讀異說表

	訓　讀
林清源	讀「數」，訓「計數」或「列舉」
暮四郎	讀「速」
王寧	責備、譴責
朱忠恒	數：責難。

按：《古文字通假字典》：「婁（侯來 lou）讀為數（屋山 shu），侯屋陰入對轉。郭店楚簡《語叢一》簡九〇：『婁不盡也。』裘錫圭按語婁讀為數。」〔註 303〕「數」筆者從「責備」之說。數：責備；數落。《左傳．僖公二十八年》：「數之以其不用僖負羈，而乘軒者三百人也。」楊伯峻注：「『數之』云云，數其罪也。」

翻譯：他們的罪也足夠責備

 邦	 人	 既	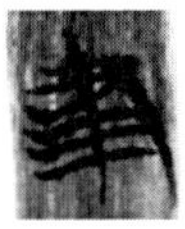 𦘔（盡）	 䎽（聞）	 之
 乳₌（孺子）	 或	 延（誕）	 告		

〔二十八〕邦人既𦘔（盡）䎽（聞）之，乳₌（孺子）【十】或延（誕）告，

清華簡整理者：或，猶「若」也，見《古書虛字集釋》（第 167 頁）。誕，句中助詞，無義，見《經傳釋詞》。此云孺子屆時若告於先君。〔註 304〕

ee：「或（又）延告」，「或」很明顯應讀為「又」。〔註 305〕

〔註 303〕王輝：《古文字通假字典》，頁 315。

〔註 304〕清華大學出土文獻研究與保護中心編，李學勤主編：《清華大學藏戰國竹簡（陸）》下冊，頁 107。

〔註 305〕ee：簡帛研讀 » 清華六〈鄭武夫人規孺子〉初讀（第 14 樓），簡帛論壇，http://www.bsm.org.cn/bbs/read.php?tid=3345&page=3，2016 年 4 月 18 日。

羅小虎：「或」不當訓為「若」，當訓為「又」（這一點，有學者已經指出。）「延」，可讀為「誕」。（亦有學者指出）「誕告」一詞，古書有之。《尚書．湯誥》：「王歸自克夏，至於亳，誕告萬方。」〔註306〕

子居：誕告，當為特指告於先君。〔註307〕

王寧：「或」讀「又」，從ee先生說。誕告，《書．湯誥》：「王歸自克夏，至於亳，誕告萬方。」孔傳：「誕，大也。」又〈盤庚中〉：「誕告用亶其有眾」，孔傳：「大告用誠於眾。」此為鄭重告知意。〔註308〕

王瑜楨：「邦人既𦘕（盡）䎽（聞）之，孚₌（孺子）【十】或延（誕）告虐（吾）先君」可以有兩種解釋。第一種解釋承前文的「如弗果善」，那麼邦人都知道了，孺子又向吾先君報告。第二種解釋承前文的「孺子如恭大夫且以學焉」，邦人都知道孺子的心意，孺子又向吾先君報告。我們傾向第二種解釋。「邦人既盡聞之」，指邦人都知道孺子聽從鄭武夫人的規勸，沿襲吾先君的做法，把國政交給大臣。「孺子或延告」的「或」字從網名「ee」釋為「又」；「延」，原考釋讀為「誕」，以為是語助詞，並不妥；學者或釋「延／誕」為「大」，也不妥，鄭莊公已聽從鄭武夫人的規對，把國政交給二三大夫，邦人已經盡知之了，在這種情況之下，沒有再向大眾或祖先大大地稟告的必要。孺子既把國政屬之大夫，三年而幸果善之，孺子恢得執政，得到這些大夫的輔佐，「孺子又接著告吾先君」，意思是：孺子接著把這些順利的情況向吾先君報告。〔註309〕

石兆軒：「邦人既盡聞之」的「之」為代詞，指代前文所說孺子委政大臣三年的情況，說的是除了邦人皆聽聞孺子委政三年的情況，「孺子又誕告吾先君」，意即孺子又接著向先君報告。〔註310〕

侯瑞華：簡文的「誕告」乃是祭祀之告。〔註311〕

〔註306〕羅小虎：簡帛研讀 » 清華六《鄭武夫人規孺子》初讀（第57樓），簡帛論壇，http://www.bsm.org.cn/bbs/read.php?tid=3345&page=7，2017年6月19日。

〔註307〕子居：〈清華簡《鄭武夫人規孺子》解析〉，中國先秦史網：http://xianqin.byethost10.com/2016/06/07/338，2016年6月7日。

〔註308〕王寧：〈清華簡六《鄭武夫人規孺子》寬式文本校讀〉，復旦大學出土文獻與古文字研究中心網站：http://www.gwz.fudan.edu.cn/SrcShow.asp?Src_ID=2784，2016年5月1日。

〔註309〕王瑜楨：《清華大學藏戰國竹簡（陸）鄭國史料三篇研究》，頁140。

〔註310〕石兆軒：《清華六〈鄭武夫人規孺子〉研究》，頁189。

〔註311〕侯瑞華：《清華簡〈鄭武夫人規孺子〉集釋與相關問題研究》，頁101。

張崇禮：誕告，廣泛告知。《書・湯誥》：「王歸自克夏，至於亳，誕告萬方。」孔傳：「誕，大也。以天命大義告萬方之眾人。」簡文指把大夫們的罪過廣泛告知鄭國百姓。〔註 312〕

按：邦人：百姓；國人。《書・金縢》：「二公命邦人，凡大木所偃，盡起而築之。」《史記・魯世家》作「國人」。既：已經。《論語・季氏》：「既來之，則安之。」《左傳・莊公十年》：「既克。」盡：整個；全部。《書・盤庚上》：「重我民，無盡劉。」《左傳・昭公二年》：「周禮盡在魯矣。」〔註 313〕聞：指知道，聽說。《左傳・隱公元年》：「公聞其期，曰：『可矣！』」古文字通假字典：「或（職匣 huo）讀為又（之匣 you），雙聲，之職陰入對轉。馬王堆帛書《戰國縱橫家書・公仲倗謂韓王章》：『今或得韓之一名縣具甲，秦、韓並兵南鄉（嚮）楚，此秦之所廟祀而求也。』《戰國策・韓策一》作：『今又得韓之名都一而具甲……』按《老子》：『道沖而用之或不盈。』敦煌唐寫本、傅奕本或作又。」〔註 314〕延、誕皆元部可通。《古文字通假字典》：「延（元喻）讀為誕（元定）。《尚書・大誥》：『肆朕誕以爾東征。』又《尚書・無逸》：『乃逸乃諺既誕。』漢石經誕作延。」〔註 315〕誕：大。「誕告」筆者從「廣泛告知」之說。

翻譯：國人已經全部知道它，國君又廣泛告知

虗（吾）	 先	 君	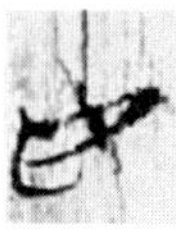 女（如）	 忍	 乳=（孺子）
 志=（之志）					

〔二十九〕虗（吾）先君女（如）忍乳=（孺子）志=（之志），

清華簡整理者：忍，動詞，《說文》：「能也。」〔註 316〕

〔註 312〕張崇禮：〈清華簡《鄭武夫人規孺子》考釋〉，復旦大學出土文獻與古文字研究中心：http://www.gwz.fudan.edu.cn/Web/Show/4306，2018/10/17。

〔註 313〕王輝：《古文字通假字典》，頁 732。

〔註 314〕王輝：《古文字通假字典》，頁 14。

〔註 315〕王輝：《古文字通假字典》，頁 732。

〔註 316〕清華大學出土文獻研究與保護中心編，李學勤主編：《清華大學藏戰國竹簡（陸）》下冊，頁 107。

ee：「忍」應讀為「念」，「念」泥紐侵部，「忍」日紐文部，古音非常近。〔註 317〕

子居：所容忍者蓋指前文所言舊臣的罪責。「孺子之志亦猶足」則是指鄭莊公治理鄭國的志向也還夠。〔註 318〕

羅小虎：整理報告之句讀似可商榷，可點斷為：邦人既「盡」聞之，乳=或延告（吾）先君：「女忍乳=志=，亦猷欥。」一般而言，「告」字後面接賓語較為常見，傳世文獻「誕告」的用例後面有的也有賓語。把「吾先君」三字屬上，表示其為誕告的對象。後面的話，可以理解為「誕告吾先君」的具體內容，即誕告所說的話。女，似乎應讀為「如」。此處不釋讀為「汝」，考慮到在上古時期以「汝」稱呼對方，不是很禮貌行為，一般用於上對下。因為是孺子誕告先君，可能不會直接稱先君為「汝」。但是可以用「爾」字。《尚書．金滕》：「爾不我許，我乃屏璧與珪。」忍，ee（單育辰）先生認為應讀為「念」，甚確。忍，日母文部；念，泥母侵部。楚系文字中，泥、日二母關係很近。文、侵二母也有相通的例證。如長臺關簡「任」、「紉」通假，前者為日母侵部，後者謂泥母文部。所以，「忍」讀為「念」，在語音上沒有問題。念，顧念、考慮。《尚書．洪範》：「凡爵庶民，有猶，有為，有守，汝則念之。」《漢書．翟方進傳》：「我念孺子，若涉淵淵，予惟往求朕所濟度。」志，志向、志願。孺子之志，指的是鄭莊公治理好國家的志願。因為是鄭莊公自己對先君誕告，所以此處的孺子是自指。總而言之，邦人既「盡」聞之，乳=或延告（吾）先君：「女忍乳=志=，亦猷欥。」這話的意思大致是說，百姓全都知道了那些情況，然後又誕告先君說：「如果能夠顧念考慮孺子的志願，那麼也就足夠了。」在誕告之後，先君聽到了孺子的誕告，並且有所回應。所以簡文接著就說「先君必相孺子，以定鄭邦之社稷」。〔註 319〕

林清源：「女」、「忍」，應合讀為「濡忍」。古音「女」在泥紐魚部，「濡」在泥紐元部或日紐元部，泥、日二紐發音部位相近，魚、元二部通轉，「女」應

〔註 317〕ee：簡帛研讀 » 清華六《鄭武夫人規孺子》初讀（第 33 樓），簡帛論壇，http://www.bsm.org.cn/bbs/read.php?tid=3345&page=7，2016 年 4 月 21 日。

〔註 318〕子居：〈清華簡《鄭武夫人規孺子》解析〉，中國先秦史網：http://xianqin.byethost10.com/2016/06/07/338，2016 年 6 月 7 日。

〔註 319〕羅小虎：簡帛研讀 » 清華六《鄭武夫人規孺子》初讀（第 57 樓），簡帛論壇，http://www.bsm.org.cn/bbs/read.php?tid=3345&page=7，2017 年 6 月 19 日。

可讀為「濡」。「濡忍」意即「含忍」、「容忍」，此詞曾見於古書，如《史記·刺客列傳·聶政傳》：「鄉使政誠知其姊無濡忍之志」司馬貞《索隱》：「濡，潤也。人性溼潤，則能含忍。」「濡忍孺子之志」意即「包涵容忍孺子的性格」，此語是孺子誕告其先君的內容。〔註 320〕

王寧：「忍」讀「念」。（此從 ee 先生讀。見《初讀》，33 樓發言。發表日期：2016-04-21.）足吾先君，滿足我先君的願望。「邦人既盡聞之，孺子或（又）延（誕）告吾先君，如忍（念）孺子之志，亦猶足吾先君，必將相孺子，以定鄭邦之社稷」這數句是說：國人都知道你把國政都交給大夫們管理，你又把這事鄭重地告知了吾先君的在天之靈，如果他們念及你的意願，也就等於是滿足了吾先君的意願，必定會輔助你，以安定鄭國的社稷。〔註 321〕

王瑜楨：「（吾先君）女（如）忍（念）乳₌（孺子）志₌（之志）亦猷（猶）足」意思是：「（吾先君）如果念著孺子的心意是要繼承（吾先君）」，句中前一個「吾先君」承前省略，後一個「吾先君」承後省略。〔註 322〕

朱忠恒：誕告，從王寧意見，鄭重告知之意。足，滿足。《老子》第四十六章：「禍莫大於不知足。」斷句從整理者，「孺子又誕告，吾先君如忍孺子之志，亦猶足。」意思是：（邦人都聽聞了孺子三年用來向大臣學習治國理政的消息之後，）孺子你又鄭重告知先君，先君如果知道你的志向，也會滿足。「誕告」後省略了賓語「吾先君」。〔註 323〕

石兆軒：斷讀為「（吾先君）如忍，孺子之志亦猶足」。「孺子之志亦猶足」是指鄭莊公治理鄭國的志向也還夠。〔註 324〕

侯瑞華：簡文的「忍」很可能讀作「牣」，訓為滿。文獻中「忍」、「仞」、「牣」常通用無別。「牣」《說文》訓「滿也」，即充實、充滿之意。簡文當讀為「吾先君如牣，孺子之志亦猶足」，「吾先君」後因為涉下文「孺子之志」而省去「之志」，實際上就是「吾先君之志如牣，孺子之志亦猶足。」武夫人的話意在表明如果吾先君的意志得到滿足，那麼孺子的意圖也足可以實現。

〔註 320〕林清源：〈清華簡（陸）《鄭武夫人規孺子》通釋〉，頁 33、34。

〔註 321〕王寧：〈清華簡六《鄭武夫人規孺子》寬式文本校讀〉，復旦大學出土文獻與古文字研究中心網站：http://www.gwz.fudan.edu.cn/SrcShow.asp?Src_ID=2784，2016 年 5 月 1 日。

〔註 322〕王瑜楨：《清華大學藏戰國竹簡（陸）鄭國史料三篇研究》，頁 141。

〔註 323〕朱忠恒：《清華大學藏戰國竹簡（陸）集釋》，頁 21。

〔註 324〕石兆軒：《清華六〈鄭武夫人規孺子〉研究》，頁 191、192。

換句話說即要求孺子繼承先君之志，使所謂先君之志得到滿足實現，也即簡 5 所說的「吾先君之常心，其可不述？」要循先君之常心，充牣先君之志。〔註 325〕

張崇禮：忍，忍耐、容忍。《說文・心部》：「忍，能也。」王筠句讀：「能讀為耐。」《廣雅・釋言》：「忍，耐也。」《玉篇・心部》：「忍，含忍也。」《書・湯誥》：「爾萬方百姓，罹其凶害，弗忍荼毒。」《論語・八佾》：「是可忍也，孰不可忍也。」〔註 326〕

筆者茲將各家對「女忍」中「女」之說法表列於下：

表 2-2-26：「女忍」中「女」諸家訓讀異說表

女	訓　讀
羅小虎、石兆軒	讀「如」
林清源	讀「濡」。「濡忍」意即「含忍」、「容忍」。

表 2-2-27：「女忍」中「忍」諸家訓讀異說表

忍	訓　讀
整理者	能
ee、王寧、王瑜楨	讀「念」
羅小虎	讀「念」。念，顧念、考慮。
侯瑞華	讀「牣」：滿
張崇禮	忍耐、容忍

按：「忍」從「容忍」之說。志：志向。《書・堯典》：「詩言志。」

翻譯：我先王如果容忍國君的志向

亦	猷（猶）	跋（足）	虛（吾）	先	君
杙（必）	牆（將）	相	孚=（孺子）	以	定
奠（鄭）	邦	之	社	稷（稷）	孚=（孺子）

〔註 325〕侯瑞華：《清華簡〈鄭武夫人規孺子〉集釋與相關問題研究》，頁 102。

〔註 326〕張崇禮：〈清華簡《鄭武夫人規孺子》考釋〉，復旦大學出土文獻與古文字研究中心：http://www.gwz.fudan.edu.cn/Web/Show/4306，2018/10/17。

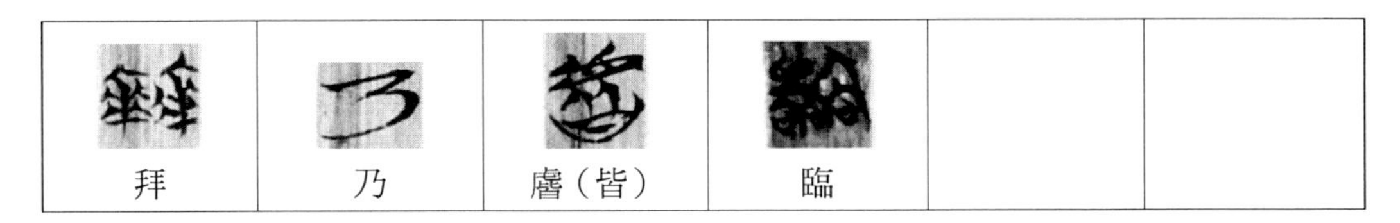

拜	乃	𪉩（皆）	臨		

〔三十〕亦猷（猶）跌（足）。虗（吾）先君杺（必）牆（將）相乳₌（孺子），以定奠（鄭）邦之社禝（稷）。」乳₌（孺子）拜，乃𪉩（皆）臨。

林清源：「亦」字原脫，其後再以小字補寫於「猷」字左上方。「亦」疑應讀為「掖」，訓作「扶助」、「提攜」，如《詩・陳風・衡門序》：「故作是詩以誘掖其君也」，鄭玄注：「掖，扶持也。」「跌」字從「次」得聲，「次」聲常與「朿」聲互作，「責」字又從「朿」得聲，所以「跌」當可通讀為「績」。「猷跌」疑應讀作「猷績」，意同「功績」。「掖猷績」意即「（祈求先君）扶助以建立（治國）功績」。「濡忍孺子之志」、「掖猷績」二語，其句式同屬動賓結構，疑皆為莊公請求先君諒解與協助的事項。〔註 327〕

王瑜楨：「吾先君必將相乳₌（孺子）」，「相」應釋作「佑助」，《尚書・商書・西伯戡黎》「非先王不相我後人，惟王淫戲用自絕。」孔傳：「相，助也。」（又見《史記・殷本紀》）《尚書・盤庚下》「予其懋簡相爾，念敬我眾。」孔傳：「相，助也。」全句的意思是：「吾先君一定會佑助孺子」，以定鄭邦之社稷。〔註 328〕

張崇禮：猶，可、可以。《玉篇・犬部》：「猶，可也。」《詩・魏風・陟岵》：「上慎旃哉，猶來無止。」毛傳：「猶，可也。」相，佑助。《書・盤庚下》：「予其懋簡相爾，念敬我眾。」孔傳：「相，助也。」〔註 329〕

郝花萍：「邦人既𦘔（盡）䎽（聞）之，乳₌（孺子）【十】或延（誕）告，虗（吾）先君女（如）忍乳₌（孺子）志₌（之志），亦猷（猶）跌（足）。虗（吾）先君杺（必）牆（將）相乳₌（孺子），以定奠（鄭）邦之社禝（稷）。」這幾句是講：「鄭國人都知道你（莊公）把國政交給大夫們管理，屆時你如果把這事告訴（先君），先君如果能（明瞭）你的志向，也會滿足你。先君在天之靈必定會幫助你，安定鄭國社稷。」王寧的觀點和整理者的觀點區別在於簡文

〔註 327〕林清源：〈清華簡（陸）《鄭武夫人規孺子》通釋〉，頁 34。
〔註 328〕王瑜楨：《清華大學藏戰國竹簡（陸）鄭國史料三篇研究》，頁 141。
〔註 329〕張崇禮：〈清華簡《鄭武夫人規孺子》考釋〉，復旦大學出土文獻與古文字研究中心：http://www.gwz.fudan.edu.cn/Web/Show/4306，2018/10/17。

究竟是說大臣們會輔佐莊公還是先君在天之靈會幫助莊公。「延（誕）告（吾）先君」只是莊公單方面的做法，先君對莊公放權給大夫臣子的做法持什麼態度無從知曉，故不能說如果國人念及莊公的意願，也就等於是滿足了先君武公的意願。「吾先君必將相乳₌（孺子）」理解為先君在天之靈會幫助莊公，于文意很通，此處整理者之說更顯合理。〔註330〕

羅小虎：虘字似當釋讀為「偕」，「俱、一起、偕同」之意。《詩經・邶風・擊鼓》：「與子偕老。」毛傳：「偕，俱也。」從語法上看，「偕」字後面一般接動詞。「臨」為「吊臨」，「偕」字與之搭配，在語法上也很合適。「皆」、「偕」二字關係本來就很緊密。徐灝《說文解字注箋・白部》：「皆，又作偕。皆、偕古今字。」《儀禮・聘禮》：「大夫奉束帛入，三揖皆行。」鄭玄注：「皆，猶並也。」從古今字的角度看，不破讀而理解為「偕」，似亦可。乳₌（孺子）拜，乃虘（皆）臨，這句話的意思是說，孺子向鄭武夫人拜了之後，就一起去吊臨了。〔註331〕

清華簡整理者：臨，哭吊。《左傳》宣公十二年「卜臨於大宮」，杜注：「哭也。」《儀禮・士虞禮》：「宗人告有司具，遂請拜賓。如臨，入門哭，婦人哭。」鄭注：「臨，朝夕哭。」〔註332〕

子居：臨的哭吊為所謂朝夕哭。《儀禮・士喪禮》：「朝夕哭，不辟子卯。」鄭注：「既殯之後，朝夕及哀至乃哭，不代哭也。子卯，桀、紂亡日，凶事不辟，吉事闕焉。」所言「既殯之後」，正與此處「既肂」相應。〔註333〕

王瑜楨：「羅小虎」指出「皆」讀為「偕」的意見，可從。李守奎引鄭注指出「臨」是「朝夕哭」，但是其後又說「在此是指陳屍於坎之後，面屍而哭」，反而把「臨」字的意思模糊，徐淵已指出「臨」是指諸侯死之日算起的第六天，可從。在喪禮中，「朝夕哭」是一個重要的儀節。根據《儀禮・士喪禮》載，死者去世以後，親人哭的時候很多，到大斂的次日「成服」，才開始「朝夕哭」。原考釋李均明說「哭弔」，引《左傳・宣公十二年》「卜臨於大宮」，是指為了戰

〔註330〕郝花萍：《清華大學藏戰國竹簡（陸）鄭國三篇集釋》，頁36。

〔註331〕羅小虎：簡帛研讀 » 清華六《鄭武夫人規孺子》初讀（第53樓），簡帛論壇，http://www.bsm.org.cn/bbs/read.php?tid=3345&page=7，2017年6月16日。

〔註332〕清華大學出土文獻研究與保護中心編，李學勤主編：《清華大學藏戰國竹簡（陸）》下冊，頁107。

〔註333〕子居：〈清華簡《鄭武夫人規孺子》解析〉，中國先秦史網：http://xianqin.byethost10.com/2016/06/07/338，2016年6月7日。

爭失利「到太廟哭」，又引鄭玄注「朝夕哭」是喪禮中大斂之後親人的儀式，二者意義不同。〔註 334〕

朱忠恒：乃，於是，就。「慮」從網友「羅小虎」讀為「偕」，一起。「『吾先君必將相乳孺子，以定鄭邦之社稷。』孺子拜，乃偕臨。」意思是：我們先君必定會輔助孺子，來安定鄭國的社稷。孺子拜了武夫人後，就和她一起哭弔。〔註 335〕

沈培：應斷讀為：「邦人既盡聞之，孺子或誕告吾先君，女（如）忍，孺子之志亦猶足，吾先君必將相孺子，以定鄭邦之社稷。」這一段話其實包含這幾層意思：第一，「邦人既盡聞之，孺子或誕告吾先君」指武夫人建議孺子做的事情（即三年不知政）既讓國人盡知，又讓鄭武公在天之靈知曉，這是一樁天下大白的事情，你不必擔心。第二，「女（如）忍，孺子之志亦猶足」本身包含兩個意思，一是孺子要「忍」，就是不要著急，要等三年；二是「孺子之志亦猶足」，是說在三年不知政的情況下，孺子之「志」還能「足」，就是不消沉而保持志氣。第三，在前面所說兩點的情況下，「吾先君必將相孺子，以定鄭邦之社稷」可以說是讓孺子看到光明前景的一種鼓勵的話。〔註 336〕

按：《古文字通假字典》：「猷（幽喻 you）讀為猶（幽喻 you）。郭店楚簡本《老子》甲簡一四～一五：『是以聖人猷難之。』猷王弼本作猶。馬王堆帛書《老子》乙本《道經》：『天地之間其猷橐籥輿（與）？虛而不淈（屈），動而俞（愈）出。』猷甲本及通行本作猶。」〔註 337〕猶：還。《詩・衛風・氓》：「士之耽兮，猶可說也。」足：足夠。《老子》：「天之道損有餘而補不足。」《王力古漢語字典》：「相：幫助。《詩・大雅・生民》：『有相之道。』」〔註 338〕定：使安定。《詩・小雅・六月》：「以定王國。」

《國語・晉語二》：「定身以行事。」《呂氏春秋・孝行》：「先王之所以定天下也。」社稷：國家。《禮記・檀弓下》：「能執干戈以衛社稷。」《王力古漢語字典》：「拜：表示恭敬的一種禮節。古之拜，惟拱手彎腰而已。後來指屈膝頓首，兩手著地或叩頭及地為拜。《左傳・文公十三年》：『周公拜乎前，魯公拜乎

〔註 334〕王瑜楨：《清華大學藏戰國竹簡（陸）鄭國史料三篇研究》，頁 143。

〔註 335〕朱忠恒：《清華大學藏戰國竹簡（陸）集釋》，頁 21。

〔註 336〕沈培：〈清華簡《鄭武夫人規孺子》校讀五則〉，頁 45。

〔註 337〕王輝：《古文字通假字典》，頁 204。

〔註 338〕王力：《王力古漢語字典》，頁 782。

後。』」〔註 339〕乃：就、於是。《史記・屈原賈生列傳》：「乃令張儀佯去秦，厚幣委質事楚。」《古文字通假字典》：「虘（真疑）讀為皆（脂見），脂真陰陽對轉，見疑旁紐。皆（脂見 jie）讀為偕（脂見 xie）。睡虎地秦簡《日書》甲《盜者》：『巳，翼也。其後必有別，不皆居，處在惡室。』按《尚書・湯誓》：『予及汝皆亡。』《孟子・梁惠王上》引皆作偕。」〔註 340〕偕：一起、一同。《詩・鄭風・女日雞鳴》：「宜言飲酒，與子偕老。」《詩・秦風・無衣》：「與子偕行。」「臨」筆者採「哭弔」之說。

翻譯：也還算足夠了。我先王必定將幫助國君，以使鄭國安定。國君（向其母）行拜禮，（接著）就一起哭弔。

自	是	𣅀（期）	以	至	溗（葬）
日					

〔三十一〕自是【十一】𣅀（期）以至溗（葬）日，

清華簡整理者：期，《楚辭・九歌》「與佳期兮夕張」，蔣驥注：「約也。」〔註 341〕

暮四郎：「期」是日期之意，「是期」指孺子「皆臨」的那一天。當斷讀為：「自是期以至葬日，孺子毋敢有知，焉屬之大夫及百執事人，皆懼，各恭其事。」〔註 342〕

子居：鄭武公為周平王的卿士，故所行當為卿大夫之禮，葬日在三月之後。《禮記・王制》：「天子七日而殯，七月而葬。諸侯五日而殯，五月而葬。大夫士庶人，三日而殯，三月而葬。」因此「自是期以至葬日」，當即指的是從第三天到三個月後的葬日這段時間。〔註 343〕

〔註 339〕王力：《王力古漢語字典》，頁 361。

〔註 340〕王輝：《古文字通假字典》，頁 518。

〔註 341〕清華大學出土文獻研究與保護中心編，李學勤主編：《清華大學藏戰國竹簡（陸）》下冊，頁 108。

〔註 342〕暮四郎：簡帛研讀 » 清華六〈鄭武夫人規孺子〉初讀（第 12 樓），簡帛論壇，http://www.bsm.org.cn/bbs/read.php?tid=3345&page=3，2016 年 4 月 18 日。

〔註 343〕子居：〈清華簡《鄭武夫人規孺子》解析〉，中國先秦史網：http://xianqin.byethost10.

王寧：是期，即鄭武公既殔之期。葬日，殯葬之日，二者距三月。〔註 344〕

王瑜楨：「自是㫷以至葬日」來看，「㫷」字讀為「幾」，訓為「期」。楚人在日常使用的語言中，當需要表達時期之義時，習慣用「㫷」而很少用「期」。原考釋李均明在「㫷」字後括號標「期」字，應改作「幾」。〔註 345〕

朱忠恒：「㫷」，從網友「bulang」意見。網友「bulang」意見比較簡略，這裏略作補充。裘錫圭在討論楚簡「㫷」字的時候，把「㫷」字讀「幾」，訓作「期」。本簡的「㫷」也當讀為「幾」，訓作「期」。是幾，從網友「暮四郎」意見，指「孺子」「皆臨」的一天。〔註 346〕

侯瑞華：「㫷」讀「忌」。讀為「忌」有兩種可能：一種是指「忌日」。「自是忌以至葬日」，即是指從鄭武公亡故那天一直到下葬的日子。另一種可能是與上文相聯繫，承主語孺子而來。則簡文當斷作：「孺子拜，乃皆臨。自是忌，以至於葬日，孺子無敢有知焉。」這裡的「忌」是「敬忌」、「畏忌」之義。「自是忌，以至於葬日，孺子無敢有知焉。」孺子從此有了畏忌，因此一直到鄭武公的葬日，孺子都不敢有任何知政聞事的行為。〔註 347〕

張崇禮：期，《廣雅．釋言》：「期，時也。」自是期以至葬日，從這時直到下葬的日子。〔註 348〕

按：「㫷」筆者採讀「幾」訓「期」之說。其例亦可參考路得之〈說睡虎地秦簡《為吏之道》的「事有幾時」〉一文。〔註 349〕

翻譯：從此日（皆臨日）到埋葬之日

---

com/2016/06/07/338，2016 年 6 月 7 日。

〔註 344〕王寧：〈清華簡六《鄭武夫人規孺子》寬式文本校讀〉，復旦大學出土文獻與古文字研究中心網站：http://www.gwz.fudan.edu.cn/SrcShow.asp?Src_ID=2784，2016 年 5 月 1 日。

〔註 345〕王瑜楨：《清華大學藏戰國竹簡（陸）鄭國史料三篇研究》，頁 145、146。

〔註 346〕朱忠恒：《清華大學藏戰國竹簡（陸）集釋》，頁 22。

〔註 347〕侯瑞華：《清華簡〈鄭武夫人規孺子〉集釋與相關問題研究》，頁 104、105。

〔註 348〕張崇禮：〈清華簡《鄭武夫人規孺子》考釋〉，復旦大學出土文獻與古文字研究中心：http://www.gwz.fudan.edu.cn/Web/Show/4306，2018/10/17。

〔註 349〕路得：「古書中有訓幾為期的例子。《詩．小雅．楚茨》：『卜爾百福，如幾如式。』毛傳：『幾，期也。』裘錫圭先生在《釋㫷》（《古文字研究》第二十六輯）一文中還提到了兩個例子，如《墨子．尚同中》：『春秋祭祀不敢失時幾，聽獄不敢不中』，俞樾讀幾為期。《左傳》定公十五年：『易幾而哭。』楊伯峻讀幾為期。」（路得：〈說睡虎地秦簡《為吏之道》的「事有幾時」〉，簡帛網：http://www.bsm.org.cn/show_article.php?id=586，2007-06-27。）

乳₌（孺子）	母（毋）	敢	又（有）	智（知）	玄（焉）
詎（屬）	之	夫₌（大夫）	及	百	執
事	人	𪓔（皆）	愳（懼）	各	共（恭）
亓（其）	事	𦤶（邊）	父	設（規）	夫₌（大夫）
曰	君	共（拱）	而	不	言

〔三十二〕①乳₌（孺子）母（毋）敢又（有）智（知）玄（焉），詎（屬）之夫₌（大夫）及百執事，人𪓔（皆）愳（懼），各共（恭）亓（其）事。②𦤶（邊）父設（規）夫₌（大夫）曰：「君共（拱）而【十二】不言，

①乳₌（孺子）母（毋）敢又（有）智（知）玄（焉），詎（屬）之夫₌（大夫）及百執事，人𪓔（皆）愳（懼），各共（恭）亓（其）事。

王寧：「人」屬首句讀，從暮四郎先生說。（《初讀》，12 樓發言。發表日期：2016-04-18.）《尚書・盤庚下》：「嗚呼！邦伯師長百執事之人，尚皆隱哉！」《逸周書・大�》：「王乃召塚卿、三老、三吏、大夫、百執事之人，朝於大庭。」《國語・越語下》載范蠡曰：「君王已委制於執事之人矣。子往矣，無使執事之人得罪於子。」「百執事人」即「百執事之人」。《說文》：「恭，肅也」，又云：「肅，持事振敬也。」嚴肅謹慎之意。〔註 350〕

〔註 350〕王寧：〈清華簡六《鄭武夫人規孺子》寬式文本校讀〉，復旦大學出土文獻與古文字研究中心網站：http://www.gwz.fudan.edu.cn/SrcShow.asp?Src_ID=2784，2016 年 5 月 1 日。

王瑜楨：「又（有）」應改讀為「又（或）」，此處改讀為「孺子母（毋）敢又（或）智（知）焉」。暮四郎以「執事人」連讀，可從。「執事人」應是楚國常見的行政職務崗位稱呼。〔註351〕

朱忠恒：知，主持，管理。《國語．越語》：「有能助寡人謀而退吳者，吾與之共知越國之政。」焉，句末語氣詞。「自是幾以至葬日，孺子毋敢有知焉。」意思是：從臨喪哭弔這天起到武公安葬之時，孺子不敢有治理國家的舉動。上博簡二〈昔者君老〉第四簡：「爾司，各共（恭）爾事，發命不夜。君卒。大（太）子乃亡聞、亡聖（聽），不聞不命（令），唯哀悲是思，唯邦之大矛（務）是敬。」整理者釋「亡聞」、「亡聽」為「不問朝政」，「不聽奏事」。古制，父死，子居喪三年。《論語．陽貨》：「夫君子之居喪，食旨不甘，聞樂不樂，居處不安，故不為也。」《禮記．檀弓下》：「子張問曰：《書》云：高宗三年不言，言乃歡。有諸？仲尼曰：胡為其不然也？古者天子崩，王世子聽於塚宰三年。」可見居喪期間，國君政務由塚宰代行。孺子不敢知鄭國之政，將政事託於大夫百官，這種情況與《昔者君老》類似。這說明孺子三年毋知邦政，不僅是由於武夫人的規誡，而且是當時父死後子居喪的禮制要求。〔註352〕

林清源：「執事人」為古書常語，指主管具體事務者，此詞曾數見於《上博九．陳公治兵》，如簡6～7「命狂相執事人整師徒」、簡9「陳公乃就軍執事人」、簡10～11「命臣相執事人整師徒」等。「大夫及百執事人」既是上文「屬之」的賓語，同時又是下文「皆懼」的主語。另，「各共其事」之「共」宜讀為「垂拱」之「拱」。〔註353〕

朱忠恒：「屬」，囑咐，囑託。「之」，代詞，指鄭國政事。《管子．入國》：「所謂恤孤者，凡國都皆有掌孤，士人死，子孤幼，無父母所養，不能自生者，屬之其鄉黨知識故人，養一孤者，一子無征。養二孤者，二子無征。養三孤者，盡家無征。」執事人，主管具體事務者。清華簡《金縢》中有「乃命執事人曰：『勿敢言。』」之句。百，概數。百執事人，眾多的主管具體事務者。這幾句話可斷讀為「孺子毋敢有知焉，屬之大夫及百執事人。皆懼，

〔註351〕王瑜楨：《清華大學藏戰國竹簡（陸）鄭國史料三篇研究》，頁146。
〔註352〕朱忠恒：《清華大學藏戰國竹簡（陸）集釋》，頁22。
〔註353〕林清源：〈清華簡（陸）《鄭武夫人規孺子》通釋〉，頁35。

各恭其事。」意思是：孺子不敢治理國政，把政事囑託給大夫和眾多主管具體事務的人。人們都很畏懼，肅敬地做好自己的事。〔註 354〕

侯瑞華：「百執事人」很可能是負責處理喪葬事宜以及供應各項物品的人員。〔註 355〕

②臱（邊）父設（規）夫₌（大夫）曰：「君共（拱）而【十二】不言，

子居：邊父，似當是以「邊」地得稱，或是來自邊地，或是邊地大夫，其人當是鄭武公老臣中資歷較高者。此時鄭武公已葬，但尚未逾年，邊父已稱鄭莊公為「君」，可見〈鄭武夫人規孺子〉的作者並不遵循逾年稱君之例。〔註 356〕

王瑜楨：「禦寇」是「邊父」的名。「小祥，大夫聚謀，乃使邊父於君曰：『二三老臣使禦寇也，布圖於君……。』」邊父對君說話中自稱「禦寇」，古者君前臣名，父前子名，據此，「禦寇」則應該是名，「邊父」的「邊」應該是字。姓氏不詳。陳偉以為邊父很可能就是在鄭國執政六十多年的祭仲，從祭仲的姓名字號來看，可能性不高。〔註 357〕

清華簡整理者：共，讀為「拱」。拱默，古習語，見《漢書・鮑宣傳》，《潛夫論・賢難》作「共默」。〔註 358〕

子居：此處的不言，是指不發佈政令，《國語・周語上》：「有不祭則修意，有不祀則修言。」韋昭注：「言，號令也。」「拱而不言」即垂拱無為，這是戰國後期、末期的流行觀念，雖然〈鄭武夫人規孺子〉中的「拱而不言」只是鄭莊公在喪期所行，但仍可說明該篇以成文於戰國後期、末期為最可能。〔註 359〕

王寧：「臱」原整理者括讀「邊」，此字音武延切，《說文》：「臱，宀宀不見也。」段玉裁云：「臱、宀疊韻。宀，交覆深屋也。宀宀，密緻皃。《毛詩》曰

〔註 354〕朱忠恒：《清華大學藏戰國竹簡（陸）集釋》，頁 22。

〔註 355〕侯瑞華：《清華簡〈鄭武夫人規孺子〉集釋與相關問題研究》，頁 105。

〔註 356〕子居：〈清華簡《鄭武夫人規孺子》解析〉，中國先秦史網：http://xianqin.byethost10.com/2016/06/07/338，2016 年 6 月 7 日。

〔註 357〕王瑜楨：《清華大學藏戰國竹簡（陸）鄭國史料三篇研究》，頁 153。

〔註 358〕清華大學出土文獻研究與保護中心編，李學勤主編：《清華大學藏戰國竹簡（陸）》下冊，頁 108。

〔註 359〕子居：〈清華簡《鄭武夫人規孺子》解析〉，中國先秦史網：http://xianqin.byethost10.com/2016/06/07/338，2016 年 6 月 7 日。

『緜緜』,《韓詩》曰『民民』,其實一也。……古音如民。」按:武延切古音明紐元部,蓋讀音如「緜」。此人傳世典籍中不見記載,故似不必讀為「邊」,依字讀即可。另,共,原整理者讀「拱」,按仍當讀「恭」,亦敬肅義。〔註360〕

郝花萍:拱默,拱手而默默不語。一般用來表示不批評、無作為的消極保守態度。如《漢書·鮑宣傳》:「以苟容曲從為賢,以拱默尸祿為智,謂如臣宣等為愚。」與現在常說的「吃瓜群眾」「甩手掌櫃」意義相類。〔註361〕

王瑜楨:「共」讀「拱」,君王拱手表示恭敬,不做其他動作,《大戴禮記·主言第三十九》:「是故仁者莫大於愛人,知者莫大於知賢,政者莫大於官賢,有土之君脩此三者,則四海之內拱而俟,然後可以征。」「君拱而不言」,就是「垂拱不主持政事」。〔註362〕

朱忠恒:共,從整理者言,讀為「拱」,拱默。《荀子·賦》:「聖人共手,時幾將矣。」楊倞注:「共或讀為拱。」「君拱而不言」之君指莊公。〔註363〕

侯瑞華A:「共」讀「恭」,「君恭而不言」就是說孺子對大夫恭敬而不言政事。〔註364〕

程浩:邊父,就是文獻所載莊公時期的重臣公子呂。公子呂,一字子封,為鄭桓公之子,武公之弟,莊公之叔父。春秋時人稱字,除了「子+某」的稱法,還可稱為「某+父」,如魯公子翬字「羽父」。與此同時,一人兼有二字,在春秋時期也不乏其例,如鄭國公孫僑字「子產」又字「子美」。公子呂除了字「子封」外,當然也可以另有「邊父」這樣的字。「封」有邊界、疆域的意思,《左傳》襄公三十年「田有封洫」,鄭玄注云:「封,疆也。」而「邊」字的本意就是邊疆,《國語·吳語》「頓顙于邊」,韋昭注:「邊,邊境也。」因此,「邊父」的稱法完全有可能與「子封」一樣,是公子呂的字。〔註365〕

侯瑞華B:「共而不言」同樣又見於簡14的「龏而不言」,且同為邊父所說,兩者的一致是毫無疑問的。而「龏」在出土文獻中往往讀為「恭」。所以這段

〔註360〕王寧:〈清華簡六《鄭武夫人規孺子》寬式文本校讀〉,復旦大學出土文獻與古文字研究中心網站:http://www.gwz.fudan.edu.cn/SrcShow.asp?Src_ID=2784,2016年5月1日。

〔註361〕郝花萍:《清華大學藏戰國竹簡(陸)鄭國三篇集釋》,頁38。

〔註362〕王瑜楨:《清華大學藏戰國竹簡(陸)鄭國史料三篇研究》,頁155。

〔註363〕朱忠恒:《清華大學藏戰國竹簡(陸)集釋》,頁24。

〔註364〕侯瑞華:《清華簡〈鄭武夫人規孺子〉集釋與相關問題研究》,頁113、114。

〔註365〕程浩:〈清華簡新見鄭國人物考略〉,《文獻》,2020年1月,頁21、22。

話中的「共」也應該讀為「恭」。〔註 366〕

按：《古文字通假字典》：「母（之明 mu）讀為毋（魚明 wu）。母、毋古本一字，後分化出毋字，為禁止之詞。于省吾《甲骨文字釋林》說：『甲骨文和金文均借用母字以為否定詞之毋。』鄂君啓車節：『母載金革。』」〔註 367〕《古文字通假字典》：「智（支端 zhi）讀為知（支端 zhi）。毛公鼎：『引唯乃智余非。』智字讀知。」〔註 368〕「知」筆者從「管理、主持」之說。「逗（屬）」亦見於江陵九店東周墓簡牘：「凡坪日，利以祭祀、和人民、逗（屬）事。」〔註 369〕屬：囑咐、委託。《左傳・隱公三年》：「宋穆公疾，召大司馬孔父而屬殤公焉。」「之」指國政，「之」後省略「於」字。「百」虛數，眾多的。《詩・大雅・假樂》：「千祿百福。」「執事人」從林清源訓「主管具體事務者」之說。懼：戒懼。《書・呂刑》：「朕言多懼，朕敬于刑，有德惟刑。」孔傳：「我言多可戒懼以儆之。」《論語・述而》：「必也臨事而懼，好謀而成者也。」恭：奉行。《書・甘誓》：「今予惟恭行天之罰。」規：規勸。《左傳・襄公十一年》：「《書》曰：『居安思危。』思則有備，有備無患，敢以此規。」「拱」指「垂拱」。垂拱：不親理事務。《書・武成》：「惇信明義，崇德報功，垂拱而天下治。」孔穎達疏：「謂所任得人，人皆稱職，手無所營，下垂其拱。」言：談論、議論。《史記・廉頗藺相如列傳》：「趙括自少時學兵法，言兵事。」

翻譯：國君不敢有所管理，委託國政給大夫和眾主管具體事務者，（眾人）皆戒懼，各自奉行他們的事務。邊父規勸大夫說：「國君垂拱而不談論（國事），

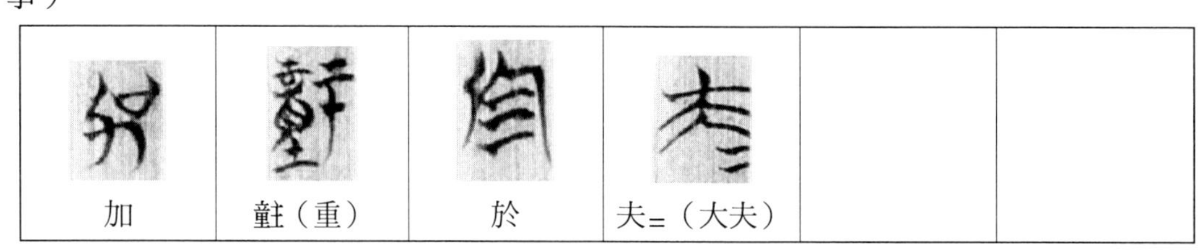

加	䡴（重）	於	夫₌（大夫）		

〔三十三〕加䡴（重）於夫₌（大夫），

清華簡整理者：重，訓「任」，見《羣經平議・春秋左傳三》。〔註 370〕

〔註 366〕侯瑞華：〈清華簡《鄭武夫人規孺子》二題〉，頁 43。

〔註 367〕王輝：《古文字通假字典》，頁 128。

〔註 368〕王輝：《古文字通假字典》，頁 54。

〔註 369〕先秦甲骨金文簡牘詞彙資料庫：http://inscription.asdc.sinica.edu.tw/c_index.php。2018/12/18。

〔註 370〕清華大學出土文獻研究與保護中心編，李學勤主編：《清華大學藏戰國竹簡（陸）》

子居：「加重於大夫」即把治理鄭國責任都加到大夫們的身上。〔註 371〕

王寧：「重」字作左童右主的寫法，當即尊重、重視之「重」的專字。《戰國策・中山策》：「有功，寡人之願，將加重於君。」更加重視、重用之意。「君共（拱）而【十二】不言，加䡟（重）於夫₌（大夫），女（汝）訢（慎）䡟（重）」此三句是說君一直謹慎而不說話，對大夫們加倍尊重，你們要謹慎地對待這種尊重（認真努力工作）。〔註 372〕

郝花萍：「邊父規夫₌大夫）曰：君拱而【一二】不言，加重於夫₌（大夫）」這幾句邊父的話側面透露出莊公聽從了武姜的勸說，將治國重任交付給了大夫老臣。這裡簡文刻畫出的鄭莊公與《左傳》中鄭莊公的形象大有不同。《左傳》開篇〈鄭伯克段于鄢〉展現出的鄭莊公是個精於權謀、擅長揣測人心、很有城府的政治家形象，宮廷鬥爭爭權奪利終極目的掩蓋下的隱忍和步步為營甚至會讓人覺得他對待母親是偽孝。在和母親武姜的博弈場上，他是絕對的勝者。可簡文中的鄭莊公卻截然不同，莊公對母親鄭武夫人的話言聽計從居然到了連大臣們都看不下去的地步。〔註 373〕

王瑜楨：「加重於大夫」意思是：「把本來不屬於大夫的重任添到大夫身上」。訓「重」為「任」、「重」訓「厚」，都不如依原字解，「重」就是「重任」。「䡟」，原考釋李均明提出兩個解釋，一說讀「主」，即「主持」，但由邊父規大夫的內容很難看出大夫「主持」何事。如果是主持喪事，先秦喪事的主人是嫡長子，即鄭莊公。武姜雖然要寤生三年不知政，但是不可能拿掉他的喪主的身分。「重」，楚文字一般作「」（《上博一・緇衣》22）、「」（《上博八・成王既邦》1），從石、主聲，隸定作「砫」，應是「重量」之「重」；或作「」（《上博四・曹沫之陳》54），從貝主聲，隸定作「貼」，應是「貴重」之「重」的專字。本篇的這個字從童、主，可以理解成書手以為「砫」或「貼」聲符不明顯，於是把「主」之外的部分改造成具有聲符功能的「重」，

下冊，頁 108。

〔註 371〕子居：〈清華簡《鄭武夫人規孺子》解析〉，中國先秦史網：http://xianqin.byethost10.com/2016/06/07/338，2016 年 6 月 7 日。

〔註 372〕王寧：〈清華簡六《鄭武夫人規孺子》寬式文本校讀〉，復旦大學出土文獻與古文字研究中心網站：http://www.gwz.fudan.edu.cn/SrcShow.asp?Src_ID=2784，2016 年 5 月 1 日。

〔註 373〕郝花萍：《清華大學藏戰國竹簡（陸）鄭國三篇集釋》，頁 38。

二字上古音聲母同屬舌頭音，韻部相同，《說文》也以為「童」從「重」省聲。〔註 374〕

朱忠恒：「加重於大夫」之「重」，訓為重賞。《戰國策．中山策．中山．昭王既息民繕兵》：「王聞之怒，因見武安君，強起之，曰：『君雖病強為寡人臥而將之。有功，寡人之願，將加重於君。如君不行，寡人恨君。』」〔註 375〕

侯瑞華：「加重」乃同義連用，即言更加倚重之意。「加重於大夫」就是說更加倚重於大夫。〔註 376〕

張崇禮：重，權力、權勢。《荀子．臣道》：「有能抗君之命，竊君之重，反君之事，以安國之危，除君之辱，功伐足以成國之大利，謂之拂。」〔註 377〕

筆者茲將各家對「䡾（重）」之說法表列於下：

表 2-2-28：「䡾（重）」諸家異說表

䡾（重）	訓
整理者	任
王寧	尊重
王瑜楨	重任
朱忠恒	重賞
張崇禮	權力、權勢

按：前提及國君垂拱委政於臣，故此處「重」以訓「重任」為宜。「重」從「重任」之說。於：給。《論語．衛靈公》：「己所不欲，勿施於人。」

翻譯：加重任給大夫

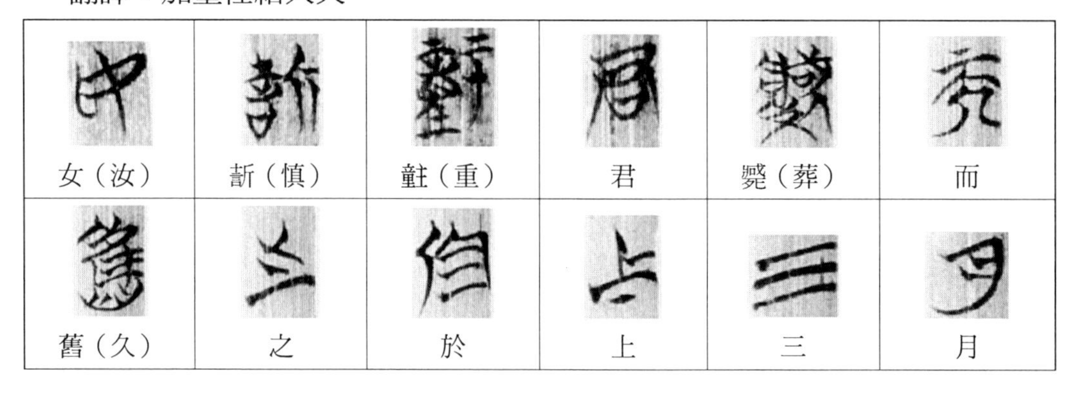

〔註 374〕王瑜楨：《清華大學藏戰國竹簡（陸）鄭國史料三篇研究》，頁 155、156。

〔註 375〕朱忠恒：《清華大學藏戰國竹簡（陸）集釋》，頁 24。

〔註 376〕侯瑞華：《清華簡〈鄭武夫人規孺子〉集釋與相關問題研究》，頁 114。

〔註 377〕張崇禮：〈清華簡《鄭武夫人規孺子》考釋〉，復旦大學出土文獻與古文字研究中心：http://www.gwz.fudan.edu.cn/Web/Show/4306，2018/10/17。

〔三十四〕女（汝）訢（慎）䡈（重）君㔁（葬）而舊（久）之於上三月。」

王瑜楨：「女（汝）慎重」，即邊父規勸大夫們要慎重、小心。學者或以為「慎重」一詞出現較晚，其實《禮記·昏義》「昏禮納采、問名、納吉、納徵、請期，皆主人筵幾於廟而拜迎於門外，入揖讓而升，聽命於廟，所以敬慎重正昏禮也」，其中「敬慎重正」四個字在一起，當然，它是四個單詞，孔疏解釋為「敬慎重正者，言行昏禮之時，必須恭敬、謹慎、尊重、正禮，而後男女相親」，本篇的「慎重」，當成兩個單詞來看，和〈昏義〉的構詞法是一樣的，時代上沒什麼問題。〔註 378〕

清華簡整理者：重，訓「厚」，見《淮南子·俶真》「九鼎重味」高注。一說「䡈」讀「主」，主持。「久之於上三月」指拖後下葬時間超過三個月。〔註 379〕

王永昌：「䡈」讀「董」。「董」從重聲，楚文字中的「重」即作從石、主聲之形，且「重」、「童」古音均在定母東部，因此「䡈」讀為「董」，問題不大，且「䡈」字是個雙聲符字，童、主皆可表音。其次，從詞義上來看，董，督也，意思是監督、督辦，引申有主持之意。《左傳》文公六年：「辟獄刑，董逋逃。」杜預注：「董，督也。」《左傳》昭公十三年：「告之以文辭，董之以武師。」《左傳》桓公六年：「隨人使少師董成。」楊伯峻指出，「董猶今言主持」。「汝慎董君葬」即邊父告誡諸大夫要慎重督辦（或主持）先君喪葬之事。當斷讀為「汝慎董君葬，而久之於上三月。」「上」可能就是指代在上位的「武夫人」。「久之於上三月」可以理解為「久之三月於上」，即根據武夫人（的意願）拖延君葬之事三個月。之，指代君葬之事。「三月」作動詞「久」的補語。〔註 380〕

羅小虎：䡈，整理報告理解為兩個不同的意思。其實應該做相同的解讀，重任之意。「加重於大夫」，即對大夫施加重任。「汝慎重」，即你們對肩負的重任一定要謹慎對待。類似的說法古書也出現過：《尚書·大禹謨》：「慎乃有位，敬修其可願。」《尚書·畢命》：「罔曰民寡，惟慎厥事。」《楚辭·七諫》：

〔註 378〕王瑜楨：《清華大學藏戰國竹簡（陸）鄭國史料三篇研究》，頁 156。

〔註 379〕清華大學出土文獻研究與保護中心編，李學勤主編：《清華大學藏戰國竹簡（陸）》下冊，頁 108。

〔註 380〕王永昌：〈清華簡研究二題〉，《延安大學學報（社會科學版）》，2016-10-15，頁 82、83。

「思比干之恲恲兮，哀子胥之慎事。」《呂氏春·秋審分覽第五》:「百官慎職，莫敢愉綖。」此句中的「慎重」和「慎乃有位」、「慎職」、「慎厥事」、「慎事」意思相同。觟，這個字是個雙聲字，童、主都是聲符。清華簡七〈越公其事〉簡 1:「乃史夫₌柱行成於吳帀曰」，整理報告云：大夫住即大夫種。住、種皆為舌音，韻部對轉。楚文字「主」聲與重聲多相同之例。《國語·越語上》:「大夫種進對曰……遂使之行成於吳。」楚系文字中，童聲、重聲之字亦可通。所以，觟字可分從重、從主得聲的雙聲字。可能是楚系文字中表示「重任」的本字。〔註 381〕

朱忠恒：慎重，謹慎持重。《焦氏易林·小過之》:「坤：謹慎重言，不幸遭患。周邵述職，脫免牢開。」〔註 382〕

張崇禮：久，等待。《銀雀山漢墓竹簡（貳）·論政論兵之類·五名五恭》:「軒驕之兵，則共（恭）敬而久之。」〔註 383〕

暮四郎：這一小節應當斷讀為：邊父設大夫曰:「君共（拱）而不言，加重於大夫。女（如）慎重君葬而舊（久）之，於上三月、小羕（祥）。」大夫聚謀，乃使邊父於君曰：……邊父的話到「小羕（祥）」結束。其意為:「國君現在端拱而不言，給大夫帶來更大的負擔。如果（是因為要）慎重君之葬而拖這麼久，（那麼）最多也只應該是三個月，然後進行小祥之祭。」「於上」是最多、充其量之意。〔註 384〕

子居:「小祥」仍當從下讀。這句當讀為「如慎重君葬，而久之於上三月。」是說「（君主）好像要慎重地對待先君的葬事，比之前的三個月更久」，就是說邊父看出鄭莊公在先君下葬後仍不打算發佈政令，因此規勸眾大夫繼續等待。「上三月」當解為之前的三個月，即從鄭武公之卒至其下葬的三個月。《呂氏春秋·安死》:「自此以上者，亡國不可勝數。」高誘注:「上，猶前也。」〔註 385〕

〔註 381〕羅小虎：簡帛研讀 » 清華六《鄭武夫人規孺子》初讀（第 63 樓），簡帛論壇，http://www.bsm.org.cn/bbs/read.php?tid=3345&page=7，2017 年 8 月 17 日。

〔註 382〕朱忠恒：《清華大學藏戰國竹簡（陸）集釋》，頁 24。

〔註 383〕張崇禮：〈清華簡《鄭武夫人規孺子》考釋〉，復旦大學出土文獻與古文字研究中心：http://www.gwz.fudan.edu.cn/Web/Show/4306，2018/10/17。

〔註 384〕暮四郎：簡帛研讀 » 清華六〈鄭武夫人規孺子〉初讀（第 13 樓），簡帛論壇，http://www.bsm.org.cn/bbs/read.php?tid=3345&page=3，2016 年 4 月 18 日。

〔註 385〕子居：〈清華簡《鄭武夫人規孺子》解析〉，中國先秦史網：http://xianqin.byethost10.com/2016/06/07/338，2016 年 6 月 7 日。

易泉：此處當讀作「女（汝）慎重君喪而舊（柩）之於上（堂）三月」。「舊」當讀作「柩」。「上」讀作「堂」。「舊（柩）之於上（堂）」，「於」，在。「舊（柩）之於上（堂）」即柩在堂。相似表述見於《漢書．酷吏傳．田廣明傳》「喪柩在堂」，張家山漢簡《奏讞書》183 號簡「今杜女子甲夫公士丁疾死，喪棺在堂上，未葬，與丁母素夜喪，環棺而哭」之「喪棺在堂上」。由此可知鄭武公大致三月而葬。《左傳》隱公元年：「天子七月而葬，同軌畢至；諸侯五月，同盟至；大夫三月，同位至。」楊伯峻注：「《禮記．禮器》及《雜記下》并云『諸侯五月而葬』，然考春秋，三月而葬者多，亦有遲至六月始葬者」。可見《禮記．王制》等文獻所記諸侯「五月而葬」恐并非春秋喪制全貌。鄭武夫人并未干預而緩葬鄭武公。〔註 386〕

羅小虎：整理報告之句讀可商榷，似可點斷為：邊父規夫₌曰：「君共而【十二】不言，加䢵於夫₌，女（慎）䢵」君薨而久之，於上三月，少羕。（王寧先生亦已經提出相同的看法，但具體的解釋稍有不同。）文章開頭簡 1 說「鄭武公卒，既肂」，簡 11、12 說「至是期以至葬日」，此處理解為「既葬而久之」，說的是鄭武公葬後之事。小祥是親喪一周年的祭祀，所以應該是一年之後的事情，故稱「久之」。從這個角度看，文章所載之事的時間脈絡非常清楚。君，此處應該是指鄭武公。後面一字，整理報告理解為「葬」，可從。無煩它釋。需要注意的是，整篇簡文多用「吾先君」、「吾君」等來指稱鄭武公。用「君」的時候多指稱鄭莊公。為何此處的「君」可理解為鄭武公？簡二「古君與夫₌」中的「君」可能與「吾先君」、「吾君」所指相同，也可能表示「君主」，與「大夫」對應，都只是表示身分職位。簡文中體現出來的「吾先君」、「吾君」二詞與「君」的區別，很重要的原因是它們大多出現在對話體當中。此處的「君葬而久之」是敘述體，所以無需說「吾先君」、「吾君」。「君」指鄭武公，後面接續「葬」字，從文意來看也非常恰當。如果這個理解沒問題的話，鄭武公卒的時間應該是在三月份。上三月，看上去不太好理解。「上」字後面接續表示「日期」的用法古書有見。如庾信〈周祀圜丘歌〉「日至大禮，豐犧上辰」倪璠注：「上辰，言上吉之辰也。」《大戴禮記．公冠》：「唯某年某月上日」孔廣森補註：「上日，朔日也。」《史記．五帝本紀》：「正月上日。」

〔註 386〕易泉：簡帛研讀 » 清華六《鄭武夫人規孺子》初讀（第 62 樓），簡帛論壇，http://www.bsm.org.cn/bbs/read.php?tid=3345&page=7，2017 年 8 月 14 日。

裴駰集解引馬融曰：「上日，朔日也。」《尚書大傳》卷一：「上日，元日。」《周禮・春官・天府》鄭玄注：「上春，孟春也。」「上」字可以表示「上吉」，「上日」可表示朔日、元日。如果考慮到搭配的關係，「上春，孟春也」的例子與簡文最為近似。春可孟、仲、季三分，亦可上、中、下三分。此處的「上三月」，也是把月份三分處理，即上中下三旬，所以「上三月」可理解為三月上旬。總而言之，「君薨而久之，於上三月，少恙」，可以理解為鄭武公下葬後過了很久，在三月上旬，舉行了小祥這一祭祀。〔註 387〕

王寧：此「君」當指鄭莊公。「葬」原簡文作「𣩵」，從死臧聲，原整理者括讀「葬」，按此當讀「喪」，是「服喪」之省語。鄭莊公為鄭武公服喪既久，應該已經到了第二年，即鄭莊公元年，所以此處稱之為「君」而不再稱「孺子」，下文所言「吾先君」則指鄭武公。「上三月」當是日期名，《儀禮・士虞禮》：「期而小祥」，《疏》：「自祔以後，至十三月小祥，故云『期而小祥』。」此「上三月」疑即指十三月，即君既葬一年（十二個月）後的第一個月，舉行小祥之祭，二十五個月舉行大祥之祭，即兩年（二十四個月）後的第一個月。從鄭武公卒到小祥，時間過去了一年，故曰「君喪而久之」。〔註 388〕

郝花萍：「於上」當從下讀，其義有待考證。〔註 389〕

王瑜楨：「上」就指「從前」。「邊父規夫₌（大夫）曰：君共（拱）而不言，加重於夫₌（大夫），女（汝）慎重，君葬而舊（久）之於上三月。」是邊父規勸大夫：「我們的國君垂拱不理政事，把國家的重任都加到我們身上。你們要謹慎、尊重啊！武公的下葬時間比舊制久，多了三個月。（這是不好的現象，我們要謀求對策！）」〔註 390〕

石兆軒：「慎重」：「謹慎」、「尊重」。「汝慎重」即邊父以直接的口吻規誡大夫，在國君不親政的情況下，大夫主持國家應當要保持謹慎、尊重的態度。「君葬而久之」，說的是武公下葬後又過了很久。「君葬而久之」只說明先君下葬後經過了很久，但尚未說明確切的時間，所以透過「於上三月小祥」來

〔註 387〕羅小虎：簡帛研讀 » 清華六《鄭武夫人規孺子》初讀（第 56 樓），簡帛論壇，http://www.bsm.org.cn/bbs/read.php?tid=3345&page=7，2017 年 6 月 19 日。

〔註 388〕王寧：〈清華簡六《鄭武夫人規孺子》寬式文本校讀〉，復旦大學出土文獻與古文字研究中心網站：http://www.gwz.fudan.edu.cn/SrcShow.asp?Src_ID=2784，2016 年 5 月 1 日。

〔註 389〕郝花萍：《清華大學藏戰國竹簡（陸）鄭國三篇集釋》，頁 39。

〔註 390〕王瑜楨：《清華大學藏戰國竹簡（陸）鄭國史料三篇研究》，頁 157。

補充說明。「於上」是「在最多的情況下」的意思，整句可以譯為：在最久的情況下再三個月就小祥了，也就是離小祥不到三個月的意思。〔註 391〕

侯瑞華：「女」讀為「如」訓為「不如」。「慎重君葬」就是謹慎、鄭重地對待鄭武公的葬禮。「於上三月」：可以超過三個月。「上」有超過、逾越的意思。「如慎重君葬而久之，於上三月」：不如謹慎、鄭重地對待先君之葬，而使葬事延緩，可以超過三個月。〔註 392〕

沈培：「於上三月」是「最多三個月」的意思。「主君喪而久之」的「久之」實際上就是指「主而久之」或「久主之」，後面的「於上三月」是對這種「久」的具體時間做出限定，這是邊父規勸大夫的一個重要建議。所謂「加主于大夫」，就是把主持政事這個事情加于大夫的意思。應該讀為：邊父規大夫曰：「君恭而不言，加主于大夫。汝慎主君喪而久之，於上三月。」邊父這幾句規勸的話，是緊接著鄭武公下葬之後說的。其意思非常明顯，就是規勸大夫們，你們主持君喪，可以在下葬之後再拖延一段時間，但最多只能是三個月。如果按照古書所記的通例「三月而葬」的話，那麼簡文給我們展示的情況是：大夫們主持了三個月「葬月」中的政事，然後又拖延了三個月，這就是六個月。再過六個月，就到了「小祥」。這就意味著，很可能有六個月的時間，鄭國政事處於大夫不得不「主」，但主之又不合乎邊父之規勸的境地。可以想見當時的政局一定是非常尷尬的。〔註 393〕

筆者茲將各家對「訢[illegible]」中「[illegible]」、「上」之說法表列於下：

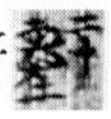

表 2-2-29：「訢[illegible]」中「[illegible]」諸家訓讀異說表

 [illegible]	訓　讀
整理者	1. 訓「厚」　2. 一說「黈」讀「主」，主持。
王永昌	「黈」讀「董」：監督、督辦，引申有主持之意。
羅小虎	重任

〔註 391〕石兆軒：《清華六〈鄭武夫人規孺子〉研究》，頁 205、207。

〔註 392〕侯瑞華：《清華簡〈鄭武夫人規孺子〉集釋與相關問題研究》，頁 113、114、116、117。

〔註 393〕沈培：〈清華簡《鄭武夫人規孺子》校讀五則〉，頁 49、50。

表 2-2-30：「上」諸家訓讀異說表

上	訓讀
易泉	讀「堂」
王瑜楨	指「從前」

按：《古文字通假字典》：「女（魚泥 nü）讀為汝（魚日 ru）。令鼎：『余其舍女臣十家。』」〔註 394〕《詩・魏風・碩鼠》：「三歲貫女。」《論語・為政》：「子曰：由！誨女知之乎？」《古文字通假字典》：「舊（之群 jiu）讀為久（之見 jiu）。郭店楚簡本《老子》甲簡三六～三七：『古（故）智（知）足不辱，智止不怠，可以長舊。』舊馬王堆帛書《老子》甲本、王弼本作久。」〔註 395〕於：在。《論語・憲問》：「子路宿於石門。」「上三月」筆者採「十三月」之說。

翻譯：你們要慎重（理事）。國君下葬（已）久，在（葬後第）十三月，

少（小）	羕（祥）				

〔三十五〕少（小）羕（祥），

清華簡整理者：小祥，祭名。《儀禮・士虞禮》「期而小祥」，鄭注：「小祥，祭名。祥，吉也。期，周年。」《禮記・間傳》：「父母之喪，既虞卒哭，疏食水飲，不食菜果。期而小祥，食菜果。」〔註 396〕

王瑜楨：依禮，諸侯五日而殯，五月而葬。但如前所述，鄭武公下葬就已經晚了三個月（八月下葬，不知鄭武夫人接下來還會怎樣？）又過了四個月，小祥之時，大夫們終於聚謀，邊父代表進行反制武姜的行為。〔註 397〕

朱忠恒：小祥，從整理者說，古時父母喪後週年的祭名，祭後可稍改善生活及解除喪服的一部分。《禮記・間傳》：「父母之喪，既虞卒哭，蔬食水飲，不食菜果。期而小祥，食菜果。」「上三月」含義待考。〔註 398〕

〔註 394〕王輝：《古文字通假字典》，頁 104。

〔註 395〕王輝：《古文字通假字典》，頁 4。

〔註 396〕清華大學出土文獻研究與保護中心編，李學勤主編：《清華大學藏戰國竹簡（陸）》下冊，頁 108。

〔註 397〕王瑜楨：《清華大學藏戰國竹簡（陸）鄭國史料三篇研究》，頁 158。

〔註 398〕朱忠恒：《清華大學藏戰國竹簡（陸）集釋》，頁 24。

按：《古文字通假字典》：「少（宵禪 shao）讀為小（宵心 xiao）。卜辭少與小同義通用。叔夷鎛：『尹少臣唯輔。』『少臣』即『小臣』。」〔註 399〕《古文字通假字典》：「羕（陽喻 yang）或說讀為祥（陽邪 xiang）郭店楚簡本《老子》甲簡三五：『賹（益）生曰羕。』羕馬王堆帛書《老子》甲、乙本、王弼本均作祥。」〔註 400〕「小祥」筆者從整理者「祭名」之說。

翻譯：（舉行）小祥祭

夫=（大夫）	聚	䀈（謀）	乃	叓（使）	臱（邊）
父	於	君	曰	二	三
老					

〔三十六〕夫=（大夫）聚䀈（謀），乃叓（使）臱（邊）父於君曰：「二三老【十三】

子居：少（小）羕（祥）夫=（大夫）聚䀈（謀），乃叓（使）臱（邊）父於君，這裡是說一直等到轉年小祥祭後，大夫們終於等不下去了，所以聚集在一起謀劃如何對鄭莊公進言，於是推舉出邊父去和鄭莊公說。「二三」，表約數，「二三老臣」即「幾位老臣」。〔註 401〕

清華簡整理者：交，《小爾雅．廣言》：「報也。」即「效」字。於，猶「以」，見《古書虛字集釋》（第 51 頁）。句云幾個老臣未能以死報君。「母（毋）」前疑有缺字。〔註 402〕

〔註 399〕王輝：《古文字通假字典》，頁 173。

〔註 400〕王輝：《古文字通假字典》，頁 444。

〔註 401〕子居：〈清華簡《鄭武夫人規孺子》解析〉，中國先秦史網：http://xianqin.byethost10.com/2016/06/07/338，2016 年 6 月 7 日。

〔註 402〕清華大學出土文獻研究與保護中心編，李學勤主編：《清華大學藏戰國竹簡（陸）》下冊，頁 108。

子居：簡一三當下接簡九，簡九當下接簡一四。「執焉」下的闕文，由殘存的上半部分看，當是「虘」字。「且毋交於死」，就是暫且沒有遇到死，指沒有因罪責或戰事而死。〔註 403〕

林清源：「[illegible]臣、三（四）鄐（鄰）」之[illegible]上半從「虍」，下半已佚，〈原考釋〉以「□」符暫代之。今據此字右下角斜畫形態，以及本篇竹書簡 8「虘」字寫法，綜合研判疑應釋為「虘」。本篇竹書編聯順序，在學者接續努力下，已可確定應修訂作簡 13＋9＋14。簡 9＋14 銜接處應斷讀作「昔吾先君使二三臣輯曹，前後之以言，使羣臣得執焉，虘毋交於死。」意思是說：從前國家遭遇重大事件時，先君就會指派親信大臣協調相關部門，整合出明確可行的政策，做為群臣施政方針，讓他們得以「毋交於死」。在這樣的敘事脈絡中，「虘」應讀為連接詞「且」，表示前、後文有遞進關係，相當於「又」、「而且」。「交」字宜如字，訓為「接觸」、「遭遇」。「交於＋名詞」為古書常見句式，如《漢書・禮樂志》：「益億年，美始興，交於神，若有承。」「毋（無）＋交於＋名詞」的句式也曾見於先秦古書，如《戰國策・韓策二・齊令周最使鄭》：「來使者無交於公，而欲德於韓擾，其使之必疾，言之必急，則鄭王必許之矣。」簡 9＋14「使羣臣得執焉，且毋交於死」意思是說：（國君透過幾位親信大臣指示具體的施政方針）讓群臣處理政務有所憑藉，避免誤觸政治地雷而招來殺身之禍。〔註 404〕

王寧：「二三老」即諸位老臣。交，合也，「交於死」即「合於死」。此句意思是諸位老臣不至合於死，就是還不至於犯該死的罪。ee 先生認為「『交』應讀為『邀』或『要』」，亦通。〔註 405〕

吳祺：「交」讀「遘」：遇。「昔吾先君使二三臣，抑早前後之以言，思群臣得執焉，且毋交（遘）於死。」可翻譯為：過去我們先君支使二三臣子，則早早地用話教導他們，使得群臣能夠各守其職，且不會遇到死亡。〔註 406〕

〔註 403〕子居：〈清華簡《鄭武夫人規孺子》解析〉，中國先秦史網：http://xianqin.byethost10.com/2016/06/07/338，2016 年 6 月 7 日。

〔註 404〕林清源：〈清華簡（陸）《鄭武夫人規孺子》通釋〉，頁 37、38。

〔註 405〕王寧：〈清華簡六《鄭武夫人規孺子》寬式文本校讀〉，復旦大學出土文獻與古文字研究中心網站：http://www.gwz.fudan.edu.cn/SrcShow.asp?Src_ID=2784，2016 年 5 月 1 日。

〔註 406〕吳祺：〈清華六《鄭武夫人規孺子》校釋三則〉，西南大學：第七屆出土文獻研究

按：《王力古漢語字典》：「謀：徵求解決疑難的意見或辦法。《說文》：『謀，慮難曰謀。』《左傳・襄公四年》：『諮事為諏，諮難為謀。』引申為謀劃，商量辦法。《詩・衛風・氓》：『匪來貿絲，來即我謀。』」〔註407〕乃：於是。《史記・屈原賈生列傳》：「乃令張儀佯去秦，厚幣委質事楚。」使：派遣。《左傳・僖公三十三年》：「鄭穆公使視客館，則束載，厲兵，秣馬矣。」於：向。《論語・學而》：「子禽問於子貢。」二三：猶言幾。《國語・吳語》：「〔越王〕曰：勾踐用帥二三之老，親委重罪，頓顙於邊。」

翻譯：大夫聚集起來商議，於是派遣邊父向國君說：「幾位老

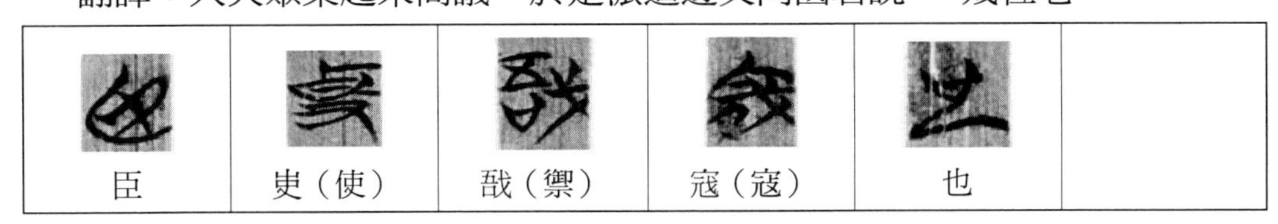

臣	吏（使）	戠（禦）	寇（寇）	也	

〔三十七〕臣吏（使）戠（禦）寇（寇）也，

清華簡整理者：戠，從吾得聲，讀「禦」，皆疑母魚部字。《國語・魯語上》：「所以禦亂也。」〔註408〕

子居：「禦寇」當為邊父之名。「使禦寇也」即「派我禦寇（前來）」。〔註409〕

王瑜楨：依照新的簡序，簡13和簡9接續以後，文例作「二三老臣」，由二三老臣派遣邊父向國君布圖，因此「禦寇」就是指「邊父」。從禮制看來，依照《左傳》人物名號條例，有「名＋父」，「邊父」的「邊」是他的名，「禦寇」是他的字，姓氏未知。「二三老臣使禦寇也布圖於君」，意思是：二三老臣要我向您獻策，為您謀畫。〔註410〕

朱忠恒：戠，讀「禦」，從整理者說。禦寇，防禦賊寇。《易・蒙》：「上九，擊蒙，不利為寇，利禦寇。」《左傳》襄公十年：「征者喪雄，禦寇之利也。」〔註411〕

與比較文字學全國博士生論壇，重慶：2017年10月26日。轉引自侯瑞華：《清華簡〈鄭武夫人規孺子〉集釋與相關問題研究》，浙江大學碩士學位論文，2018年6月，頁118、119。

〔註407〕王力：《王力古漢語字典》，頁1287、1288。

〔註408〕清華大學出土文獻研究與保護中心編，李學勤主編：《清華大學藏戰國竹簡（陸）》下冊，頁107。

〔註409〕子居：〈清華簡《鄭武夫人規孺子》解析〉，中國先秦史網：http://xianqin.byethost10.com/2016/06/07/338，2016年6月7日。

〔註410〕王瑜楨：《清華大學藏戰國竹簡（陸）鄭國史料三篇研究》，頁158、159。

〔註411〕朱忠恒：《清華大學藏戰國竹簡（陸）集釋》，頁24。

按：使：派遣。《左傳》桓公六年：「鄭伯使祭足勞王。」戠從「吾」，又吾、禦皆魚部可通。〈王孫誥鐘〉：「哲臧戠（禦），聞於四國……」筆者從「禦」之說。

翻譯：臣派遣禦寇此人

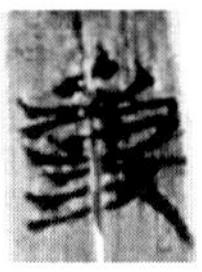 尃（布）	 悳（圖）	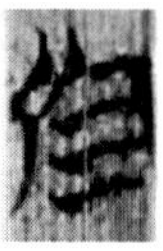 於	 君	 昔	 虗（吾）
 先	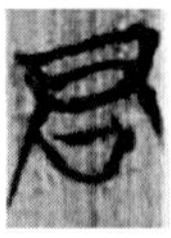 君	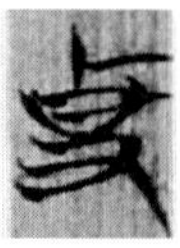 吏（使）	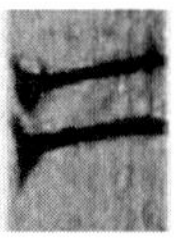 二	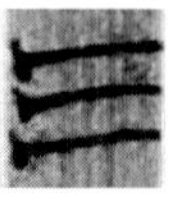 三	 臣
 归（抑）	 杲（早）	 歬（前）	 句（後）	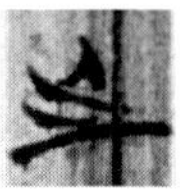 之	 以
 言					

〔三十八〕尃（布）悳（圖）於君。昔虗（吾）先君吏（使）二三臣，归（抑）杲（早）歬（前）句（後）之以言，

子居：「布圖於君」即把我們商量的內容說給君主您。〔註 412〕

張崇禮：尃，讀為「敷」，向君上進呈言辭。《書・舜典》：「敷奏以言，明試以功，車服以庸。」偽孔傳：「敷，陳；奏，進也。」上博六〈景公瘧〉第四簡「塼情而不偷」、上博四〈昭王毀室〉第四簡「僕將埮亡老，以僕之不得并僕之父母之骨，私自塼」的「塼」，我們亦曾讀為「敷」、訓為「陳」，和這裡的「尃」用法相同。敷圖，進呈謀略。〔註 413〕

朱忠恒：尃，從甫得聲。甫、布，皆為魚部幫紐，可通。布，陳述。《左傳》成公十三年：「敢盡布之執事，俾執事實圖利之。」「二三老臣，使禦寇也，布圖於君。」這幾句意思是：讓諸位老臣去抵禦敵寇，把他們的計策向

〔註 412〕子居：〈清華簡《鄭武夫人規孺子》解析〉，中國先秦史網：http://xianqin.byethost10.com/2016/06/07/338，2016 年 6 月 7 日。

〔註 413〕張崇禮：〈清華簡《鄭武夫人規孺子》考釋〉，復旦大學出土文獻與古文字研究中心：http://www.gwz.fudan.edu.cn/Web/Show/4306，2018/10/17。

君主您陳述。〔註 414〕抑，從整理者意見，訓「則」。「早」，訓「先」，提前意。「前後」猶「先後」，網友「紫竹道人」說可從。「思」從網友「bulang」意見，讀為「使」。執，訓為操持，從事。《詩．風．七月》：「我稼既同，上入執宮功。」這幾句可斷讀為「昔吾先君使二三臣，抑早前後之以言，使羣臣得執焉，」意思是：以往我們的先君使用諸位大臣，就提前跟他們先後說明，使群臣得以操持辦事。〔註 415〕

紫竹道人：「前後」猶「先後」，《詩．大雅．緜》「予曰有先後」毛傳：「相道前後曰先後。」《韓非子．外儲說左下》講孔子弟子子皐為獄吏，「刖人足」，那個刖危對子皐說：「然方公之獄治臣也，公傾側法令，先後臣以言，欲臣之免也甚，而臣知之。」「先後臣以言」似與簡文「前後之以言」語合。「昔虗（吾）先君叓（使）二三臣，㚘（抑）棗（早）歬（前）句（後）之以言，思群臣㝵（得）執女（焉）」意為「從前俺們先君支使二三臣子，則早早地用話教導他們，使得群臣能夠各守其職……」所以「四鄰」等皆「以吾先君為能敘」。〔註 416〕

林清源：子居〈解析〉主張應將簡 9 移置簡 13 與簡 14 之間，簡 13＋9 銜接處當斷讀作「二三老臣使禦寇也布圖於君」，認為「禦寇」應是邊父之名，「使禦寇也」即「派我禦寇（前來）」，「布圖於君」意即「把我們商量的內容說給君主您」。依其說重新編聯後，簡文語通意順，當可信從。另，「禦寇也」三字應連讀，「禦寇」為邊父自稱，「也」為主語詞綴，用以舒緩語氣，如《論語．雍也》：「人不堪其憂，回也不改其樂。」簡 13＋9「二三老臣使禦寇也布圖於君」應是兼語句，及物動詞「使」的主語為「二三老臣」，而其賓語則為「禦寇也」，同時「禦寇也」又兼任下文「布圖於君」的主語。〔註 417〕古音「㚘（抑）」在影紐職部，「咠」在清紐緝部，聲韻關係雖然不算親密，但古書仍有通假例證，如《韓詩外傳》卷三「抑而損之」，《淮南子．道應訓》作「揖而損之」，「抑」、「揖」二字互作。「㚘」疑應讀為「輯」，訓為「協調」、「和諧」、「整合」等義。《國語．魯語上》：「契為司徒而民輯」，韋昭注：「輯，和

〔註 414〕朱忠恒：《清華大學藏戰國竹簡（陸）集釋》，頁 24。
〔註 415〕朱忠恒：《清華大學藏戰國竹簡（陸）集釋》，頁 25。
〔註 416〕紫竹道人：簡帛研讀 » 清華六〈鄭武夫人規孺子〉初讀（第 38 樓），簡帛論壇，http://www.bsm.org.cn/bbs/read.php?tid=3345&page=3，2016 年 4 月 26 日。
〔註 417〕林清源：〈清華簡（陸）《鄭武夫人規孺子》通釋〉，頁 35、36。

也。」「輯」又作「緝」，《國語・晉語八》：「端刑法，緝訓典。」韋昭注：「緝，和也。」可參。又「杲」為「棗」字省文，應分析作從日、棗省聲，即「早」字異體。古音「早」在精紐幽部，「曹」在從紐幽部，此二聲系聲近韻同，可以互作通假。又「皁」、「早」、「棗」、「曹」諸聲當可互作。「杲」字疑應讀為「曹」，指「分科辦事的官署或部門」，如兵曹、刑曹等。〔註418〕「先後」詮釋作「教導」《周禮・秋官・司寇・士師》：「以五戒先後刑罰，毋使罪麗於民」，孫詒讓正義：「謂豫教導之，使民知避罪也。」「先後」一詞，有時可表示「透過互動方式來宣達或教導」之意。「昔吾先君使二三臣輯曹，前後之以言」意思是說：「從前先君武公主政時，（當國家發生重大事件）就會指派親信大臣出面協調相關部會，整合出明確可行的政策（做為群臣施政的依據）。」〔註419〕

清華簡整理者：抑，訓「則」，見《古書虛字集釋》（第209頁）。〔註420〕

王寧：「専」原整理者括讀「布」，當讀「敷」訓「布」。「敷圖於君」即為君主出謀劃策之意。「早」訓「先」，提前意。「前後」本是說身前身後，代指身邊、周圍，此用為動詞，「前後之」即把他們（群臣）叫到前後（身邊）。「以」訓「而」，「言」為言語、說話，這裡是以言語訓誡的意思。「二三」是古人對眾人的一種尊稱，相當於後來說的「諸位」。「昔吾先君使二三臣，抑早前後之以言」此二句意思是過去吾先君使用諸位大臣，是提前把他們叫到前後用言語訓誡他們。（此據紫竹道人先生說而修訂之。見《初讀》，38樓發言。發表日期：2016-04-26）〔註421〕

王瑜楨：本篇「前後之以言」意思是早早地指用言語仔細地教導吩咐。〔註422〕

石兆軒：「之」為代詞，指代「二三臣」。「前後」引申而有支配義。「言」本義為言語，此處為出令布政、發號施令之義。「早前後之以言」說的是先君武公早早發出命令來使令、支配群臣，這樣的行事作風恰和孺子至今仍「拱而不

〔註418〕林清源：〈清華簡（陸）《鄭武夫人規孺子》通釋〉，頁36。

〔註419〕林清源：〈清華簡（陸）《鄭武夫人規孺子》通釋〉，頁37。

〔註420〕清華大學出土文獻研究與保護中心編，李學勤主編：《清華大學藏戰國竹簡（陸）》下冊，頁107。

〔註421〕王寧：〈清華簡六《鄭武夫人規孺子》寬式文本校讀〉，復旦大學出土文獻與古文字研究中心網站：http://www.gwz.fudan.edu.cn/SrcShow.asp?Src_ID=2784，2016年5月1日。

〔註422〕王瑜楨：《清華大學藏戰國竹簡（陸）鄭國史料三篇研究》，頁161。

言」，委政大臣相反，乃大臣與邊父希望莊公效法的榜樣。〔註 423〕

侯瑞華：「归」讀「抑」，訓「則」。「前後之以言」即是「以言前後之」。「前後」是一個動詞，就是「使之前使之後」，乃操控左右之意。「早前後之以言」即是說鄭武公早先即以言（命令）指揮或控制群臣。〔註 424〕

筆者茲將各家對「」、「」之說法表列於下：

表 2-2-31：「」諸家訓讀異說表

 归（抑）	訓　讀
整理者、朱忠恒、侯瑞華	則
林清源	讀「輯」，訓「協調」、「和諧」、「整合」

表 2-2-32：「」諸家訓讀異說表

 枭（早）	訓　讀
王寧、朱忠恒	訓「先」，提前意。
林清源	讀「曹」，指「分科辦事的官署或部門」

表 2-2-33：「」諸家異說表

 	訓　讀
紫竹道人、朱忠恒	「前後」猶「先後」，
林清源	「先後」詮釋作「教導」 「先後」一詞，有時可表示「透過互動方式來宣達或教導」之意。
王寧	「前後」本是說身前身後，代指身邊、周圍，此用為動詞，「前後之」即把他們（群臣）叫到前後（身邊）。
石兆軒	「前後」引申而有支配義。

按：尃、布皆魚部可通。《上海博物館藏戰國楚竹書．彭祖》：「彭祖曰：

〔註 423〕石兆軒：《清華六〈鄭武夫人規孺子〉研究》，頁 215、216。

〔註 424〕侯瑞華：《清華簡〈鄭武夫人規孺子〉集釋與相關問題研究》，頁 121。

於（籲），女（汝）孳=（孳孳）尃（布）昏（問）……」〔註425〕布：陳述。《左傳・昭公十六年》：「僑若獻玉，不知所成，敢私布之。」於：給。《論語・衛靈公》：「己所不欲，勿施於人。」使：派遣。《左傳・桓公六年》：「鄭伯使祭足勞王。」二三：猶言幾。《國語・吳語》：「勾踐用帥二三之老，親委重罪，頓顙於邊。」抑：但是。《左傳・昭公元年》：「子皙信美矣，抑子南夫也。」杲亦見於《郭店楚簡・老子乙1》：「是以杲（早）備（服）」《古文字通假字典》：「句（侯見 ju）讀為后（侯匣 hou）。郭店楚簡《尊德義》簡七：『句稷之藝地』『句稷』即『后稷』又后（侯匣 hou）讀為後（侯匣 hou）《儀禮・士冠禮》：『古者五十而后爵。』《禮記・郊特牲》后作後。后與句通。」〔註426〕前後：先後。《史記・魯仲連鄒陽列傳》：「趙孝成王時，而秦王使白起破趙・長平之軍前後四十餘萬，秦兵遂東圍邯鄲。」《說文》：「以，用也。」言：號令；政令。《國語・周語》：「有不祭則修意，有不祀則修言。」韋昭注：「言，號令也。」

翻譯：陳述謀略給國君。從前我先王派遣幾位臣子，但是會提前先後使用號令

思	群	臣	旻（得）	執	女（焉）
□	母（毋）	交	於	死	

〔三十九〕思群臣旻（得）執女（焉），

〔四十〕□【九】母（毋）交於死。

清華簡整理者：思，通「斯」，訓「而」，見《古書虛字集釋》（第703頁）。執，訓「用」。《莊子・達生》「吾執臂也」，成玄英疏：「執，用也。」〔註427〕

〔註425〕先秦甲骨金文簡牘詞彙資料庫：http://inscription.asdc.sinica.edu.tw/c_index.php

〔註426〕王輝：《古文字通假字典》，頁136、137。

〔註427〕清華大學出土文獻研究與保護中心編，李學勤主編：《清華大學藏戰國竹簡（陸）》下冊，頁107。

bulang：「思」讀為「使」似乎較順。〔註428〕

子居：思，訓為致使、讓。〔註429〕

王寧：「執」即執事之省語，「得執」意思是知道自己的職責是什麼。〔註430〕

郝花萍：「昔吾先君使二三臣，抑早前後之以言，思羣臣得執焉」是說過去先君武公要指派臣子幹事情的時候，就提前把臣子喚到自己身邊囑咐訓誡，大臣們就可以各司其職，得到任用了。〔註431〕

王瑜楨：「執」，即「依據、遵照」，《墨子．經上第四十》：「執所言而意得見，心之辯也。」簡文「使羣臣得執焉」，意思是讓群臣能夠有依據可以遵照去做。〔註432〕

朱忠恒：抑，從整理者意見，訓「則」。「早」，訓「先」，提前意。「前後」猶「先後」，網友「紫竹道人」說可從。「思」從網友「bulang」意見，讀為「使」。執，訓為操持，從事。《詩．風．七月》：「我稼既同，上入執宮功。」這幾句可斷讀為「昔吾先君使二三臣，抑早前後之以言，使羣臣得執焉」意思是：以往我們的先君使用諸位大臣，就提前跟他們先後說明，使群臣得以操持辦事。〔註433〕

石兆軒：「執」應當看作名詞義的「執」，即憑據、憑證。「得執」即得到憑據之義，說的是先君武公以發號施令的方式來使喚群臣，群臣因此得到憑據（來做事），不至於沒有方向。〔註434〕

侯瑞華：「執」訓「持」、「守」，「得執」即相當於有所依據。「使群臣得執焉」意為使群臣有所依據。〔註435〕

張崇禮：執，持、持守。《廣雅．緝韻》：「執，守也。」《禮記．中庸》：「誠

〔註428〕bulang：簡帛研讀 » 清華六〈鄭武夫人規孺子〉初讀（第 16 樓），簡帛論壇，http://www.bsm.org.cn/bbs/read.php?tid=3345&page=3，2016 年 4 月 18 日。

〔註429〕子居：〈清華簡《鄭武夫人規孺子》解析〉，中國先秦史網：http://xianqin.byethost10.com/2016/06/07/338，2016 年 6 月 7 日。

〔註430〕王寧：〈清華簡六《鄭武夫人規孺子》寬式文本校讀〉，復旦大學出土文獻與古文字研究中心網站：http://www.gwz.fudan.edu.cn/SrcShow.asp?Src_ID=2784，2016 年 5 月 1 日。

〔註431〕郝花萍：《清華大學藏戰國竹簡（陸）鄭國三篇集釋》，頁 33。

〔註432〕王瑜楨：《清華大學藏戰國竹簡（陸）鄭國史料三篇研究》，頁 161。

〔註433〕朱忠恒：《清華大學藏戰國竹簡（陸）集釋》，頁 25。

〔註434〕石兆軒：《清華六〈鄭武夫人規孺子〉研究》，頁 218。

〔註435〕侯瑞華：《清華簡〈鄭武夫人規孺子〉集釋與相關問題研究》，頁 121、122。

之者，擇善而固執之者也。」〔註 436〕

清華簡整理者：交，《小爾雅．廣言》：「報也。」即「效」字。於，猶「以」，見《古書虛字集釋》（第 51 頁）。句云幾個老臣未能以死報君。「母（毋）」前疑有缺字。〔註 437〕

暮四郎：「二三老母（毋）交於死」是一句客套話，按字面翻譯是「（希望）那些大臣們不要碰上死亡」。這裏邊父是在代表二三臣說話，所以開場說，希望我們說的這些話不會讓您生氣、判我們死罪。眾所周知，當時的國君與後代專制帝王有很大區別，但是作為客套話，邊父這樣說是可以理解的。〔註 438〕

子居：簡一三當下接簡九，簡九當下接簡一四。「執焉」下的闕文，由殘存的上半部分看，當是「虘」字。「且毋交於死」，就是暫且沒有遇到死，指沒有因罪責或戰事而死。〔註 439〕

林清源：「[illegible]臣、三（四）鄴（鄰）」之[illegible]上半從「虍」，下半已佚，〈原考釋〉以「□」符暫代之。今據此字右下角斜畫形態，以及本篇竹書簡 8「虘」字寫法，綜合研判疑應釋為「虘」。本篇竹書編聯順序，在學者接續努力下，已可確定應修訂作簡 13＋9＋14。簡 9＋14 銜接處應斷讀作「昔吾先君使二三臣輯曹，前後之以言，使羣臣得執焉，虘毋交於死。」意思是說：從前國家遭遇重大事件時，先君就會指派親信大臣協調相關部門，整合出明確可行的政策，做為群臣施政方針，讓他們得以「毋交於死」。在這樣的敘事脈絡中，「虘」應讀為連接詞「且」，表示前、後文有遞進關係，相當於「又」、「而且」。「交」字宜如字，訓為「接觸」、「遭遇」。「交於＋名詞」為古書常見句式，如《漢書．禮樂志》：「益億年，美始興，交於神，若有承。」「毋（無）＋交於＋名詞」的句式也曾見於先秦古書，如《戰國策．韓策二．齊令周最使鄭》：「來使者無交於公，而欲德於韓擾，其使之必疾，言之必急，則鄭王必許之矣。」簡 9＋14「使羣臣得執焉，且毋交於死」意思是說：（國君透過幾位親信大臣

〔註 436〕張崇禮：〈清華簡《鄭武夫人規孺子》考釋〉，復旦大學出土文獻與古文字研究中心：http://www.gwz.fudan.edu.cn/Web/Show/4306，2018/10/17。

〔註 437〕清華大學出土文獻研究與保護中心編，李學勤主編：《清華大學藏戰國竹簡（陸）》下冊，頁 108。

〔註 438〕暮四郎：簡帛研讀 » 清華六〈鄭武夫人規孺子〉初讀（第 15 樓），簡帛論壇，http://www.bsm.org.cn/bbs/read.php?tid=3345&page=3，2016 年 4 月 18 日。

〔註 439〕子居：〈清華簡《鄭武夫人規孺子》解析〉，中國先秦史網：http://xianqin.byethost10.com/2016/06/07/338，2016 年 6 月 7 日。

指示具體的施政方針）讓群臣處理政務有所憑藉，避免誤觸政治地雷而招來殺身之禍。〔註 440〕

ee：「交」應讀為「邀」或「要」。〔註 441〕

王寧：「二三老」即諸位老臣。交，合也，「交於死」即「合於死」。此句意思是諸位老臣不至合於死，就是還不至於犯該死的罪。ee 先生認為「『交』應讀為『邀』或『要』」，亦通。〔註 442〕

吳祺：「交」讀「遘」：遇。「昔吾先君使二三臣，抑早前後之以言，思群臣得執焉，且毋交（遘）於死。」可翻譯為：過去我們先君支使二三臣子，則早早地用話教導他們，使得群臣能夠各守其職，且不會遇到死亡。〔註 443〕

王瑜楨：「䣃（且）毋（毋）交於死」之「交」訓「接」，《說文．手部》：「接，交也。」是指前後交替之際或上下左右連接之處。《左傳．僖公五年》：「其九月、十月之交乎？」。（《漢語大詞典》電子版）「毋交於死」就是「不會遇到死亡的錯誤行為」。因為先君每交辦一件事，一定會「早前後之以言（詳細叮嚀交待）」，所以群臣都知道怎麼做，也就不會遇到死亡（犯錯致死）。〔註 444〕

朱忠恒：殘缺的「口」字，從尉侯凱意見，可能是「吾」。交，疑讀「繳」。交、繳，皆為宵部見紐，音同可通。繳，訓作糾纏，謂問題、行文、事情等糾纏不清。《史記．太史公自序》：「名家苛察繳繞，使人不得反其意。」裴駰集解引如淳曰：「繳繞，猶纏繞，不通大體也。」「吾毋繳於死。」意思是：我們這些人不至於（因情況不明）處理繳繞不清的問題而勉強。〔註 445〕

石兆軒：「且毋交於死」的意思是說除了群臣得以有武公的命令（作憑據），

〔註 440〕林清源：〈清華簡（陸）《鄭武夫人規孺子》通釋〉，頁 37、38。

〔註 441〕ee：簡帛研讀 » 清華六〈鄭武夫人規孺子〉初讀（第 7 樓），簡帛論壇，http://www.bsm.org.cn/bbs/read.php?tid=3345&page=3，2016 年 4 月 17 日。

〔註 442〕王寧：〈清華簡六《鄭武夫人規孺子》寬式文本校讀〉，復旦大學出土文獻與古文字研究中心網站：http://www.gwz.fudan.edu.cn/SrcShow.asp?Src_ID=2784，2016 年 5 月 1 日。

〔註 443〕吳祺：〈清華六《鄭武夫人規孺子》校釋三則〉，西南大學：第七屆出土文獻研究與比較文字學全國博士生論壇，重慶：2017 年 10 月 26 日。轉引自侯瑞華：《清華簡〈鄭武夫人規孺子〉集釋與相關問題研究》，浙江大學碩士學位論文，2018 年 6 月，頁 118、119。

〔註 444〕王瑜楨：《清華大學藏戰國竹簡（陸）鄭國史料三篇研究》，頁 163。

〔註 445〕朱忠恒：《清華大學藏戰國竹簡（陸）集釋》，頁 25。

更進一步來說也不會與死亡沾上邊。〔註 446〕

侯瑞華：「交」讀「效」。「使群臣得執焉，且毋效於死」，即是使群臣有所依據，而且毋效於死。意思是說鄭武公對群臣指揮、佈置得法，不僅使群臣有依歸，而且使得群臣不必冒受危險以致獻出生命。簡文說不使群臣效死，乃是表明鄭武公待臣下寬厚。〔註 447〕

張崇禮：交，交接、接觸。《易．泰》：「天地交而萬物通也。」孔穎達疏：「由天地氣交而生養萬物。」《荀子．儒效》：「是言上下之交不相亂也。」楊倞注：「交，謂上下相交接也。」死，死刑、死罪。《易．中孚》：「君子以議獄緩死。」孔穎達疏：「緩捨當死之刑也。」毋交於死，沒有犯死罪、沒有大的罪過。〔註 448〕

筆者茲將各家對「思」之說法表列於下：

表 2-2-34：「思」諸家訓讀異說表

思	訓　　讀
整理者	通「斯」，訓「而」
bulang、朱忠恒	讀「使」
子居	致使、讓

表 2-2-35：「」諸家異說表

 執	訓
整理者	「用」
王寧	執事
王瑜楨	依據、遵照
朱忠恒	操持，從事
張崇禮、侯瑞華	持、持守
石兆軒	憑據、憑證。

筆者茲將各家對「交」之說法表列於下：

〔註 446〕石兆軒：《清華六〈鄭武夫人規孺子〉研究》，頁 221。

〔註 447〕侯瑞華：《清華簡〈鄭武夫人規孺子〉集釋與相關問題研究》，頁 122。

〔註 448〕張崇禮：〈清華簡《鄭武夫人規孺子》考釋〉，復旦大學出土文獻與古文字研究中心：http://www.gwz.fudan.edu.cn/Web/Show/4306，2018/10/17。

表 2-2-36：「交」諸家訓讀異說表

交	訓　　讀
整理者	報。即「效」字。
林清源	訓「接觸」、「遭遇」。
ee	讀「邀」或「要」
王寧	合
吳祺	讀「遘」：遇。
王瑜楨	接
朱忠恒	讀「繳」
侯瑞華	讀「效」。
張崇禮	交接、接觸

按：《古文字通假字典》：「思（之心 si）通，或說讀為使（之山 shi）。〈容成氏〉簡二〇：『禹然後始為之號旗，以辨其左右，思民毋惑。』帛書甲：『……思有宵有朝，有晝有夕。』思亦讀使。」〔註 449〕筆者從「使」之說。執：執行。《周禮．春官．大史》：「大喪，執法以涖勸防。」「交」筆者從「接觸」之說。《左傳．成公九年》：「兵交，使在其間可也。」於：到。《莊子．逍遙遊》：「海運則將徙於南冥。」

翻譯：使眾臣能執行不會觸犯到死罪。

 今	 君	 定			

〔四十一〕今君定，

清華簡整理者：句云孺子已定君位。〔註 450〕

子居：鄭莊公已是鄭君，但卻仍然不發佈政令，所以邊父才有此言。〔註 451〕

王寧：定，安也。鄭莊公服喪滿一年，已經舉行了小祥之祭，一切開始安定下來，逐漸恢復正常，故曰「君定」《左傳．哀公六年》：「國之多難，貴寵之

〔註 449〕王輝：《古文字通假字典》，頁 33、34。

〔註 450〕清華大學出土文獻研究與保護中心編，李學勤主編：《清華大學藏戰國竹簡（陸）》下冊，頁 108。

〔註 451〕子居：〈清華簡《鄭武夫人規孺子》解析〉，中國先秦史網：http://xianqin.byethost10.com/2016/06/07/338，2016 年 6 月 7 日。

由，盡去之而後君定」，「君定」均君主安定意。〔註452〕

王瑜楨：「定」，不宜釋為「安定」，應釋為「確定」，《尚書・虞書・大禹謨第三》：「朕志先定，詢謀僉同，鬼神其依，龜筮協從。」寤生於此時確定繼承君位，但是受到武姜的約束，不能主政。邊父等人想要突破這種控制，因此不會以為「君位已安定」。〔註453〕

按：定：固定。《詩・小雅・采薇》：「我戎未定。」

翻譯：現在國君固定（不變）

龏（拱）	而	不	言	二	三
臣	吏（事）	於	邦	巟₌（惶惶	女₌（焉，焉）

〔四十二〕龏（拱）而不言，二三臣吏（事）於邦，巟₌女₌（惶惶焉，

王寧：「龏」原整理者讀「拱」，按亦當讀「恭」，與上簡 12-13「君共（恭）而不言」句同。〔註454〕

王瑜楨：「二三臣事於邦」，即「我們這些臣子服事於國家」。「巟₌」讀為「惶惶」，形音義都很恰當，「巟」從「巟」聲，上古音在曉紐陽部；「惶」從「皇」聲，上古音在匣紐陽部，二字聲近韻同。但暮四郎指出「巟」聲與「皇」聲古籍沒有見到通假之例，而「巟」聲與「亡」聲有通假之例，因而主張應讀為「茫」，與下句「如宵索器於選藏之中」的情境搭配更好，可從。「女₌」讀為「焉，如」。〔註455〕

〔註452〕王寧：〈清華簡六《鄭武夫人規孺子》寬式文本校讀〉，復旦大學出土文獻與古文字研究中心網站：http://www.gwz.fudan.edu.cn/SrcShow.asp?Src_ID=2784，2016 年 5 月 1 日。

〔註453〕王瑜楨：《清華大學藏戰國竹簡（陸）鄭國史料三篇研究》，頁 163。

〔註454〕王寧：〈清華簡六《鄭武夫人規孺子》寬式文本校讀〉，復旦大學出土文獻與古文字研究中心網站：http://www.gwz.fudan.edu.cn/SrcShow.asp?Src_ID=2784，2016 年 5 月 1 日。

〔註455〕王瑜楨：《清華大學藏戰國竹簡（陸）鄭國史料三篇研究》，頁 166。

清華簡整理者：惶惶焉，即惶惶然。〔註456〕

暮四郎：「今君定龏（恭）而不言」當讀為一句。「巟₌」讀為「惶惶」符合文義，但問題是上古「巟／亡」、「皇」聲之字似乎罕見相通之例。[參看張儒、劉毓慶《漢字通用聲素研究》，太原：山西古籍出版社，2002年，第445～448、486～487頁。]「巟₌」應該讀為「茫茫」，清華簡第三輯《祝辭》簡1「巟巟」即用為「茫茫」[「又（有）上巟₌（茫茫）」]。「茫茫」指茫然無所措貌。《楚辭・哀時命》：「怊茫茫而無歸兮，悵遠望此曠野。」〔註457〕

子居：「茫茫」不見先秦辭例，依先秦用字習慣，「巟₌」當作「芒芒」，清華簡〈祝辭〉同。〔註458〕

王寧：簡文「巟₌」原整理者括讀「惶惶」，此字從辵巟聲，當即「遑」之或體，先秦兩漢典籍中，惶恐、惶懼字作「惶」，用為憂懼不安之貌義者則多作「遑遑」，後世典籍或作「惶惶」，義同。「焉₌」簡文作「女」，「女」本「安」字用為「焉」，其「₌」在此處疑是做合文符號，即由「女（安）」字中析出「女」字，讀為「焉女」，猶「夫₌」要從「夫」中析出「大」字而讀「大夫」也。又「女」讀為「如」。〔註459〕

林清源：由簡13＋9＋14＋15所述內容來看，應是強調群臣憂懼不安的情緒，所以簡文「巟₌」宜讀作「惶惶」。〔註460〕

東山鐸：「焉」後的重文符疑為誤加。〔註461〕

羅小虎：「女」字乃是「焉女」二字的合文。從字形上看，「焉」字除去下面兩筆似乎就是「女」字。所以，「女」字合入「焉」字是很可能的。此處的「女」，應該理解為「如」。後面的話，都是對大夫「巟₌焉」的描述和形容，

〔註456〕清華大學出土文獻研究與保護中心編，李學勤主編：《清華大學藏戰國竹簡（陸）》下冊，頁108。

〔註457〕暮四郎：簡帛研讀 » 清華六〈鄭武夫人規孺子〉初讀（第15樓），簡帛論壇，http://www.bsm.org.cn/bbs/read.php?tid=3345&page=3，2016年4月18日。

〔註458〕子居：〈清華簡《鄭武夫人規孺子》解析〉，中國先秦史網：http://xianqin.byethost10.com/2016/06/07/338，2016年6月7日。

〔註459〕王寧：〈清華簡六鄭武夫人規孺子寬式文本校讀〉，復旦大學出土文獻與古文字研究中心網站：http://www.gwz.fudan.edu.cn/SrcShow.asp?Src_ID=2784，2016年5月1日。

〔註460〕林清源：〈清華簡（陸）《鄭武夫人規孺子》通釋〉，頁38。

〔註461〕東山鐸：簡帛研讀 » 清華六〈鄭武夫人規孺子〉初讀（第37樓），簡帛論壇，http://www.bsm.org.cn/bbs/read.php?tid=3345&page=3，2016年4月25日。

就如同「宵昔器與巽（藏）之中，無乍手止」一樣。〔註462〕

侯瑞華：「二三大夫事於邦」猶言二三大夫為國事奔走。「⿺辶巟=焉」讀「茫茫焉」。在茫茫無見的宵夜自然也手足無措，因而又可與下文的「無措手趾」相呼應。〔註463〕

按：《古文字通假字典》：「龔（東見 gong）或說讀為拱（東見 gong）。作冊麥尊：『王射大龔禽，侯乘於赤旂舟從……』唐蘭：『龔讀同拱』」〔註464〕拱謂拱手。拱手：指無為而治。《戰國策．秦策一》：「大王拱手以須，天下遍隨而伏，伯王之名可成也。」「拱而不言」謂「拱默」。《漢語大詞典》：「拱默：指垂拱無為。郭沫若《中國史稿》第三編第十章第一節：『他們援道釋儒，在政治上主張無為，認為人君應當拱默，委政臣下。』」〔註465〕事：治理。《戰國策》：「齊、魏得地葆利，而詳事下吏。」「⿺辶巟」從「巟」又巟、遑、惶皆陽部，故⿺辶巟筆者從王寧之說讀「遑」。《王力古漢語字典》：「遑通『惶』。遑遑：匆促不安，驚慌失措的樣子。《楚辭．九辯》：『眾鳥皆有所登棲兮，鳳獨遑遑而無所集。』一作惶惶。」〔註466〕另，筆者從「女=」讀為「焉，如」之說。

翻譯：拱手且緘默，幾位臣子治理國家，驚慌不安，像

宵（削）	昔（錯）	器	於	巽（選）	贙（藏）
之	中				

〔四十三〕焉）宵（削）昔（錯）器於巽（選）贙（藏）之中，

清華簡整理者：削，《廣雅．釋詁二》：「減也。」昔，讀為「錯」，《方言》

〔註462〕羅小虎：簡帛研讀 » 清華六〈鄭武夫人規孺子〉初讀（第 54 樓），簡帛論壇，http://www.bsm.org.cn/bbs/read.php?tid=3345&page=3，2017 年 6 月 16 日。

〔註463〕侯瑞華：《清華簡〈鄭武夫人規孺子〉集釋與相關問題研究》，頁 125。

〔註464〕王輝：《古文字通假字典》，頁 461。

〔註465〕羅竹風主編：《漢語大詞典》卷 6，上海：漢語大詞典出版社，2001 年 9 月，頁 557。（國學大師 http://www.guoxuedashi.com/hydcd/194879o.html）

〔註466〕王力：《王力古漢語字典》，頁 1448。

卷六：「藏也。」巽，讀為「選」，《說文》：「遣也。」遣藏，即殉葬器物。〔註 467〕

子居：「昔」當讀為「索」(《古字通假會典》第 905 頁「昔與索」條，濟南：齊魯書社，1989 年 7 月。)，訓為搜尋。〔註 468〕

暮四郎：「焉宵昔器於巽贇之中」或當讀為「焉宵作器於殉、葬之中」，上古「昔」聲、「乍」聲字可通（如此處的「乍（措）手止」)，「巽」聲、「旬」聲的字可通用，如「筍」與「簨」，楚簡贇字常用為「葬」。「宵」即夜，乃副詞狀語。「殉」指陪葬品（單說「殉」時不限於人)。《左傳》文公六年：「秦伯任好卒，以子車氏之三子奄息、仲行、鍼虎為殉。」《左傳》宣公十五年：「疾病，則曰：必以為殉。」「葬」大概也是指陪葬品，與「殉」義近。「茫茫焉，焉宵作器於殉、葬之中」，是說眾臣茫然無措，晝夜只在殉葬品之間周旋操勞。〔註 469〕

易泉：「昔器」之「昔」，整理者讀為「錯」，《方言》卷六：「藏也。」暮四郎讀為「乍」。子居讀為「索」，訓為搜尋。今按：昔、索、素，皆在鐸部心紐，古音相同，可通作。文獻有三者通作之例。「昔」當讀為素。「素器」一詞見於《禮記．檀弓下》：「重，主道也。殷主綴重焉，周主重徹焉，奠以素器，以生者有哀素之心也。」鄭玄注：「凡物無飾曰素。」「焉宵（削）昔（素）器於巽（饌）贇（葬）之中」指削制饌葬過程中所用的素器。〔註 470〕

林清源：古音「巽」在心紐元部，「孱」在崇紐元部，此二聲系聲近韻同，可以互作通假。本簡「巽」字疑讀為「孱」，可訓為「狹窄」、「窘迫」。「孱藏」一詞，或可表示儲藏空間狹窄之意。儲藏空間狹窄，加上夜間視線較差，稍有不慎，就可能誤觸周遭器物，造成毀損，身處其間，勢必得特別戒懼謹慎，如此窘迫情狀，最能生動比擬鄭國群臣動輒得咎的恐慌心理。〔註 471〕

〔註 467〕清華大學出土文獻研究與保護中心編，李學勤主編：《清華大學藏戰國竹簡（陸）》下冊，頁 108。

〔註 468〕子居：〈清華簡《鄭武夫人規孺子》解析〉，中國先秦史網：http://xianqin.byethost10.com/2016/06/07/338，2016 年 6 月 7 日。

〔註 469〕暮四郎：簡帛研讀 » 清華六〈鄭武夫人規孺子〉初讀（第 15 樓），簡帛論壇，http://www.bsm.org.cn/bbs/read.php?tid=3345&page=3，2016 年 4 月 18 日。

〔註 470〕易泉：簡帛研讀 » 清華六《鄭武夫人規孺子》初讀（第 64 樓），簡帛論壇，http://www.bsm.org.cn/bbs/read.php?tid=3345&page=7，2017 年 10 月 6 日。

〔註 471〕林清源：〈清華簡（陸）《鄭武夫人規孺子》通釋〉，頁 39。

厚予：巽疑讀為「饌」。《儀禮・士婚禮》「具饌於西塾」，鄭注「饌，陳也」。《儀禮・既夕禮》「東方之饌：四豆……四籩……醴、酒。」鄭注「此東方之饌」，賈疏「至此饌葬奠」。贇讀為「葬」。饌葬，即喪葬禮儀中的具食。〔註 472〕

王寧：讀為「遑遑焉女（如）宵昔（措）器於巽（選）贓之中」。《三國志・魏書二・文帝紀》：「（孔子）教化乎洙、泗之上，悽悽焉，遑遑焉，欲屈己以存道，貶身以救世。」《抱樸子・逸民》：「經世之士，悠悠皆是，一日無君，惶惶如也。」「遑遑焉」即「惶惶如」。「昔」讀為「措」，置也。另「宵昔（措）器於選藏之中，毋乍（作／措）手趾。」東山鐸先生云：「『宵』或當如字讀，指夜間。邊父言此，當是打一個比方，群臣之於邦國大事，很茫然，好比夜晚在眾多器物中放置其他器物，因昏暗看不清，故手足無措。邊父以此比擬君主『不言』（即不發佈指令）而造成群臣無所適從的狀況。」（《初讀》，36 樓，發表日期 2016-04-24.）此說可從。「巽（選）」蓋即選具之選，選藏，指諸多儲藏的物品。或曰：「選」讀為「萬」，《字彙補》：「選，萬也。《山海經》『五億十選九千八百步』，楊慎云：『選與萬，古音通，遂借其字。』」「萬藏」亦指眾多的儲藏之物。〔註 473〕

王瑜楨：「宵」直接釋為「夜」，從暮四郎、東山鐸之說；「昔」讀為「索」，從子居之說。「選藏」，「選」字應如何通讀，還有待考證，但在全句應是指所收藏的器物之類的意思。「如宵（夜）昔（索）器於巽（選）藏之中」，意思是「好像夜晚在千萬種收藏品中去找東西」。〔註 474〕

朱忠恒：焉，哪裏。宵，從整理者讀為「削」，但應訓為刻削。巽，從網友「厚予」讀為「饌」。昔，讀為「素」，「焉削素器於饌葬之中」指削制饌葬過程中所用的素器，從網友「易泉」說。〔註 475〕

石兆軒：「宵措器於孱藏之中」：晚上在狹窄空間儲放器物。〔註 476〕

〔註 472〕厚予：簡帛研讀 » 清華六〈鄭武夫人規孺子〉初讀（第 31 樓），簡帛論壇，http://www.bsm.org.cn/bbs/read.php?tid=3345&page=3，2016 年 4 月 19 日。

〔註 473〕王寧：〈清華簡六鄭武夫人規孺子寬式文本校讀〉，復旦大學出土文獻與古文字研究中心網站：http://www.gwz.fudan.edu.cn/SrcShow.asp?Src_ID=2784，2016 年 5 月 1 日。

〔註 474〕王瑜楨：《清華大學藏戰國竹簡（陸）鄭國史料三篇研究》，頁 166。

〔註 475〕朱忠恒：《清華大學藏戰國竹簡（陸）集釋》，頁 27。

〔註 476〕石兆軒：《清華六〈鄭武夫人規孺子〉研究》，頁 224。

侯瑞華：「昔」讀「錯」，乃錯雜、交錯之意。「巽」讀「徙」。藏即收藏入庫。「宵錯器於徙藏之中」，意為在夜晚將器物從府庫中錯雜、雜亂地搬進搬出。〔註 477〕

張崇禮：宵，讀為「肖」，「肖」與「宵」常通用。《戰國策・趙策四》：「老臣賤息舒棋最少不肖。」漢帛書本肖作宵。《戰國策・魏策二》：「周宵」《魏策四》作「周肖」。《老子》六十七章：「天下皆謂我道大，似不肖。夫唯大，故似不肖；若肖久矣，其細也夫。」漢帛書甲本、乙本肖作宵。肖，相似、類似。《書・說命上》：「乃審厥象，俾以形旁求於天下，說築傅巖之野，惟肖。」孔傳：「肖，似。」昔，讀為「錯」，間雜、混雜。《廣雅・釋詁四》：「錯，廁也。」《集韻・鐸韻》：「錯，雜也。」《書・禹貢》：「厥賦惟上上錯，厥田惟中中。」孔傳：「上上，第一。錯，雜，雜出第二之賦。」巽，楚貨貝名。古籍亦寫作選、饌、撰、鍰等。藏，儲存東西的地方。《玉篇・艸部》：「藏，庫藏。」焉肖錯器於巽藏之中，於是像把普通器具混雜在錢庫裡一樣，這裡喻指以大夫的身份行使國君的權力。〔註 478〕

筆者茲將各家對「□」、「昔」、「巽」之訓讀表列於下：

表 2-2-37：「□」諸家訓讀異說表

 □	訓　讀
整理者	讀「削」訓「減」
暮四郎、王瑜楨	「宵」訓「夜」
張崇禮	宵，讀「肖」

表 2-2-38：「昔」諸家訓讀異說表

昔	訓　讀
整理者	讀「錯」訓「藏」
侯瑞華	讀「錯」：錯雜、交錯。
張崇禮	讀「錯」，間雜、混雜。
子居、王瑜楨	讀「索」訓為搜尋

〔註 477〕侯瑞華：《清華簡〈鄭武夫人規孺子〉集釋與相關問題研究》，頁 126、127。

〔註 478〕張崇禮：〈清華簡《鄭武夫人規孺子》考釋〉，復旦大學出土文獻與古文字研究中心：http://www.gwz.fudan.edu.cn/Web/Show/4306，2018/10/17。

暮四郎	讀「作」
易泉、朱忠恒	讀「素」
王寧	讀「措」訓「置」

表 2-2-39：「巽」諸家訓讀異說表

巽	訓　讀
整理者	讀「選」，《說文》：「遣也。」
暮四郎	讀「殉」
林清源	讀「孱」，訓「狹窄」、「窘迫」
厚予、朱忠恒	讀「饌」
王寧	讀「選」
侯瑞華	讀「徙」

表 2-2-40：「[illegible]」諸家異說表

 [illegible]	讀
整理者	藏
暮四郎、厚予	讀「葬」
王寧	讀「贓」

按：宵筆者從訓「夜」之說。《說文》：「宵，夜也。」《書・堯典》：「宵中星虛。」《周禮・司寤氏》：「禁宵行者。」「昔」筆者從讀「索」之說。《古文字通假字典》：「昔（鐸心 xi）讀為索（鐸心 suo）。馬王堆帛書《六十四卦・辰（震）》上六：『辰（震）昔昔，視懼（矍）懼，正（征）凶。』昔通行本《易》作索。」〔註 479〕索：尋求。《離騷》：「路曼曼其修遠兮，吾將上下而求索。」器：器具。《周禮・大行人》：「其貢器物。」《韓非子・十過》：「作為食器。斬山木而財之。」《古文字通假字典》：「巽（元牀 zhuan）讀為選（元心 xuan）。馬王堆帛書《老子》乙本卷前古佚書《經法・君正》：『號令者，連為什伍，巽練賢不宵（肖）有別殹（也）。』按《史記・仲尼弟子列傳》：『郪巽。』索隱：『《孔子家語》巽作選。』」〔註 480〕選：陳設。《墨子・明鬼下》：「春秋冬夏選失時。」藏：藏財物之府庫。《周禮・天官・宰夫》：「五曰府，

〔註 479〕王輝：《古文字通假字典》，頁 296。
〔註 480〕王輝：《古文字通假字典》，頁 746。

掌官契以治藏。」《左傳・僖公二十四年》：「晉侯之豎頭須，守藏者也。」

翻譯：夜裡在陳設收藏財物之府庫中尋求器具，

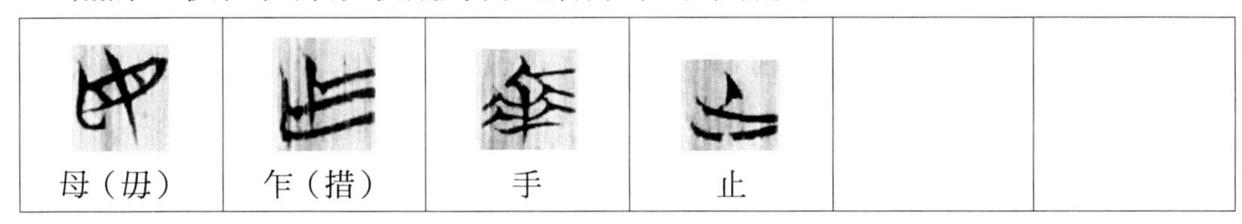

母（毋）	乍（措）	手	止		

〔四十四〕母（毋）乍（措）手止，

清華簡整理者：乍，讀為「措」。止，《儀禮・士昏禮》「皆有枕，北止」，鄭注：「足也。」《論語・子路》：「則民無所措手足。」〔註 481〕

東山鐸：「宵昔（措）器於選藏之中，毋乍（作／措）手趾。」邊父言此，當是打一個比方，群臣之於邦國大事，很茫然，好比夜晚在眾多器物中放置其他器物，因昏暗看不清，故手足無措。邊父以此比擬君主「不言」（即不發佈指令）而造成群臣無所適從的狀況。另「宵」或當如字讀，指夜間。〔註 482〕

子居：因為是以夜間在眾多器物中搜尋要找的東西做比喻，所以「毋措手止」即不知道該到哪兒去找的意思。〔註 483〕

王寧：「止」即「趾」初文，此指足，「手止」即手足。毋措手止（趾），手足無措。〔註 484〕

郝花萍：「母（毋）乍（措）手止，刣（殆）於【十四】……」此處是邊父受遣向沉默不言的嗣君表達大臣們的擔憂。似在說由於孺子莊公定君位後不對國事發表意見，將治國重任完全交給了大臣們，諸臣為國事奔忙，內心惶恐，為先君張羅選擇殉葬器物時手足無措。東山鐸之說亦通。〔註 485〕

朱忠恒：簡 14 與簡 15 編聯從網友「ee」意見。乍，從整理者讀為「措」，止，足也。〔註 486〕

〔註 481〕清華大學出土文獻研究與保護中心編，李學勤主編：《清華大學藏戰國竹簡（陸）》下冊，頁 108。

〔註 482〕東山鐸：簡帛研讀 » 清華六〈鄭武夫人規孺子〉初讀（第 36 樓），簡帛論壇，http://www.bsm.org.cn/bbs/read.php?tid=3345&page=3，2016 年 4 月 24 日。

〔註 483〕子居：〈清華簡《鄭武夫人規孺子》解析〉，中國先秦史網：http://xianqin.byethost10.com/2016/06/07/338，2016 年 6 月 7 日。

〔註 484〕王寧：〈清華簡六鄭武夫人規孺子寬式文本校讀〉，復旦大學出土文獻與古文字研究中心網站：http://www.gwz.fudan.edu.cn/SrcShow.asp?Src_ID=2784，2016 年 5 月 1 日。

〔註 485〕郝花萍：《清華大學藏戰國竹簡（陸）鄭國三篇集釋》，頁 42。

〔註 486〕朱忠恒：《清華大學藏戰國竹簡（陸）集釋》，頁 27。

石兆軒：「母乍手止」讀「毋作手止」，「作手止」即「使手止動作」之意，「毋作手止」意即否定「使手足動作」此一事實。這是邊父陳述在國君不發號施令的情況下，臣子恐懼動輒得咎，就好比在狹窄的地方放置物品，一不小心就會碰壞，所以都不使手腳有任何動作，隱喻國政停擺的情況。〔註 487〕

按：《古文字通假字典》：「母（之明 mu）讀為毋（魚明 wu）。母、毋古本一字，後分化出毋字，為禁止之詞。陳侯午敦：『永世母忘。』」〔註 488〕乍、措同為魚部可通。

筆者採讀「措」之說。措：安放、放置。《禮記・中庸》：「學之弗能，弗措也。」《古文字通假字典》：「止（之照 zhi）讀為趾（之照 zhi）馬王堆帛書《六十四卦・根（艮）》初六：『艮其止。』今通行本《周易》止作趾。止本像足趾形，趾為後起字。」〔註 489〕趾：腳。《詩・豳風・七月》：「三之日於耜，四之日舉趾。」《左傳・昭公七年》：「今君若步玉趾。」毋措手止謂「手足無措」。《禮記・仲尼燕居》：「若無禮，則手足無所措，耳目無所加，進退揖讓無所制。」

翻譯：手足無措

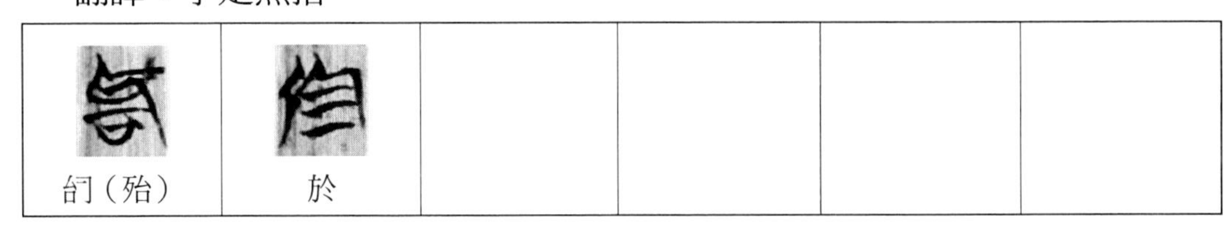

〔四十五〕訇（殆）於【十四】……

清華簡整理者：訇，讀為「殆」，義為幾、近，見《詞詮》（第 39 頁）。據簡背劃痕，第十四簡後或缺一整簡。〔註 490〕

ee：《鄭武夫人規孺子》簡 14 與簡 15 可直接編聯，「殆於為敗」非常通順，中間不必再有缺簡。因竹簡削錯、寫錯等原因，可能拋棄一支簡，簡背劃痕衹能起輔助作用。〔註 491〕

〔註 487〕石兆軒：《清華六〈鄭武夫人規孺子〉研究》，頁 121。

〔註 488〕王輝：《古文字通假字典》，頁 128。

〔註 489〕王輝：《古文字通假字典》，頁 24。

〔註 490〕清華大學出土文獻研究與保護中心編，李學勤主編：《清華大學藏戰國竹簡（陸）》下冊，頁 108。

〔註 491〕ee：簡帛研讀 » 清華六〈鄭武夫人規孺子〉初讀（第 7 樓），簡帛論壇，http://www.bsm.org.cn/bbs/read.php?tid=3345&page=3，2016 年 4 月 17 日。

子居：「殆於為敗」這裡是用找東西會失敗比喻執行政令會失敗。〔註 492〕

王寧：ee 云：「『殆於為敗』非常通順，中間不必再有缺簡。」當是。殆於為敗，幾乎要毀壞了，謂國家政事將陷入混亂也。〔註 493〕

王瑜楨：「訇」讀為「殆」，可從，「殆」，訓為「近也」，見《逸周書．命訓解第二》「曠命以誡其上，敗殆於亂」朱右曾集訓校釋。網名「ee」認為簡 14 至簡 15 沒有缺簡問題，合理可從。「敗」，災難、禍害，如《論衡．書解第八十二》「古以言為功者多，以文為敗者希」，「殆於為敗」就是「近於製造災難」。〔註 494〕

朱忠恒：訇，讀為「殆」，大概，幾乎。「毋措手止，殆於為敗」意思是：手足無措，（國家政事）幾乎要毀敗了。〔註 495〕

張崇禮：殆，畏懼。《淮南子．說林訓》：「月照天下，蝕於詹諸；騰蛇遊霧，而殆於蝍蛆。」高誘注：「殆，猶畏。」〔註 496〕

筆者茲將各家對「  」之訓讀表列於下：

表 2-2-41：「  」諸家訓讀異說表

	訓　讀
整理者	讀「殆」訓「幾、近」
張崇禮	殆，畏懼

按：殆筆者從訓「幾乎」之說。《荀子》：「若是，則大事殆乎弛，小事殆乎遂。」於：到。《莊子》：「海運則將徙於南冥。」

翻譯：幾乎到

〔註 492〕子居：〈清華簡《鄭武夫人規孺子》解析〉，中國先秦史網：http://xianqin.byethost10.com/2016/06/07/338，2016 年 6 月 7 日。

〔註 493〕王寧：〈清華簡六鄭武夫人規孺子寬式文本校讀〉，復旦大學出土文獻與古文字研究中心網站：http://www.gwz.fudan.edu.cn/SrcShow.asp?Src_ID=2784，2016 年 5 月 1 日。

〔註 494〕王瑜楨：《清華大學藏戰國竹簡（陸）鄭國史料三篇研究》，頁 166、167。

〔註 495〕朱忠恒：《清華大學藏戰國竹簡（陸）集釋》，頁 27。

〔註 496〕張崇禮：〈清華簡《鄭武夫人規孺子》考釋〉，復旦大學出土文獻與古文字研究中心：http://www.gwz.fudan.edu.cn/Web/Show/4306，2018/10/17。

	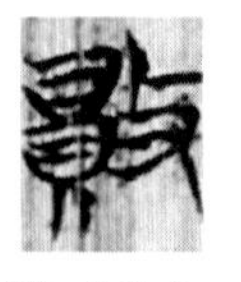		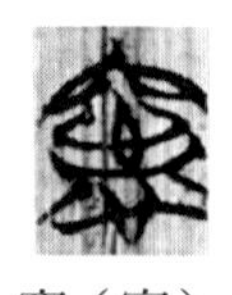		
為	敳（敗）	者（姑）	寍（寧）	君	

〔四十六〕為敳（敗），者（姑）寍（寧）君，

林清源：由簡文敘事脈絡來看，「殆於為敗」的主語顯然是前文「拱而不言」的二三臣。再由簡 12 及簡 14 來看，群臣此時正陷於「毋交於死」的恐慌中，所以「殆」字應訓作「畏懼」，如《淮南子・說林》：「騰蛇遊霧，而殆於蝍蛆。」高誘注：「殆，猶畏也。」而「敗」字則應訓作「禍災」，如《禮記・月令》：「行春令，則蝗蟲為敗，水泉咸竭，民多疥癘。」同篇又云：「行春令，則蝗蟲為災，暴風來格，秀草不實。」此處「為敗」與「為災」互作，可見「敗」字當有「災禍」義。簡文「殆於為敗」意思應是「（群臣）畏懼惹禍上身」，如此理解，方可與上文簡 14「毋交於死」、「惶惶焉，如宵措器於孱藏之中，毋措手趾」，以及下文簡 15「臣之獲罪」的文意前後呼應。〔註 497〕

清華簡整理者：者，讀為「姑」，姑且。寧，安慰。句云姑且安慰一下邦君。〔註 498〕

陳偉：「者」從「耂」從「古」。「者寍」解為「胡寧」表示強烈質問。《詩經》中幾次出現「胡寧」的說法。《小雅・四月》說：「先祖匪人，胡寧忍予？」《大雅・雲漢》說：「父母先祖，胡寧忍予！」又說「胡寧瘨我以旱？憯不知其故。」這三處「胡甯」，鄭玄箋分別解釋為「何為曾（乃、竟之義）」、「何為」、「何曾」，表示強烈質問的語氣。者寍，恐怕也應該如此理解。相應地，「胡寧君」應該連後讀。「者寍君是又（有）臣而為埶（暬）辟（嬖）」意思是說：為什麼君主有我們這些臣子卻被看作是「暬嬖」？這顯然是對武姜說辭的反擊。〔註 499〕

暮四郎：「者寍君」當讀為「故寧君」。「殆於為敗，故寧君」意為「現在我們的國家快要遭遇失敗了，所以我前來向君主問安」。名曰問安，其實是來

〔註 497〕林清源：〈清華簡（陸）《鄭武夫人規孺子》通釋〉，頁 40。

〔註 498〕清華大學出土文獻研究與保護中心編，李學勤主編：《清華大學藏戰國竹簡（陸）》下冊，頁 108。

〔註 499〕陳偉：〈鄭伯克段「前傳」的歷史敘事〉，中國社會科學網：http://www.cssn.cn/lsx/lskj/201605/t20160530_3028614.shtml，2016 年 05 月 30 日。

進諫。「寧君」同樣是貴族的客氣話。〔註 500〕

王寧：「胡寧君」是問句，意思是怎麼能讓君主安寧呢？〔註 501〕

郝花萍：疑「姑」釋作「乃」，「寧」釋作「止」。「乃」為承接詞。句意似為：「……為敗」，於是使君定，照應上文「今君定」。後文「是」當是指示代詞，指代「……為敗，於是君定」的這種情況。〔註 502〕

王瑜楨：原考釋讀「者寍」為「胡寧」可從，意思是「為什麼」、「何能」，反詰語氣，如《詩經・小雅・四月》「先祖匪人、胡寧忍予」，《詩經・大雅・雲漢》「胡寧瘨我以旱、憯不知其故」。〔註 503〕

張崇禮：為，有。《易・夬》：「壯於前趾，往不勝，為咎。」俞樾《群經平議・周易一》：「為咎，猶有咎也……為可訓有，有咎而曰為咎，亦猶有閒而曰為閒也。」《孟子・滕文公上》：「夫滕，壤地褊小，將為君子焉，將為野人焉。」趙岐注：「為，有也。」敗，禍災、禍亂。《書・微子》：「商今其有災，我興受其敗。」桓寬《鹽鐵論・誅秦》：「今匈奴蠶食內侵，遠者不離其苦，獨邊境蒙其敗。」胡，代詞，表示反問，怎麼、怎樣。《詩・邶風・日月》：「胡能有定？寧不我顧！」《國語・周語上》：「夫民慮之於心而宣之於口，成而行之，胡可壅也！」寧，使安寧、使安定。〔註 504〕

筆者茲將各家對「」之說法表列於下：

表 2-2-42：「」諸家訓讀異說表

	訓　　讀
整理者	讀「姑」，姑且。
陳偉、王瑜楨、張崇禮	訓「胡」
暮四郎	讀「故」
郝花萍	疑「姑」訓「乃」

〔註 500〕暮四郎：簡帛研讀 » 清華六〈鄭武夫人規孺子〉初讀（第 15 樓），簡帛論壇，http://www.bsm.org.cn/bbs/read.php?tid=3345&page=3，2016 年 4 月 18 日。

〔註 501〕王寧：〈清華簡六鄭武夫人規孺子寬式文本校讀〉，復旦大學出土文獻與古文字研究中心網站：http://www.gwz.fudan.edu.cn/SrcShow.asp?Src_ID=2784，2016 年 5 月 1 日。

〔註 502〕郝花萍：《清華大學藏戰國竹簡（陸）鄭國三篇集釋》，頁 43。

〔註 503〕王瑜楨：《清華大學藏戰國竹簡（陸）鄭國史料三篇研究》，頁 172。

〔註 504〕張崇禮：〈清華簡《鄭武夫人規孺子》考釋〉，復旦大學出土文獻與古文字研究中心：http://www.gwz.fudan.edu.cn/Web/Show/4306，2018/10/17。

表 2-2-43：「寧」諸家異說表

寧	訓
整理者	安慰
郝花萍	止
張崇禮	使安寧、使安定

按：為：猶將。《左傳・襄公二十八年》：「夫民，生厚而利用，於是乎正德以幅之，使無黜嫚，謂之幅利。利過則為敗。」敗：失利、失敗。《孫子・形》：「故善戰者，立於不敗之地。」《史記・項羽本紀》：「戰勝而將驕卒惰者敗。」砉從「古」，又古、胡皆「魚」部可通，筆者從訓「胡」之說。胡寧：為何、何乃。《詩・小雅・四月》：「先祖匪人，胡寧忍予？」高亨注：「寧，乃也。」

翻譯：將要失敗，為何國君

是	又（有）	臣	而	為	埶（暬）
辟（嬖）	幾（豈）	既	臣	之	雘（獲）
辠（罪）					

〔四十七〕是又（有）臣而為埶（暬）辟（嬖），幾（豈）既臣之雘（獲）辠（罪），

ee：簡 15 應斷讀為：「胡寧君是有臣而為暬嬖」，「胡寧」典籍常見，這裡是反問語氣，如《毛詩・大雅・雲漢》：「胡寧瘨我以旱？」〔註 505〕

子居：砉盜當讀為「胡寧」。「胡寧君寔有臣而為褻嬖」即指鄭莊公對待這些舊臣象對待褻嬖一樣，不發佈政令並交給他們執行。〔註 506〕

〔註 505〕ee：簡帛研讀 » 清華六〈鄭武夫人規孺子〉初讀（第 14 樓），簡帛論壇，http://www.bsm.org.cn/bbs/read.php?tid=3345&page=3，2016 年 4 月 18 日。

〔註 506〕子居：〈清華簡《鄭武夫人規孺子》解析〉，中國先秦史網：http://xianqin.byethost10.

王寧：「埶」當讀為「設」，《三國志・魏書二十四・崔林傳》：「太祖隨宜設辟」，即設定官職或職責。「幾」又見下文「幾孤其足為免（勉）」，ee 云：「『幾』應讀為『冀』，『冀』是希望的意思，『幾』、『冀』相通之例甚多，參《古字通假會典》375 頁。」（《初讀》，33 樓發言。發表日期：2016-04-21.）此說是也。此處亦當讀「冀」，希望、期望義。〔註 507〕

林清源：「是」疑應如字讀，「是」有動詞用法，表示對某一特定事物抱持肯定的態度，如《荀子・非十二子》：「不法先王，不是禮義。」《漢書・韋賢傳》：「天子是其（貢禹）議，未及施行而（貢）禹卒。」本句簡文當斷讀作「姑寧君是『有臣而為褻嬖』？」其中「有臣而為褻嬖」一語，可與簡 7–8 鄭武夫人規誡辭中「孺子亦毋以褻豎、嬖禦、勤力、射馭、媚妬之臣躬恭其顏色，掩於其巧語，以亂大夫之政」等語遙相呼應。「姑寧君是『有臣而為褻嬖』？」一語，為邊父代表群臣質問莊公，為何認同武夫人「有臣而為褻嬖」的汙衊言論。〔註 508〕

王瑜楨：「是」，各家都依字讀，應讀為「寔」，《上博四・曹沬之陳》簡 64「莊公曰：沬，吾言氏（寔）不，而惑諸小道歟？」楚簡「氏」當通「是」，而「是」又讀為「寔」。「寔」通「實」，如《禮記・坊記第三十》：「東鄰殺牛，不如西鄰之禴祭，寔受其福。」「埶（暬）辟（嬖）」，親近寵幸的臣子。《禮記・檀弓下第四》：「調也，君之褻臣也。」鄭玄注：「褻，嬖也。」通常指地位較低，但受到君王特殊寵幸的人。「胡寧君是（寔）又（有）臣而為埶（暬）辟（嬖）」應作一句讀（「ee」提出類似的意見，但「是」字仍依原字讀，意思沒有講清楚），意思是：為什麼國君真正有大臣，（鄭武夫人）卻讓他們變成寵倖小臣（只會聽命順從）？〔註 509〕

朱忠恒：「埶」從整理者讀為「暬」，訓為近侍。《詩・小雅・雨無正》：「曾我暬禦」毛傳：「暬禦，侍禦也。」把大臣當做近侍內寵看待是對大臣的羞辱。「胡寧君是有臣而為暬嬖」連讀，意思是：為什麼君有了我們這些大臣卻把我

com/2016/06/07/338，2016 年 6 月 7 日。

〔註 507〕王寧：〈清華簡六鄭武夫人規孺子寬式文本校讀〉，復旦大學出土文獻與古文字研究中心網站：http://www.gwz.fudan.edu.cn/SrcShow.asp?Src_ID=2784，2016 年 5 月 1 日。

〔註 508〕林清源：〈清華簡（陸）《鄭武夫人規孺子》通釋〉，頁 41。

〔註 509〕王瑜楨：《清華大學藏戰國竹簡（陸）鄭國史料三篇研究》，頁 172。

們當作近侍內寵呢？〔註 510〕

侯瑞華：讀「胡寧君實有臣而為褻嬖」是邊父反詰的話，「為什麼君的大臣反而成了（別人口中）的褻嬖小臣？」〔註 511〕

清華簡整理者：幾，讀為「豈」，語助詞。〔註 512〕

林清源：「豈」、「既」二字應連讀成「豈既」一詞，其用法相當於「豈唯」、「豈徒」、「豈特」、「豈直」、「豈但」、「豈獨」、「豈伊」、「豈止」等詞。這些反詰副詞，可位於並列複句之前，讓並列複句前、後子句形成層層遞進的關係，如《左傳．昭公十七年》：「喪先王之乘舟，豈唯光之罪？眾亦有焉。」《孟子．公孫丑下》：「王如用予，則豈徒齊民安？天下之民舉安。」等例即是如此。〔註 513〕

朱忠恒：「幾」從整理者說，讀為「豈」，語助詞。「豈既臣之獲罪」之「既」，訓為「已經，已然」，《廣雅．釋詁四》：「既，已也。」〔註 514〕

石兆軒：讀「設辟」。「君實有臣而為設辟」，意思是在國君全委政於大臣而沒有自己主張的情況下，臣子深怕動輒得咎。國君這樣的行為是雖然確實擁有臣子，但就像對待獵物般設下機關網罟，使群臣獲罪。〔註 515〕

張崇禮：褻，汙穢。《資治通鑒．漢紀四》：「辭極褻嫚。」胡三省注：「褻，汙也。」辟，邪僻。《詩．大雅．蕩》：「疾威上帝，其命多辟。」鄭玄箋：「『疾，病人』者，重賦斂也；『威，罪人』者，峻刑法也。其政教又多邪辟，不由舊章。辟，匹亦反。本又作僻。」《管子．乘馬》：「民之生也，辟則愚，閉則類。」王念孫《讀書雜誌．管子一》：「言民之性，入乎邪辟則愚，由乎中正則善也。」為褻辟，做卑鄙邪僻之事，簡文指向莊公進讒言。幾，讀為「冀」，希望。〔註 516〕

筆者茲將各家對「埶」、「幾」之訓讀表列於下：

〔註 510〕朱忠恒：《清華大學藏戰國竹簡（陸）集釋》，頁 28。

〔註 511〕侯瑞華：《清華簡〈鄭武夫人規孺子〉集釋與相關問題研究》，頁 132。

〔註 512〕清華大學出土文獻研究與保護中心編，李學勤主編：《清華大學藏戰國竹簡（陸）》下冊，頁 108。

〔註 513〕林清源：〈清華簡（陸）《鄭武夫人規孺子》通釋〉，頁 41、42。

〔註 514〕朱忠恒：《清華大學藏戰國竹簡（陸）集釋》，頁 29。

〔註 515〕石兆軒：《清華六〈鄭武夫人規孺子〉研究》，頁 227、228。

〔註 516〕張崇禮：〈清華簡《鄭武夫人規孺子》考釋〉，復旦大學出土文獻與古文字研究中心：http://www.gwz.fudan.edu.cn/Web/Show/4306，2018/10/17。

表 2-2-44：「埶」諸家訓讀異說表

埶	訓 讀
王寧、石兆軒	讀「設」
朱忠恒	讀「暬」，訓「近侍」。

表 2-2-45：「幾」諸家訓讀異說表

幾	訓 讀
王寧、張崇禮	讀「冀」訓「希望、期望」
整理者、朱忠恒	讀「豈」

按：《古文字通假字典》：「又（之匣 you）讀為有（之匣 you）。《易．繫辭下》：『又以尚賢也。』釋文：『又，鄭作有。』」〔註 517〕為：當作。《墨子．公輸》：「子墨子解帶為城，以牒為械。」《古文字通假字典》：「埶（月疑 yi）讀為褻（月心 xie）。」〔註 518〕褻：親近的。《論語．鄉黨》：「見齊衰者，雖狎，必變。見冕者與瞽者，雖褻，必以貌。」《禮記．檀弓下》：「調也，君之褻臣也。」《古文字通假字典》：「辟（錫幫 bi）讀為嬖（錫幫 bi）。陳夢家《殷虛卜辭綜述．百官》謂：『多辟臣可能是嬖臣，乃親近的褻臣。』」〔註 519〕嬖：受寵愛的人。《左傳．僖公十七年》：「齊侯好內，多內寵，內嬖如夫人者六人。」《古文字通假字典》：「幾（微見 ji）讀為豈（微溪 qi）。《史記．黥布列傳》：『人相，我當刑而王，幾是乎？』《楚漢春秋》幾作豈。」〔註 520〕獲罪：遭罪、得罪。《國語．晉語二》：「夫孺子豈獲罪於民？」《史記．孔子世家》：「昔此國幾興矣，以吾獲罪於孔子，故不興也。」

翻譯：是有臣子卻當作親近、卑下受寵愛之人，難道既（要）臣子遭罪

或（又）	辱	虐（吾）	先	君	曰
是	亓（其）	俳（盡）	臣	也	

〔註 517〕王輝：《古文字通假字典》，頁 11、12。
〔註 518〕王輝：《古文字通假字典》，頁 643。
〔註 519〕王輝：《古文字通假字典》，頁 267。
〔註 520〕王輝：《古文字通假字典》，頁 499、500。

〔四十八〕或（又）辱虗（吾）先君，曰是亓（其）律（藎）臣也？」

子居：「幾（豈）既臣之雘（獲）辠（罪），或（又）辱虗（吾）先君」是說不只我們這些舊臣會因此獲罪，還會因此羞辱到我們的先君。〔註 521〕

清華簡整理者：曰，訓為「謂」，見《古書虛字集釋》（第 134 頁）。藎臣，《詩・文王》毛傳訓「藎」為「進」。《說文通訓定聲》：「藎，假借為進，進獻忠誠。」簡文是說諸臣原為先君進任之人。〔註 522〕

馬楠：清華簡〈皇門〉云：朕遺父兄眔朕律（藎）臣。「藎臣」與「遺父兄」平列，是「藎臣」謂前代、先王之遺臣無疑。〈鄭武夫人規孺子〉「幾（豈）既臣之獲罪，又辱吾先君，曰是其藎臣也」，謂群臣獲罪，辱及先君，曰此是吾先君之藎臣。更可證「藎臣」是指先君遺老。而〈子產〉「善君必察昔前善王之法律，求藎之賢，可以自分」【二〇】也應當指前代的遺賢。〔註 523〕

子居：《廣雅・釋詁》曰：「藎，餘也。」王之藎臣，猶言王之餘臣。可見「藎臣」即餘臣、遺臣。〔註 524〕

暮四郎：「[illegible]臣」當讀為「選臣」。〔註 525〕「選臣」即經過選拔的臣子。〔註 526〕

林清源：「藎臣」前面的「其」字，應是指代先君鄭武公，同時表示領格關係，猶言「他的」。「其」前面的「是」字，用作主語，指代上文「有臣」，並對其提出實質論斷，相當於今語「那就是」。「也」字理解為加強陳述語氣詞，用以強調所述內容的真實性，如《左傳・襄公二十年》：「（鮮虞）謂嬰曰：速驅之，崔慶之眾不可當也。」在本篇竹書中，邊父先代表群臣質問莊公為

〔註 521〕子居：〈清華簡《鄭武夫人規孺子》解析〉，中國先秦史網：http://xianqin.byethost10.com/2016/06/07/338，2016 年 6 月 7 日。

〔註 522〕清華大學出土文獻研究與保護中心編，李學勤主編：《清華大學藏戰國竹簡（陸）》下冊，頁 108。

〔註 523〕馬楠：清華大學出土文獻讀書會〈清華六整理報告補正〉，清華大學出土文獻研究與保護中心：http://www.ctwx.tsinghua.edu.cn/publish/cetrp/6842/20160416052940099595642/1460755813610.doc，2016 年 4 月 16 日。

〔註 524〕子居：〈清華簡《鄭武夫人規孺子》解析〉，中國先秦史網：http://xianqin.byethost10.com/2016/06/07/338，2016 年 6 月 7 日。

〔註 525〕暮四郎：簡帛研讀 » 清華六《鄭武夫人規孺子》初讀（第 2 樓），簡帛論壇：http://www.bsm.org.cn/bbs/read.php?tid=3345&page=7，2016 年 4 月 16 日。

〔註 526〕暮四郎：簡帛研讀 » 說清華簡《皇門》簡 12「侓臣」、「藎臣」（第 0 樓），簡帛論壇：http://www.bsm.org.cn/bbs/read.php?tid=3201，2014 年 10 月 5 日。

何認同武夫人「有臣而為褻嬖」的偏頗論調，接著剖析莊公委曲求全可能引發的政治效應，不僅可能害群臣無端「獲罪」，甚至還會「辱吾先君」，害先君無故蒙受用人不當的罵名。〔註 527〕

王寧：「吾先君」當是指武公。下同。〔註 528〕「蓋」、「儘」、「盡」等也許都是「盡」字的假借吧，「盡臣」相當於「忠臣」。《說文》：「忠，敬也。盡心曰忠。」段注：「敬者，肅也。未有盡心而不敬者。」《書・伊訓》：「為下克忠」，《傳》：「事上竭誠也。」是以「竭誠」釋「忠」，「盡」亦有「竭」訓，《廣韻》：「盡，竭也」，在「盡臣」上也是竭誠、盡心之意，《書・康誥》：「往盡乃心」者是。故可能「蓋（盡）臣」就是「盡心之臣」的省語，是西周早期周人的語言，後來都說「忠臣」，「盡臣」就不大見用了。《爾雅》訓「進」，是循聲為訓，恐怕未必切合原義。〔註 529〕「蓋臣」，〈補正〉引馬楠說「當釋為先王遺臣」，當是。此數句當讀為：「是有臣而為埶辟，幾（豈）既臣之獲罪，或（又）辱吾先君，曰是其蓋臣也。」同時指出「『蓋臣』謂前代、先王之遺臣無疑」，可從。此時莊公朝中群臣都是武公朝的大臣，故曰「其蓋臣」，同時也說明此時說的「吾先君」是指武公。從「二三老毋交於死」開始，都是舅父責備鄭莊公的話，大體的意思是：諸位老臣雖然無能，但還不至於犯死罪。可現在您不問國政，把事情都交給大臣去做，大臣們都不知所措，事情都做得不好，國政幾乎要混亂了。您這是為群臣們設定了職責，希望大臣們既犯罪，又侮辱我先君，還要說「這都是他（先君）的遺臣啊」，這樣群臣確實罪至於死了。是希望莊公趕快出來主事，穩定政局。〔註 530〕

王瑜楨：「幾（豈）既臣之䉶（獲）辠（罪）？或（又）辱吾先君！曰：『是亓（其）蓋臣也？』」，意思是：（造成這樣的結果，）估計不是只有大臣有罪？又會使先君（鄭武公）受到侮辱！可以說：這是先君他遺留下的臣子嗎？〔註 531〕

〔註 527〕林清源：〈清華簡（陸）《鄭武夫人規孺子》通釋〉，頁 41。

〔註 528〕王寧：〈清華簡六鄭武夫人規孺子寬式文本校讀〉，復旦大學出土文獻與古文字研究中心網站：http://www.gwz.fudan.edu.cn/SrcShow.asp?Src_ID=2784，2016 年 5 月 1 日。

〔註 529〕王寧：簡帛研讀 » 說清華簡《皇門》簡 12「俥臣」、「蓋臣」（第 4 樓），簡帛論壇：http://www.bsm.org.cn/bbs/read.php?tid=3201，2015 年 6 月 3 日。

〔註 530〕王寧：〈清華簡六鄭武夫人規孺子寬式文本校讀〉，復旦大學出土文獻與古文字研究中心網站：http://www.gwz.fudan.edu.cn/SrcShow.asp?Src_ID=2784，2016 年 5 月 1 日。

〔註 531〕王瑜楨：《清華大學藏戰國竹簡（陸）鄭國史料三篇研究》，頁 172。

朱忠恒：藎臣，從整理者說，引申為忠誠之臣。「豈既臣之獲罪，又辱吾先君，曰是其藎臣也？」這幾句話的意思是：我們獲了罪的時候，又來羞辱我們的先君，說（難道）這就是他的忠臣嗎？〔註 532〕

石兆軒：「豈既臣之獲罪，又辱吾先君，曰『是其藎臣也』」說的是難道除了臣子獲罪，又侮辱我們先君，說「這就是他優秀的臣子嗎？」〔註 533〕

筆者茲將各家對「臣」之說法表列於下：

表 2-2-46：「臣」諸家訓讀異說表

臣	訓　讀
馬楠、王寧	指先君遺老
子居	餘臣、遺臣
暮四郎	讀「選臣」即經過選拔的臣子
朱忠恒	引申為忠誠之臣

按：《古文字通假字典》：「或（職匣 huo）讀為又（之匣 you）。曶鼎：『曶或以匡季告東宮。』」〔註 534〕《漢語大詞典》：「《詩・大雅・文王》：『王之藎臣，無念爾祖。』朱熹集傳：『藎，進也，言其忠愛之篤，進進無已也。』藎臣：本謂王所進用之臣，後引申指忠誠之臣。」〔註 535〕

翻譯：又侮辱我先王，說是他進用之臣嗎

君	𣪘（答）	㝵（邊）	父	曰	二
三	夫=（大夫）	不	尚（當）	母（毋）	然

〔註 532〕朱忠恒：《清華大學藏戰國竹簡（陸）集釋》，頁 29。

〔註 533〕石兆軒：《清華六〈鄭武夫人規孺子〉研究》，頁 229。

〔註 534〕王輝：《古文字通假字典》，頁 14。

〔註 535〕《漢語大詞典》第 9 卷，頁 599。國學大師網：http://www.guoxuedashi.com/hydcd/404088v.html。

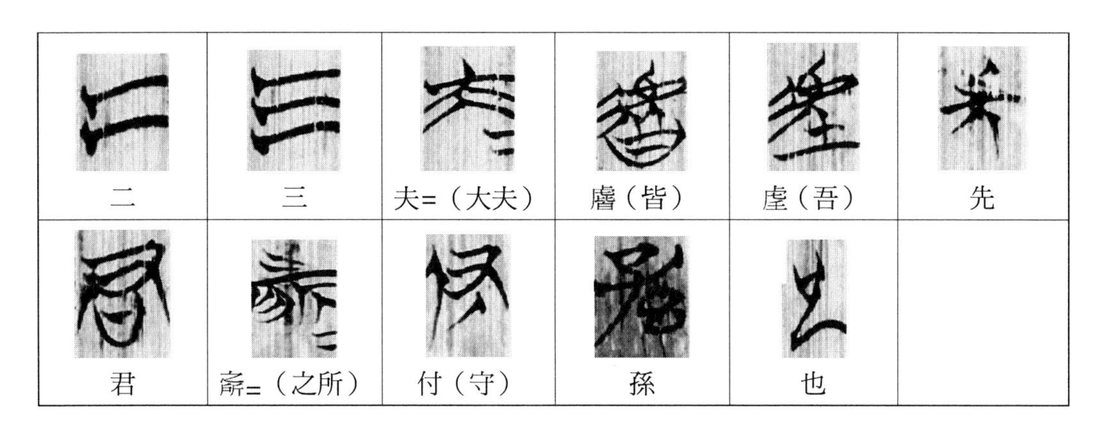

〔四十九〕君倉（答）㚔（邊）【十五】父曰：「二三夫=（大夫）不尚（當）母（毋）然，二三夫=（大夫）𪉩（皆）虗（吾）先君𣕱=（之所）付（守）孫也。

陳偉：邊父可能就是祭仲。祭仲卒於西元前 682 年。鄭莊公元年，他大概只有二三十歲，可以說是少年得志。聯繫他所說的「二三老毋交於死」，我們可以大致想像這篇竹書所反映的歷史景象是，武姜打算憑藉老臣（即邊父所說「二三老」）架空莊公；而莊公在祭仲為首的少壯派（即邊父所說「二三臣」和莊公所說「二三大夫」）支持下，克服阻力而親自執政。〔註 536〕

張崇禮：當，恰當，適當。不當，猶不對。毋然，不是這樣。〔註 537〕

厚予：「母然」，整理者讀為「毋然」。「毋然」亦見《漢書・酷吏列傳》「慎毋然」，意為「謹慎不要如此」。在簡文中「母然」前有「不尚（當）」。若按整理者讀法，不當毋然意即「不應當不要如此」，用法十分奇怪，句意令人費

〔註 536〕陳偉：〈鄭伯克段「前傳」的歷史敘事〉，中國社會科學網：http://www.cssn.cn/lsx/lskj/201605/t20160530_3028614.shtml，2016 年 05 月 30 日。

陳偉於〈鄭伯克段「前傳」的歷史敘事〉中述及：「邊父，很可能就是在鄭國執政六十多年的祭仲。理由有三點：第一，祭仲在鄭伯克段于鄢的鬥爭中，是莊公的堅定支持者。《左傳》桓公十一年還追述說：『初，祭封人仲足有寵於莊公，莊公使為卿。』這與竹書中邊父的立場一致。第二，《史記・十二諸侯年表》在平王二十八年、鄭莊公元年（前 743）記稱：『祭仲相』，是說祭仲這年開始在鄭國執政。這與竹書中邊父作為大夫中核心人物的身分相符。第三，在《左傳》中，祭仲還被稱為『祭封人仲足』（桓公十一年）、『祭仲足』（桓公五年）、『祭足』（隱公三年、隱公五年、桓公五年）。邊父的『邊』，可以與『跰』字通假。跰還與胼、迸通用。《廣韻・先韻》：『跰，同胼。』《玉篇・足部》：『跰，散走也。』《集韻・諍韻》：『迸，《說文》：散走也。或從足。』病不能行、散走或者胼胝，都與足相關，因而『邊』可能是祭仲之名。一般來說，男子名字後帶『父』的應該是字，但春秋時也有是名的事例。《春秋》經桓公二年孔穎達疏指出：『諸言父者，雖或是字，而春秋之世，有齊侯祿父、蔡侯考父、季孫行父、衛孫林父，乃皆是名，故杜以孔父為名。』可參考。」

〔註 537〕張崇禮：〈清華簡《鄭武夫人規孺子》考釋〉，復旦大學出土文獻與古文字研究中心：http://www.gwz.fudan.edu.cn/Web/Show/4306，2018/10/17。

解。今疑「母然」當讀作「莫然」。母、莫音近可通。「莫然」見《莊子・在宥》「莫然無魂」，成玄英疏「莫然，無知」。莫然意即茫然不明也。上文簡14「毋措手止」，意即不知所措，是茫然貌，言大夫們謹慎戒懼。上下文意：大夫們，你們不要茫然覺得手足無措，因為你們是先王託付邦家的重臣，忠心不二。〔註538〕

bulang：「母然」讀作「憮然」，失意或驚慌之意。〔註539〕

羅小虎：整理報告理解為「二三大夫不當毋然」，似可商。這句話可理解為：「二三大夫，否。當毋然。」「否」表示否定，用於應對。《孟子・滕文公上》：「許子必織布而後衣乎？」曰：「否。許子衣褐。」《戰國策・魏策四》：「否。非若是也。」尚，確實應釋讀為「當」。「毋然」，古書有見。《漢書・酷吏傳》：「一坐軟弱不勝任免，終身廢棄無有赦時，慎毋然。」（「毋然」一詞，32樓厚予先生亦提及。王寧先生對「當毋然」有說。）毋然，不要如此、不要這樣。因為前面邊父對孺子說的話是疑問句，所以孺子以否定作答：「二三大夫，不是的。你們應當別這麼說（或者別這麼認為）。」〔註540〕

子居：作「不該」解的「不當」未見早於戰國後期的辭例，因此這也可以說明〈鄭武夫人規孺子〉的成文時間不早於戰國後期。「毋然」，即不以為然，指舊臣們不認可鄭莊公的「拱而不言」。鄭莊公既然對邊父說「二三大夫不當毋然」，自然是認為自己的「拱而不言」是適當的，這也就意味著，此後鄭莊公很可能是完全奉行了武姜所建議的三年不問政。〔註541〕

清華簡整理者：付，從肘省聲，李天虹〈釋郭店楚簡〈成之聞之〉篇中的「肘」〉（《古文字研究》第二十二輯）認為「寸」為「肘」字指事初文。付，在此讀為「守」，《玉篇》：「護也。」孫，《禮記・表記》「詒厥孫謀」，孔疏：「謂子孫。」〔註542〕

〔註538〕厚予：簡帛研讀 » 清華六《鄭武夫人規孺子》初讀（第32樓），簡帛論壇，http://www.bsm.org.cn/bbs/read.php?tid=3345&page=7，2016年4月19日。

〔註539〕bulang：簡帛研讀 » 清華六《鄭武夫人規孺子》初讀（第40樓），簡帛論壇，http://www.bsm.org.cn/bbs/read.php?tid=3345&page=7，2016年4月29日。

〔註540〕羅小虎：簡帛研讀 » 清華六《鄭武夫人規孺子》初讀（第55樓），簡帛論壇，http://www.bsm.org.cn/bbs/read.php?tid=3345&page=7，2017年6月17日。

〔註541〕子居：〈清華簡《鄭武夫人規孺子》解析〉，中國先秦史網：http://xianqin.byethost10.com/2016/06/07/338，2016年6月7日。

〔註542〕清華大學出土文獻研究與保護中心編，李學勤主編：《清華大學藏戰國竹簡（陸）》下冊，頁108。

子居：「付孫」當讀為「拊循」，又作「撫循」，為撫慰養護義，《墨子．尚同中》：「助之言談者眾，則其德音之所撫循者博矣。」《荀子．王制》：「兵革器械者，彼將日日暴露毀折之中原；我今將修飾之，拊循之，掩蓋之於府庫。」《荀子．富國》：「垂事養民，拊循之，唲嘔之。」《韓非子．用人》：「勞苦不撫循，憂悲不哀憐。」皆是其例。該詞始見於戰國後期，這也就說明〈鄭武夫人規孺子〉的成文時間當不早於戰國後期。〔註 543〕

林清源：「付孫」，疑應讀作「懋選」。古音「付」在幫紐侯部，「矛」在明紐幽部，此二聲系聲韻俱近，可以互作通假，「付」當可讀為從矛得聲的「懋」。（張儒、劉毓慶，《漢字通用聲素研究》，頁 261【付通矛】。）古音「孫」在心紐文部，「巽」在心紐元部，此二聲系聲同韻近，經常互作通假，「孫」當可讀為從巽得聲的「選」。（張儒、劉毓慶，《漢字通用聲素研究》，頁 957【叩通孫】。）「茂」從戊聲，而「矛」、「戊」二聲古音同在明紐幽部，自然也可互作通假，所以「懋選」古書又作「茂選」。（張儒、劉毓慶，《漢字通用聲素研究》，頁 102～103【戊通矛】。）「懋選」、「茂選」同樣表示「擇優選取」之意，二者應是同一個詞的不同書寫形式。「二三大夫皆吾先君之所懋選也」意思應是「你們幾位大臣都是我先君擇優拔擢的傑出人才」。〔註 544〕

無痕：「付孫」似可讀「附遜」、「附順」。〔註 545〕

暮四郎：「付」當作本字理解，即託付義。「二三大夫皆吾先君之所付孫也」意為：那些大夫都是我的先君將自己的子孫所託付給的人啊。〔註 546〕

白天霸：從「二三大夫皆吾先君之所付孫也」至「稱起吾先君於大難之中」所說的都是在鄭莊公的先父鄭武公身上所發生的事，此處的「孫」疑代指那些士大夫。清華大學藏戰國楚簡中所收錄的另一篇鄭史〈鄭文公問太伯〉中，文公稱太伯為「伯父」，對此李學勤先生的解釋為「伯父」是對年長大夫的特定稱謂，而並不表示血緣上的親屬關係。同理，此句中的「孫」所指不

〔註 543〕子居：〈清華簡《鄭武夫人規孺子》解析〉，中國先秦史網：http://xianqin.byethost10.com/2016/06/07/338，2016 年 6 月 7 日。

〔註 544〕林清源：〈清華簡（陸）《鄭武夫人規孺子》通釋〉，頁 43。

〔註 545〕無痕：簡帛研讀 » 清華六〈鄭武夫人規孺子〉初讀（第 9 樓），簡帛論壇，http://www.bsm.org.cn/bbs/read.php?tid=3345&page=3，2016 年 4 月 18 日。

〔註 546〕暮四郎：簡帛研讀 » 清華六《鄭武夫人規孺子》初讀（第 18 樓），簡帛論壇，http://www.bsm.org.cn/bbs/read.php?tid=3345&page=7，2016 年 4 月 18 日。

是子孫後代，古語中亦有將「孫」作為熟詞，代指人的用法。而且，根據隨後的「不是然，或稱起吾先君於大難之中」，此事當發生於先君陷於大難之前。據〈鄭武夫人規孺子〉中所說的話：「吾君陷於大難之中，居於衛三年，不見其邦，亦不見其室。」此處所指的武公「陷於大難」，指的是周幽王為犬戎所殺，西周王朝覆滅。若以此為背景，將「孫」解釋為子孫後代並不合理。綜上所述，此句中的「孫」疑似用以指代大臣。若「孫」用作代詞代指大臣，那麼將「付」訓為「守」並不合理，還是當採取傳統的解釋方法，釋作託付。「二三大夫皆吾先君之所付孫也」當翻譯為諸位大夫應當不是這樣的，你們都是我的先君託付以重任之人。〔註 547〕

王寧：此處「不」當是語中助詞，起加強語氣的作用，無意。《左傳・襄公二十九年》：「不尚取之」，服虔注：「不尚，尚也。」《戰國策・秦策二》：「楚國不尚全事」，鮑注：「不尚，尚也。」「不尚毋然」即「尚毋然」，意思是應該不是這樣的。另，「付孫」當為託付子孫之意。〔註 548〕

王瑜楨：「然」即「如此、這樣」，「不當毋然」就是不應該不同意鄭武夫人如此的安排。「付」訓為「託付」。「二三大夫皆吾先君之所付孫也」，句中的「所」字，學者有非常多的討論，周法高把它稱為「代詞性的助詞」，並且分成八類討論，第一類是「『所』＋述語及其修飾語」，「所」之前或間以「之」字，如「富與貴，是人之所欲也」。「二三大夫皆吾先君之所付孫也」和「富與貴，是人之所欲也」句法非常接近，「A 是（皆）B 之所 C 也」，可以轉成「A 是 BC 的人（事、物）」，如「富與貴，是人之所欲也」句，可以轉成「富與貴是人想要的東西」，而「二三大夫皆吾先君之所付孫也」，亦可以轉成「二三大夫是吾先君付孫的人」，意思是指：「你們這些是我先君託付給子孫的好臣子」。〔註 549〕

朱忠恒：「不當毋然」，應是並列結構，意思是不應該、不要這樣。尚，通「當」，清朱駿聲《說文通訓定聲・壯部》：「尚，叚借為當。」當，訓作應該，

〔註 547〕白天霸：簡帛研讀 » 清華六《鄭武夫人規孺子》初讀（第 52 樓），簡帛論壇，http://www.bsm.org.cn/bbs/read.php?tid=3345&page=7，2016 年 6 月 6 日。

〔註 548〕王寧：〈清華簡六鄭武夫人規孺子寬式文本校讀〉，復旦大學出土文獻與古文字研究中心網站：http://www.gwz.fudan.edu.cn/SrcShow.asp?Src_ID=2784，2016 年 5 月 1 日。

〔註 549〕王瑜楨：《清華大學藏戰國竹簡（陸）鄭國史料三篇研究》，頁 175、176。

應當。「付孫」當讀為「撫循」，謂撫慰養護義，網友「子居」說可從。歷史上鄭莊公即位時年僅十三歲，從簡文亦可得知莊公當時尚年幼，武公將他託付給諸大臣好好撫慰養護是合理的。「君答邊父曰：『二三大夫不當毋然，二三大夫皆吾先君之所撫循也。』」這幾句話意思是：莊公回答邊父說：「諸位大夫不應該這樣（說），你們都是先君安排好撫養愛護我的。」〔註 550〕

吳祺：「付」讀「尊」，訓為尊崇、尊重之義。「孫」讀「任」，訓「任使、任用」。「尊任」當為尊崇任用之義。「二三大夫皆吾先君之所付（尊）孫（任）也」，意為二三大夫都是我先君武公所尊崇任用的人。〔註 551〕

石兆軒：「不當毋然」直譯即「不應該不同意」。先君看重臣子，且曾經委以重任，這是已發生的事實，臣子不能反對。在此一基礎上更進一步來說，臣子既然有能力執掌國政，那現在怎麼能推辭執政而欲還政呢？「拊循」，說的是二三大夫皆是我們先君所安慰、勉勵的對象，乃莊公提點臣子先君對其的恩澤與親近。〔註 552〕

侯瑞華：「尚」或當讀為「嘗」，而「母」或當讀為「晦」。「不嘗」就是「未嘗」，乃不曾之義。「不嘗晦然」：不曾暗昧無見。讀「導」。「孫」字很可能本是「子孫」合文，而書手漏寫了合文號。「二三大夫，皆吾先君之所導子孫也」意為諸位大夫皆是我先君用來教導、輔導子孫的。〔註 553〕

沈培：讀「二三子不尚（當），毋然」意思大概是：孺子認為大夫們不應該擔當如邊父所說之「罪」和「辱」，請他們不要那樣想。有人將「二三子」單獨讀，視為稱呼語，應該不妥。這是孺子跟邊父對話，不是跟「二三臣」對話。〔註 554〕

筆者茲將各家對「然」、「」之訓讀表列於下：

〔註 550〕朱忠恒：《清華大學藏戰國竹簡（陸）集釋》，頁 30。

〔註 551〕吳祺：〈清華六《鄭武夫人規孺子》校釋三則〉，西南大學：第七屆出土文獻研究與比較文字學全國博士生論壇，重慶：2017 年 10 月 26 日。轉引自侯瑞華：《清華簡〈鄭武夫人規孺子〉集釋與相關問題研究》，頁 138。

〔註 552〕石兆軒：《清華六〈鄭武夫人規孺子〉研究》，頁 122、240。

〔註 553〕侯瑞華：《清華簡〈鄭武夫人規孺子〉集釋與相關問題研究》，頁 139、140、141。

〔註 554〕沈培：〈清華簡《鄭武夫人規孺子》校讀五則〉，頁 40。

表 2-2-47：「然」諸家訓讀異說表

 然	訓　　讀
張崇禮	不是這樣。
厚予	「母然」讀作「莫然」意即茫然不明也。
bulang	讀「憮然」，失意或驚慌之意。
羅小虎	不要如此、不要這樣。
子居	即不以為然
侯瑞華	讀「晦然」

表 2-2-48：「」諸家訓讀異說表

	訓　　讀
整理者	 讀「守」。孫：子孫
子居、朱忠恒	「付孫」讀「拊循」，又作「撫循」，為撫慰養護義。
林清源	「付孫」讀「懋選」，「擇優選取」之意
無痕	「付孫」讀「附遜」、「附順」。
暮四郎、王瑜楨	付：託付。
白天霸	付：託付。「孫」指大臣。
王寧	付孫：託付子孫。
吳棋	讀「尊任」：尊崇任用
侯瑞華	讀「導孫」

按：《古文字通假字典》：「尚（陽禪 shang）讀為當（陽端 dang）。《史記・司馬相如列傳》：『自以得使女尚司馬長卿晚。』索隱：『尚本或作當也。』」〔註 555〕「當」從「應當、應該」之說。《晏子春秋・雜上四》：「昔者嬰之所以當誅者宜賞，今所以當賞者宜誅，是故不敢受。」《古文字通假字典》：「母（之明 mu）讀為毋（魚明 wu）。母、毋古本一字，後分化出毋字，為禁止之詞。鄂君啓車節：『母載金革。』」〔註 556〕《王力古漢語字典》：「付：給與、交付。《書・梓材》：『皇天既付中國民。』又《書・康誥》：『皇天用訓厥道，

〔註 555〕王輝：《古文字通假字典》，頁 407。
〔註 556〕王輝：《古文字通假字典》，頁 128。

付畀四方。』」〔註 557〕「孫」從「子孫」之說。《詩・魯頌・閟宮》:「後稷之孫，實維大王。居岐之陽，實始翦商。」《國語・周語下》:「使有晉國，三而畀驩之孫。」

翻譯：國君回答邊父說：「幾位大夫不應該、勿如此，幾位大夫都是我先王所交付給子孫的

 虐（吾）	 先	 君	 智（知）	 二	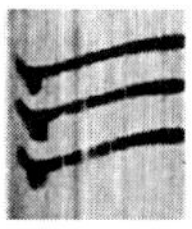 三
 子	 之	 不	 忈=（二心）	 甬（用）	 歷（歷）
 受（授）	 之	 邦			

〔五十〕虐（吾）先君智（知）二三子之不忈=（二心），甬（用）歷（歷）受（授）之【十六】邦。

清華簡整理者：歷，《書・盤庚下》:「歷告爾百姓于朕志」，蔡沈集傳：「盡也。」〔註 558〕

李鵬輝：「甬歷」或許應讀為「通歷」，「甬」讀為「通」。「甬歷」和「不二心」蓋為並列的關係。「二三大夫皆吾先君之所守孫也。吾先君知二三子之不二心、甬（通）歷，授之【十六】邦。」意思是說此「二三大夫」既是「不二心之臣」又是「通歷」先君和今君老臣，最有資格被授之邦以來輔佐鄭莊公。〔註 559〕

子居：這裡是寫鄭莊公以先君武公對諸大夫的信任，並將鄭邦託付給諸大

〔註 557〕王力：《王力古漢語字典》，頁 17。

〔註 558〕清華大學出土文獻研究與保護中心編，李學勤主編：《清華大學藏戰國竹簡（陸）》下冊，頁 109。

〔註 559〕李鵬輝：〈清華簡陸筆記二則〉，復旦大學出土文獻與古文字研究中心網站：http://www.gwz.fudan.edu.cn/Web/Show/2775，2016/4/20。

夫的事，來說明自己現在「拱而不言」是適宜的。〔註 560〕

王寧：用，因此。歷，本為經歷義，引申為歷來義，意思相當於「一直」，表示時間長久，故《小爾雅．廣詁》云：「歷，久也」。「甬（用）歷受（授）之邦」此句意思是因此一直把國家交給大臣們來管理。〔註 561〕

王瑜楨：我亦同意將「歷」釋為「兼」的意見。「用」，訓為「因此」；「受」通作「授」，訓為「給予、交付」，《墨子．尚賢上》：「授之政」、《史記．秦本紀》：「授之國政」；「用兼授之邦」全句意為「因此同時交付二三大臣們國家大事」。〔註 562〕

朱忠恒：用，因此。《書．益稷》：「（丹朱）朋淫於家，用殄厥世。」歷，從李守奎、陳劍說，讀為「兼」，作總括副詞，義為「俱、同時」。〔註 563〕

石兆軒：「用歷授之邦」即因（二三子不二心），一次次將國政委授大臣。言下之意，莊公現在委政於臣子，就如同過往武公多次將邦政權柄交付於臣子一般，並不是什麼特別的事。且依循往例，武公過去委政臣子時，大臣治理的也不錯，現在臣子憂難畏事，不專心處理國政，不是厚此薄彼嗎？〔註 564〕

侯瑞華：「甬」讀為「用」訓為「以」。「歷」讀「謙」，即謙敬、謙退之意。「用謙」即「以謙」。「用謙授之邦」是說鄭武公以謙敬、謙退對待臣下，而授給他們邦政。〔註 565〕

按：《古文字通假字典》：「智（支端 zhi）讀為知（支端 zhi）。毛公鼎：『引唯乃智余非。』又郭店楚簡《五行》簡二五：『見而智之，智也。聞而智之，聖也。』一、三兩智字皆讀為知。」〔註 566〕《墨子．經說下》：「狗犬不智其名也。」二心：異心。《書．康王之誥》：「則亦有熊羆之士，不二心之臣，保乂王家。」《古文字通假字典》：「甬（東喻 yong）讀為用（東喻 yong）。郭店楚簡本《老子》甲簡三七：『溺（弱）也者，道之甬也。』」〔註 567〕「用」

〔註 560〕子居：〈清華簡《鄭武夫人規孺子》解析〉，中國先秦史網：http://xianqin.byethost10.com/2016/06/07/338，2016 年 6 月 7 日。

〔註 561〕王寧：〈清華簡六鄭武夫人規孺子寬式文本校讀〉，復旦大學出土文獻與古文字研究中心網站：http://www.gwz.fudan.edu.cn/SrcShow.asp?Src_ID=2784，2016 年 5 月 1 日。

〔註 562〕王瑜楨：《清華大學藏戰國竹簡（陸）鄭國史料三篇研究》，頁 178。

〔註 563〕朱忠恒：《清華大學藏戰國竹簡（陸）集釋》，頁 31。

〔註 564〕石兆軒：《清華六〈鄭武夫人規孺子〉研究》，頁 243、244。

〔註 565〕侯瑞華：《清華簡〈鄭武夫人規孺子〉集釋與相關問題研究》，頁 141、142。

〔註 566〕王輝：《古文字通假字典》，頁 54。

〔註 567〕王輝：《古文字通假字典》，頁 476。

從「因此」之說。「歷」從「盡」之說。《古文字通假字典》:「受(幽禪 shou)讀為授(幽禪 shou)。《國語．齊語》:『殺而以其屍授之。』《管子．小匡》授作受。」〔註 568〕授:交給、授予。《儀禮．鄉飲酒禮》:「若有諸公大夫則使人受俎如賓禮。」《韓非子．外儲說左上》:「因能而受官。」《國語．魯語》:「今日必授。」

翻譯:我先王知道你們幾位沒有異心,因而把國家全交給你們

不	是	肰(然)	或(又)	再(稱)	记(起)
虐(吾)	先	君	於	大	難
之	中	今	二	三	夫=(大夫)
畜	孤	而	乍(作)	玄(焉)	

〔五十一〕不是肰(然),或(又)再(稱)记(起)虐(吾)先君於大難之中?今二三夫=(大夫)畜孤而乍(作)玄(焉),

馬楠:「或」用作不定代詞。「不是然,或稱起吾先君於大難之中?」句意是:不如此,誰稱起吾先君於大難之中。〔註 569〕

暮四郎:「是」當讀為「啻」,上古「是」聲、「帝」聲之字常常通用。(張儒、劉毓慶:《漢字通用聲素研究》,太原:山西古籍出版社,2002 年,第 508 頁。)「不是(啻)然」即不止如此。「大難之中」後當標句號。〔註 570〕

〔註 568〕王輝:《古文字通假字典》,頁 210。

〔註 569〕馬楠:清華大學出土文獻讀書會〈清華六整理報告補正〉,清華大學出土文獻研究與保護中心:http://www.ctwx.tsinghua.edu.cn/publish/cetrp/6842/20160416052940099595642/1460755813610.doc,2016 年 4 月 16 日。

〔註 570〕暮四郎:簡帛研讀 » 清華六〈鄭武夫人規孺子〉初讀(第 19 樓),簡帛論壇,

王寧：「是」讀為「啻」，從暮四郎先生說。不啻然，不僅如此。「畜」本「養」義，此時莊公尚未成年親政，群臣保護、輔佐他，猶撫養然，故曰「畜」。〔註 571〕

子居：《尚書‧牧誓》：「稱爾戈，比爾干，立爾矛，予其誓。」孔傳：「稱，舉也。」故「稱起」即「舉起」，指鄭武公舊臣拯救武公脫離大難。〔註 572〕

王瑜楨：「暮四郎」讀「是」為「啻」，可從。此處是指「二三大夫獨立撐起國政」。「或」，原考釋李均明在釋文頁 105 括號讀為「又」，有誤。楚簡的「或」字常常讀為「又」，但是也有當不定代詞用的，如《上博一‧性情論》簡 4～5「凡性，或動之、或逆之、或節之、或礪之、或出之、或養之、或長之」，在本句中，「或」字也有當不定代詞用，表示疑問，意思是「誰？」，《詩經‧豳風‧鴟鴞》「今女下民，或敢侮予！」朱熹《集傳》：「誰敢有侮予者？」。「稱」即「舉起」，「起」即「興起」，「不是（啻）然，或爯（稱）起吾先君於大難之中？」意思是：「不僅如此，還能把吾先君從大難之中拯救起來，復興壯大！」〔註 573〕

朱忠恒：或，從馬楠意見，不定代詞。稱，舉起。「吾先君知二三子之不二心，用兼授之邦。不是然，或稱起吾先君於大難之中？」這幾句意思是：先君知道你們沒有二心，因此把邦中事務授予你們處理。不這樣的話，（當初）誰會拯救武公脫離大難呢？〔註 574〕

王瑜楨：原考釋釋「今」為「若」，並不恰當。此處的「今」，指「目前、現在」。「畜」，東山鐸引《孟子‧梁惠王下》：「其詩曰：『畜君何尤。』畜君者，好君也。」訓簡文「畜」字為「好」。可從。乍，整理者讀為「作」，可從。但沒有進一步解釋。「作」，應訓為「奮起」，如《毛詩‧秦風‧無衣》「與子偕作」，毛傳：「作，起也。」簡文「今二三大夫畜孤而作」，意思是：「現在你們這幾位

---

http://www.bsm.org.cn/bbs/read.php?tid=3345&page=3，2016 年 4 月 18 日。

〔註 571〕王寧：〈清華簡六鄭武夫人規孺子寬式文本校讀〉，復旦大學出土文獻與古文字研究中心網站：http://www.gwz.fudan.edu.cn/SrcShow.asp?Src_ID=2784，2016 年 5 月 1 日。

〔註 572〕子居：〈清華簡《鄭武夫人規孺子》解析〉，中國先秦史網：http://xianqin.byethost10.com/2016/06/07/338，2016 年 6 月 7 日。

〔註 573〕王瑜楨：《清華大學藏戰國竹簡（陸）鄭國史料三篇研究》，頁 179。

〔註 574〕朱忠恒：《清華大學藏戰國竹簡（陸）集釋》，頁 31。

大夫對我這個孤子很好，因而奮起（要幫我）」。〔註575〕

清華簡整理者：今，訓為「若」。畜，《禮記·祭統》「孝者畜也」，鄭注：「謂順於德教。」「畜孤而作」意云順服君命行事。〔註576〕

暮四郎：畜，當解為畜養之「畜」，而不是所謂順服。因為此時的國君是孺子，而「二三大夫」是前朝遺老、受先君之命以輔助此孺子，孺子通過邊父向「二三大夫」傳話時理應畢恭畢敬，所以孺子說「二三大夫畜養我而勞作」。〔註577〕

子居：「乍」當讀為「怍」，《禮記·祭義》：「是故孝子臨屍而不怍。」鄭玄注：「色不和曰怍。」〔註578〕

羅小虎：「二三夫₌畜孤而作焉」部分，整理報告意見可商。畜，愛也。（有學者亦已經指出這一點。）作，或可理解為興、起。《周易·乾》：「聖人作而萬物睹。」陸德明釋文：「鄭云，作，起。」蓄孤而作，意思是撫愛我，並且使我興起。《漢書·翟義傳》：「令皇太后加慈母恩，畜養成就，加元服，然後復子明辟。」「畜孤而作」，與此例中的「畜養成就」有近似之處。〔註579〕

陳偉：孤，是莊公自稱。畜，容納的意思。《左傳》襄公二十六年：「獲罪於兩君，天下誰畜之？」杜預注：「畜，猶容也。」作，大概是指奮起。〔註580〕

東山鐸：《孟子·梁惠王下》：「其詩曰：『畜君何尤？』畜君者，好君也。」疑簡文「畜」字亦當訓為「好」。「今二三大夫畜孤而作焉」云云，或當是謂，大夫們是對我好而有如此舉動（指邊父等大夫規誡於自己），希望我經過努力能夠對得起諸位大夫的勉勵，然而，若是我這麼做的話（指自己親自操持政務，發號施令），對於先君的憂慮又該怎麼辦呢？另，武夫人規誡莊公之語，無非是

〔註575〕王瑜楨：《清華大學藏戰國竹簡（陸）鄭國史料三篇研究》，頁183。

〔註576〕清華大學出土文獻研究與保護中心編，李學勤主編：《清華大學藏戰國竹簡（陸）》下冊，頁109。

〔註577〕暮四郎：簡帛研讀 » 清華六〈鄭武夫人規孺子〉初讀（第21樓），簡帛論壇，http://www.bsm.org.cn/bbs/read.php?tid=3345&page=3，2016年4月18日。

〔註578〕子居：〈清華簡《鄭武夫人規孺子》解析〉，中國先秦史網：http://xianqin.byethost10.com/2016/06/07/338，2016年6月7日。

〔註579〕羅小虎：簡帛研讀 » 清華六《鄭武夫人規孺子》初讀（第60樓），簡帛論壇，http://www.bsm.org.cn/bbs/read.php?tid=3345&page=7，2017年6月26日。

〔註580〕陳偉：〈鄭伯克段「前傳」的歷史敘事〉，中國社會科學網：http://www.cssn.cn/lsx/lskj/201605/t20160530_3028614.shtml，2016年05月30日。

想讓其放權於眾大夫，以便於自己一方操縱權柄，故言辭之間常常提及「先君（武公）」如何如何。及至莊公放權（表面上的），大夫無所適從，故邊父規諫莊公，中心意思應當是想規勸其重操權柄。〔註 581〕

尉侯凱：「畜」屬曉紐沃部，「好」屬曉紐幽部，二字聲紐相同，韻部沃、幽為旁對轉，當可通假。「好」：喜愛。「畜孤」，即喜愛孤（鄭莊公自稱）。「今二三大夫畜孤而作焉」，意思是說大夫們喜愛我而有此舉動（規勸自己）。〔註 582〕

段凱：「今二三大夫畜孤而乍焉」與〈顧命〉「今予一二伯父尚胥暨顧」一句正可相互參照。「今」解釋為「現在」。「而」，表示並列關係的連詞。「乍」讀「胥」訓為「輔相」之義。「乍」為崇母鐸部字，「胥」為心母魚部字，兩字聲母同為齒音，韻部則陽入對轉，例可通假。「畜」訓「好」。「今二三大夫畜孤而乍（胥）焉」大意就是現在二三大夫悅好我而且輔相我啊。〔註 583〕

石兆軒：「不是（寔）肰（然），或（又）再（稱）起（吾）先君於大難之中」說的是不僅先君看重這些大臣，大臣也舉起陷於大難中的先君，使我們先君得以脫免，這是對臣子能力與過往功績的肯定，也用以堵塞臣子臣子以能力不足為藉口來還政。「畜孤而作」應是「畜孤而作孤」的省略，「作孤」是使動用法，為「使孤作」之義。「今二三大夫畜孤而作焉」即「現在你們二三大夫畜養我又使我出來主政」之義，是莊公描述臣子欲還政給國君的行徑。〔註 584〕

侯瑞華：「作」就是出來謀事、起事。「二三大夫畜孤而作焉」是說二三大夫你們由於憐愛我而起來謀事（指簡 13「大夫聚謀」）。〔註 585〕

張崇禮：稱，舉起。《書．牧誓》：「稱爾戈，比爾干，立爾矛，予其誓。」孔傳：「稱，舉也。」《詩．豳風．七月》：「躋彼公堂，稱彼兕觥，萬壽無疆。」畜，讀為「慉」，扶持。《說文．心部》：「慉，起也。從心畜聲。《詩》曰：『能不我慉。』」桂馥義證：「起，如《晉語》『世相起也』之『起』。韋注云：『起，

〔註 581〕東山鐸：簡帛研讀 » 清華六〈鄭武夫人規孺子〉初讀（第 39 樓），簡帛論壇，http://www.bsm.org.cn/bbs/read.php?tid=3345&page=3，2016 年 4 月 27 日。

〔註 582〕尉侯凱：〈讀清華簡六箚記（五則）〉，《出土文獻》，2017 年 4 月 30 日，頁 126。

〔註 583〕段凱：〈《清華大學藏戰國竹簡（六）》補釋〉，《中國文字研究》，2017 年 7 月 31 日，頁 68。

〔註 584〕石兆軒：《清華六〈鄭武夫人規孺子〉研究》，頁 246、249。

〔註 585〕侯瑞華：《清華簡〈鄭武夫人規孺子〉集釋與相關問題研究》，頁 148。

扶持也。』」作，《說文．人部》：「作，起也。」〔註 586〕

筆者茲將各家對「畜」、「乍」之訓讀表列於下：

表 2-2-49：「畜」諸家訓讀異說表

畜	訓　讀
王寧、暮四郎	養
王瑜楨、東山鐸、段凱	好
羅小虎、尉侯凱	愛
陳偉	容納
張崇禮	讀「慉」，扶持。

表 2-2-50：「乍」諸家訓讀異說表

乍	訓　讀
整理者	讀「作」
王瑜楨、陳偉	作：奮起
羅小虎	作：興、起。
段凱	讀「胥」訓「輔相」
侯瑞華	作：出來謀事、起事。

按：「是」、「啻」皆支部可通。「是」筆者從讀「啻」之說。啻：只。《書．秦誓》：「不啻若自其口出。」《古文字通假字典》：「或（職匣 huo）讀為又（之匣 you），之職陰入對轉。曶鼎：『曶或以匡季告東宮。』」〔註 587〕《古文字通假字典》：「再（蒸穿 cheng）讀為稱（蒸穿 cheng）。衛盉：『隹三年三月既生霸壬寅，王再旗於豐。』」〔註 588〕筆者「稱」從「舉起」之說、「起」從「扶持」之說。《國語．晉語四》：「平王勞而德之，而賜之盟質，曰：世相起也。」另，「畜」、「慉」皆幽部可通。筆者從「慉：扶持」之說。《詩．邶風》：「不我能慉，反以我為讎。」《王力古漢語字典》：「孤：古代王侯的謙稱。《左傳．桓公十三年》：『楚子曰：孤之罪也。』」〔註 589〕《古文字通假字典》：「乍（鐸精 zuo）讀為作（鐸精 zuo）。殷墟甲骨文《合集》一四二〇一：『貞，勿乍邑，

〔註 586〕張崇禮：〈清華簡《鄭武夫人規孺子》考釋〉，復旦大學出土文獻與古文字研究中心：http://www.gwz.fudan.edu.cn/Web/Show/4306，2018/10/17。

〔註 587〕王輝：《古文字通假字典》，頁 14。

〔註 588〕王輝：《古文字通假字典》，頁 348。

〔註 589〕王力：《王力古漢語字典》，頁 214。

帝若（諾）。』乍後孳乳為作，金文亦如此。」〔註 590〕作：振作。《孟子・告子下》：「困於心，衡於慮，而後作。」《左傳・莊公十年》：「一鼓作氣。」

翻譯：不只如此，又在重大的危難中舉起、扶持我先王。現在幾位大夫扶持我而（使我）振作，

 幾（豈）	 孤	 亓（其）	 欮（足）	 為	 免（勉）
 归（抑）	 亡（無）	 女（如）	 虗（吾）	 先	 君
 之	 惪（憂）	 可（何）ㄴ			

〔五十二〕幾（豈）孤亓（其）欮（足）為免（勉），归（抑）亡（無）女（如）【十七】虗（吾）先君之惪（憂）可（何）？」【十八】

ee：「幾」應讀為「冀」，「冀」是希望的意思，「幾」「冀」相通之例甚多，參《古字通假會典》375 頁。〔註 591〕

暮四郎：「幾」與上文「幾既臣之獲辠，或（又）辱吾先君曰：是亓選臣也」之「幾」用法可能相同。此字讀為「豈」不可信，如何讀待考。初步推測其意相當於「庶幾」。欮當讀為「促」，解為速。〔註 592〕

子居：免，當訓為廢黜，《管子・明法解》：「勝其任者處官，不勝其任者廢免。」〔註 593〕

陳偉：幾，庶幾，差不多的意思。免，指免於罪責。《左傳》文公十七年：「雖敝邑之事君，何以不免？」杜預注：「免，免罪也。」「今二三大夫畜孤而

〔註 590〕王輝：《古文字通假字典》，頁 292。

〔註 591〕ee：簡帛研讀 » 清華六〈鄭武夫人規孺子〉初讀（第 33 樓），簡帛論壇，http://www.bsm.org.cn/bbs/read.php?tid=3345&page=3，2016 年 4 月 21 日。

〔註 592〕暮四郎：簡帛研讀 » 清華六〈鄭武夫人規孺子〉初讀（第 21 樓），簡帛論壇，http://www.bsm.org.cn/bbs/read.php?tid=3345&page=3，2016 年 4 月 18 日。

〔註 593〕子居：〈清華簡《鄭武夫人規孺子》解析〉，中國先秦史網：http://xianqin.byethost10.com/2016/06/07/338，2016 年 6 月 7 日。

作焉，幾孤其足為免，抑無如吾先君之憂何？」是說：現在大夫們奮起保護我，我大概可以免遭惡運，但卻無法面對父君的擔憂。最後一句話大概是因為武公在確定莊公繼位後，對武姜與莊公母子、莊公與共叔段兄弟之間的衝突懷有憂慮。因而這段話很可能意味著，莊公決定在大夫支持下，正面與武姜抗衡，直接親政。〔註 594〕

林清源：嚴式隸定應作「跻」，分析作從足、次聲，在此宜讀為「績」，訓為「功績」或「政績」。「跻（績）」前的「其」字，疑應讀作「熙」。古音「其」在群紐之部，「熙」在曉紐之部，此二聲系聲近韻同，可以互作通假。（張儒、劉毓慶，《漢字通用聲素研究》，頁 13【臣通丌】。）「熙」有「興盛」義，「績」有「功績」義，此二字經常搭配使用，共同表示「弘揚功業」、「興盛政績」之意，如《尚書．堯典》：「允釐百工，庶績咸熙。」《蔡中郎集．司空文烈侯楊公碑》：「命公再作少府，俾率其屬，以熙庶績，天地作險。」此二字也可組成「熙績」一詞，如（南朝．宋）謝靈運〈撰征賦〉：「始熙績於武關，率敷功於皇胤。」「幾」應讀為「冀」，訓為「冀望」、「免」當讀為「勉」，解為「勉勵」，唯有如此訓解，上下文意方可貫通。此處簡文「熙績」與「勉」前後搭配，共同表示「（二三大夫）希望我能以『興盛政績』來自我勉勵」。〔註 595〕

清華簡整理者：抑，《古書虛字集釋》：「猶然也。」（第 206 頁）此句是說諸大夫能遵順孺子的意志行事，足以勉勵孺子自己，但仍不能使已故的先君無憂。這是謙詞。〔註 596〕

李守奎：「『二三大夫……抑無如吾先君之憂何』大意是：諸位大臣，現在不得不維持現狀。你們都是先君所遵從的人，先君知道你們沒有二心，所以一併把國政交付給你們。如果不是這樣，誰能夠讓先君振興於大難之中。現在你們雖然希望我有所作為，或許我能夠勉力而為，但無奈還要為先君守喪。」〔註 597〕

〔註 594〕陳偉：〈鄭伯克段「前傳」的歷史敘事〉，中國社會科學網：http://www.cssn.cn/lsx/lskj/201605/t20160530_3028614.shtml，2016 年 05 月 30 日。

〔註 595〕林清源：〈清華簡（陸）《鄭武夫人規孺子》通釋〉，頁 43、44。

〔註 596〕清華大學出土文獻研究與保護中心編，李學勤主編：《清華大學藏戰國竹簡（陸）》下冊，頁 109。

〔註 597〕李守奎：〈《鄭武夫人規孺子》中的喪禮用語與相關的禮制問題〉，《中國史研究》，2016 年 2 月，頁 13。

東山鐸：莊公回答邊父的話，表面上說「归（抑）亡（無）女（如）吾先君之憂可（何）」，意即若是我重操權柄，先君那裡不好交待，會讓先君憂慮，言外之意其實當是說在武夫人那裡不好交待。因武夫人是用已經去世的「先君（武公）」來壓制莊公，逼其就範的。他一方面以言辭暗示諸大夫，自己具備君人治國才能，值得諸大夫支持擁護；另一方面又暗示自己目前受制於人（武夫人），暫時無法大展身手。〔註 598〕

東山鐸：《書》、《禮記》、《論語》、《史記》記載，高宗諒闇，三年不言，此時由冢宰執政。武夫人讓莊公不發號施令，不處理政事，應該就是援引類似的古禮。故莊公最後以「抑無如先君之憂何？」來作答，意思是說，若我執政，對於先君的喪禮怎麼辦呢？因為這樣的話就不合古禮「三年不言」而讓大臣執政的古禮了。故「先君之憂」很可能是指武公之喪事。《禮記》中或以「憂」、「憂服」來指代喪事，「雖吾子憂儼然在服之中，喪亦不可久也」、「子之哭也，壹似重有憂者」，屬於類似的表述。〔註 599〕莊公要表達的意思仍然是說，武夫人在利用「古禮」來壓製於他，他不得不暫時屈從。〔註 600〕

王寧：「殘（冀）孤其足為免（勉），抑無如吾先君之憂何」此二句是說：希望我足以以此為努力的榜樣，也對於吾先君的憂慮無可奈何。意思吾先君憂慮我治理不好國家，我以大夫們為榜樣努力奮發，恐怕也解除不了先君的憂慮。是莊公自謙的說法。〔註 601〕

段凱：「殘」讀「冀」訓「希望」。「勉」訓「自勉」。「殘（冀）孤亓（其）足為免（勉）」意即（大夫們）希望我足以自勉。〔註 602〕

王瑜楨：「殘」，原考釋李均明讀「豈」，可從，應訓為「難道」，表示反詰語氣，「豈……足為……」句同《莊子‧外篇‧達生》：「則世奚足為哉」、《史記‧楚世家第十》：「何足為大王道也」。「免」，即「勉」，原考釋訓「免」為

〔註 598〕東山鐸：簡帛研讀 » 清華六〈鄭武夫人規孺子〉初讀（第 39 樓），簡帛論壇，http://www.bsm.org.cn/bbs/read.php?tid=3345&page=3，2016 年 4 月 27 日。

〔註 599〕東山鐸：簡帛研讀 » 清華六〈鄭武夫人規孺子〉初讀（第 44 樓），簡帛論壇，http://www.bsm.org.cn/bbs/read.php?tid=3345&page=3，2016 年 5 月 26 日。

〔註 600〕東山鐸：簡帛研讀 » 清華六〈鄭武夫人規孺子〉初讀（第 45 樓），簡帛論壇，http://www.bsm.org.cn/bbs/read.php?tid=3345&page=3，2016 年 5 月 26 日。

〔註 601〕王寧：〈清華簡六鄭武夫人規孺子寬式文本校讀〉，復旦大學出土文獻與古文字研究中心網站：http://www.gwz.fudan.edu.cn/SrcShow.asp?Src_ID=2784，2016 年 5 月 1 日。

〔註 602〕段凱：〈《清華大學藏戰國竹簡（六）》補釋〉，頁 68。

「勉勵」，可從，或可訓為「砥礪」之意，如《詩經．周南．汝墳序》：「文王之化行乎汝墳之國，婦人能閔其君子，猶勉之以正也。」「幾（豈）孤亓（其）足為免（勉）」，意思是：「難道是我值得你們這麼努力嗎（努力地讓我真正行君主之事）？」「抑」，有表示轉折的語氣，《論語．子路》：「抑亦可以為次矣」。「無如……何」即表示「無法面對……」，句又見於《禮記．哀公問》：「寡人既聞此言也，無如後罪何！」、《禮記．大學》：「菑害並至，雖有善者，亦無如之何矣。」簡文「抑（亦）無如吾先君之憂何」意思是說：「其實也是因為我不這樣就那先君所憂慮之事沒辦法啊，（所以我就只好勉為其難吧）。」〔註 603〕

朱忠恒：孤，莊公的自稱，蓄，蓄養之義。「蓄孤而作」指養育撫慰莊公，同時處理政事。幾，從王寧意見，讀「冀」，希望。其，表示祈使，當，可。《左傳》僖公三十二年：「吾其還也。」勉，盡力，努力。《國語．魯語下》：「諸侯之事晉者，魯為勉矣。」「冀孤其足為勉」，意思是：希望我足夠努力。「無如之何」，猶言沒有什麼辦法來對付，《禮記．大學》：「菑害並至，雖有善者，亦無如之何矣。」抑，然而，表轉折。《左傳》襄公二十三年：「多則多矣，抑君似鼠。」「今二三大夫蓄孤而作焉，冀孤其足為勉，抑無如吾先君之憂何」意思是：現在諸位大夫養育我，辛苦操勞各項事務，希望我足夠努力，然而還是對先君的憂慮無可奈何。這是陳述句，句末用句號。「先君之憂」待考。可能是指莊公對自己執政能力的謙辭。〔註 604〕

石兆軒：抑：「但」。「無如……何」意義即「無法對待……」、「對……沒有辦法」。「豈孤其足為免」的「免」應當如字讀，即免去、免除之義。所免去者，即前句的大夫欲使孺子「作」的願望，此處因涉上文而省略。「豈孤其足為免」意思是說「難道我足以致使免去（群臣欲使我執政的期許）的狀態嗎？」表達的是孺子基於群臣畜養的恩情，無法拒絕群臣的意願。「無如吾先君之憂何」即對先君之憂沒有辦法，這是莊公話鋒一轉，向群臣表示，自己雖然欲聽從群臣的意見執政，但無奈對先君對於政權是否能順利轉移到我手中的擔憂毫無辦法，這是用自己能力的不足來委婉拒絕臣子的建議。〔註 605〕

〔註 603〕王瑜楨：《清華大學藏戰國竹簡（陸）鄭國史料三篇研究》，頁 183、184。

〔註 604〕朱忠恒：《清華大學藏戰國竹簡（陸）集釋》，頁 33。

〔註 605〕石兆軒：《清華六〈鄭武夫人規孺子〉研究》，頁 252、253、254。

侯瑞華：「幾孤其足為勉」意為就算我差不多能勉勵而為；結論乃是「抑無如先君之憂何」，就是對於先君之憂沒有辦法不能如何。言外之意是在說自己的無能為力，也就隱隱有要與大夫聯合對抗鄭武夫人的味道。因此陳偉的分析極為精闢，「因而這段話很可能意味著，莊公決定在大夫支持下，正面與武姜抗衡，直接親政。」「先君之憂」與三年之喪並無關係。「憂」應該指鄭武公在世時的某種憂慮，照傳世文獻推測，很可能就是鄭武夫人疼愛幼子、希望廢長立幼這件事。簡文末尾的這段話，就是鄭莊公在對答邊父的問話中隱隱說明了自己「恭而不言」的緣故，並且含有對現狀不滿想要直接與武夫人抗衡的意味。〔註 606〕

張崇禮：其，表希望。其欧（資）之「資」，訓「憑藉、依靠」。「資」後省略了賓語「二三大夫」。免，讀為「勉」，勉力、努力、《荀子．王制》：「使百吏免盡，而眾庶不偷，冢宰之事也。」王念孫《讀書雜誌．荀子補遺》：「免盡，當為盡免。免與勉同。盡勉，皆勉也。勉與偷對文。」抑，則。無如……何？表示無法對付或處置。《禮記．哀公問》：「寡人既聞此言也，無如後罪何！」吾先君之憂，簡文指武公的喪事。《書．說命上》：「王宅憂，亮陰三祀。」孔穎達疏：「言王居父憂。」〔註 607〕

筆者茲將各家對「幾」、「欧」、「免」之訓讀表列於下：

表 2-2-51：「幾」諸家訓讀異說表

幾	訓　讀
ee、朱忠恒、林清源、段凱	讀「冀」，訓「希望」
暮四郎	相當於「庶幾」
陳偉	庶幾，差不多
王瑜楨	讀「豈」訓「難道」

表 2-2-52：「欧」諸家訓讀異說表

欧	訓　讀
暮四郎	讀「促」，訓「速」。
林清源	讀「績」，訓「功績」或「政績」。

〔註 606〕侯瑞華：《清華簡〈鄭武夫人規孺子〉集釋與相關問題研究》，頁 148。
〔註 607〕張崇禮：〈清華簡《鄭武夫人規孺子》考釋〉，復旦大學出土文獻與古文字研究中心：http://www.gwz.fudan.edu.cn/Web/Show/4306，2018/10/17。

表 2-2-53：「免」諸家訓讀異說表

免	訓　讀
子居	訓「廢黜」
陳偉	指免於罪責
林清源	讀「勉」，訓「勉勵」
段凱	讀「勉」，訓「自勉」
王瑜楨	訓「勉勵」或可訓「砥礪」
朱忠恒	讀「勉」，盡力，努力。
張崇禮	讀「勉」，勉力、努力

按：《古文字通假字典》：「幾（微見 ji）讀為豈（微溪 qi），見溪旁紐。《史記・黥布列傳》：『人相，我當刑而王，幾是乎？』《楚漢春秋》幾作豈。」〔註 608〕筆者「幾」從讀「豈」，訓「難道」之說。「其」從讀「熙」訓「興盛」之說。筆者從讀「績」，訓「功績」之說。《古文字通假字典》：「免（元明 mian）讀為勉（元明 mian）。郭店楚簡《性自命出》簡二五～二六：『觀卲（韶）夏則免女（如）也斯僉（儉）。』」〔註 609〕「勉」從「勉勵」之說。《國語・越語》：「父勉其子，兄勉其弟，婦勉其夫。」抑：還是。《國語・晉語一》：「君之使我，非歡也，抑欲測吾心也。」《古文字通假字典》：「亡（陽明 wang）讀為無（魚明 wu）。殷墟甲骨文亡字讀為有無之無。《合集》二八七七一：『王其田狩亡災。』」〔註 610〕憂：憂慮。《詩・秦風・晨風》：「未見君子，憂心如醉。」《論語・述而》：「其為人也，發憤忘食，樂以忘憂，不知老之將至云爾。」《古文字通假字典》：「可（歌溪 ke）讀為何（歌匣 he），溪匣旁紐。郭店楚簡本《老子》甲簡三〇：『吾可以知其然也。』可王弼本作何。」〔註 611〕

翻譯：難道我興盛功績做到勉勵（自己），還是不能消除我先王之憂慮嗎？

第三節　〈鄭武夫人規孺子〉釋文、釋義

筆者採賈連翔：「該篇無缺簡，編連以簡 1～8、簡 10～13、簡 9、簡 14～

〔註 608〕王輝：《古文字通假字典》，頁 499、450。

〔註 609〕王輝：《古文字通假字典》，頁 759、760。

〔註 610〕王輝：《古文字通假字典》，頁 126。

〔註 611〕王輝：《古文字通假字典》，頁 552。

18 為序。」〔註 612〕之說法，另釋文採李學勤主編：《清華大學藏戰國竹簡（陸）》下冊之原文略作修改，並將修改部分標出。

奠（鄭）武公妥（卒），既㱩（肂），武夫人設（規）乳₌（孺子），曰：「昔虗（吾）先君，女（如）邦牆（將）又（有）大事，礼（必）再三進夫₌（大夫）而與之膚（偕）【一】恩（圖）。既旻（得）恩（圖）乃為之毀，恩（圖）所臤（賢）者玄（焉），繙（申）之以龜箸（筮），古（故）君與夫₌（大夫）𢇍（晏）玄（焉），不相旻（得）亞（惡）。區₌（區區）奠（鄭）邦【二】𦣻（望）虗（吾）君，亡（無）不溫（逞）亓（其）志於虗（吾）君之君㠯（己）也。吏（使）人姚（遙）𦖞（聞）於邦₌（邦，邦）亦無大繇賻（賦）於萬民。虗（吾）君函（陷）【三】於大難之中，凥（處）於衛（衛）三年，不見亓（其）邦，亦不見亓（其）室。女（如）母（毋）又（有）良臣，三年無君，邦豙（家）𤔔（亂）巳（已）。【四】自衛（衛）與奠（鄭）若畀（比）耳而謀（謀）。今是臣₌（臣臣），亓（豈）可不寶？虗（吾）先君之祟（常）心，亓（豈）可不述？今虗（吾）君既〈即〉枼（世），乳₌（孺子）【五】女（如）母（毋）智（知）邦正（政），詎（屬）之夫₌（大夫），老婦亦牆（將）丩（糾）攸（修）宮中之正（政），門檻之外母（毋）敢又（有）智（知）玄（焉）。老婦亦不敢【六】以𦘔（兄）弟昏（婚）因（姻）之言以𤔔（亂）夫₌（大夫）之正（政）。乳₌（孺子）亦母（毋）以埶（褻）豎（豎）畀御，勤力𢎧（射）馯（馭），媺（媚）妬之臣躳（躬）共（恭）亓（其）龥（顏）色，【七】盦（掩）於亓（其）考（巧）語，以𤔔（亂）夫₌（大夫）之正（政）。

鄭武公死亡，已經完成陳屍暫殯之舉，武姜規勸鄭莊公，說：「以前我們前代的君主，如遇國有大事，必定多次推薦大夫而與他們共同謀劃、計議。已經獲得謀略接著就進行批評，其謀略最好的，再以占卦確認，所以國君與臣子相安無事，不相交惡。小小的鄭國臣民皆景仰我國君，對於我國君之統治自己沒有不快其心，稱其願的。派遣人詢問遠方鄭國（狀況），國家也沒有給百姓繁重的繇役與賦稅。我國君陷入於重大的危難中，居於衛國三年，不

〔註 612〕賈連翔：〈清華簡《鄭武夫人規孺子》篇的再編連與復原〉，頁 56、59。

得見他的國人，也不得見他的家人。如果沒有賢良的臣子，三年沒有國君在朝，國家早已動亂了。在衛國參與鄭國國政像近耳而謀劃般如臨其境。現今這些事君不貳、能盡臣道的臣子，豈可不珍視、珍愛？我先王的夙願，豈可不遵循？現今我國國君去世，國君如果不知國家軍政，可囑咐、委託給臣子，我也將督察、整治宮中的政務，朝堂政事不敢有所主持、管理。我也不敢因為兄弟姻親的話，而敗壞臣子的政事。國君您也勿因親近之小臣、地位低微的侍從近臣，勞費體力者、射手及駕馭車馬之人，逢迎取悅、忌人之長的臣子，自己使他們的表情恭敬，卻藏禍心在他們表面好聽卻虛偽的話中，而敗壞臣子的政事。

「乳₌（孺子）女（如）共（恭），夫₌（大夫）叡（且）以教玄（焉）。女（如）及三戢（歲），幸果善之，乳₌（孺子）亓（其）童（重）旻（得）良【八】臣、亖（四）鄰（鄰）以虐（吾）先君為能敘（豫）。

您如果敬謹，臣子將以所能傳授您。如果等到三年，幸運地果然是好的，您可多獲得幹練、忠誠的臣子、四方鄰國認為我先王是能事先準備（的）。

「女（如）弗果善，欮（棄）虐（吾）先君而孤乳₌（孺子），亓（其）辠（罪）亦跌（足）婁（數）也。邦人既聿（盡）翻（聞）之，乳₌（孺子）【十】或（又）延（誕）告，虐（吾）先君女（如）忍乳₌（孺子）志₌（之志），亦猷（猶）跌（足）。虐（吾）先君㐖（必）牆（將）相乳₌（孺子），以定奠（鄭）邦之社稷（稷）。」

如果不是果然好的，違背我先王而使國君孤立，他們的罪也足夠責備。國人已經全部知道它，國君又廣泛告知，我先王如果容忍國君的志向，也還算足夠了。我先王必定將幫助國君，以使鄭國安定。」

乳₌（孺子）拜，乃膚（皆）臨。自是【十一】旮（幾）以至䄧（葬）日，乳₌（孺子）母（毋）敢又（有）智（知）玄（焉），逗（屬）之夫₌（大夫）及百執事人，膚（皆）愳（懼），各共（恭）亓（其）事。

國君（向其母）行拜禮，（接著）就一起哭弔。從此日（皆臨日）到埋葬之日，國君不敢有所管理，委托國政給大夫和眾主管具體事務者，（眾人）皆戒懼，各自奉行他們的事務。

鼻（邊）父設（規）夫₌（大夫）曰：「君共（拱）而【十二】不言，加䞐（重）於夫₌（大夫），女（汝）訢（慎）䞐（重）。君䨏（葬）而舊（久）之，於上三月，少（小）羕（祥）。」

邊父規勸大夫說：「國君垂拱而不談論（國事），加重任給大夫，你們要慎重（理事）。國君下葬（已）久，在（葬後第）十三月，（舉行）小祥祭。」

夫₌（大夫）聚𢘓（謀），乃叓（使）𠑽（邊）父於君曰：「二三老【十三】臣，叓（使）戠（禦）寇（寇）也，尃（布）恩（圖）於君。昔虘（吾）先君叓（使）二三臣，𢓍（抑）枼（早）歬（前）句（後）之以言，思（使）群臣㝵（得）執玄（焉）〔二十八〕，□【九】母（毋）交於死。今君定，𢍰（拱）而不言，二三臣叓（事）於邦，遑₌玄₌（惶惶焉，如）宵昔（索）器於巽（選）贇（藏）之中，母（毋）乍（措）手止（趾），訂（殆）於【十四】……為敗（敗），者（胡）寍（寧）君，是又（有）臣而為埶（褻）辟（嬖），幾（豈）既臣之䕶（獲）辠（罪），或（又）辱虘（吾）先君，曰是亓（其）律（藎）臣也？」

大夫聚集起來商議，於是派遣邊父向國君說：「幾位老臣，派遣禦寇，陳述謀略給國君。從前我先王派遣幾位臣子，但是會提前先後使用號令，使眾臣能執行，不會觸犯到死罪。現在國君固定（不變），拱手且緘默，幾位臣子治理國家，驚慌不安，像夜裡在陳設收藏財物之府庫中尋求器具，手足無措，幾乎到……將要失敗，為何國君，是有臣子卻當作親近、卑下受寵愛之人，難道既（要）臣子遭罪，又侮辱我先王，說是他進用之臣嗎？」

君畣（答）𠑽（邊）【十五】父曰：「二三夫₌（大夫）不尚（當）、母（毋）然，二三夫₌（大夫）𣅜（皆）虘（吾）先君𣂔₌（之所）付孫也。虘（吾）先君智（知）二三子之不忈₌（二心），甬（用）歷（歷）受（授）之【十六】邦。不是（寔）肰（然），或（又）爯（稱）记（起）虘（吾）先君於大難之中。今二三夫₌（大夫）畜（慉）孤而乍（作）玄（焉），幾（豈）孤亓（熙）欧（績）為免（勉），𢓍（抑）亡（無）女（如）【十七】虘（吾）先君之惪（憂）可（何）？」【十八】

國君回答邊父說：「幾位大夫不應該、勿如此，幾位大夫都是我先王所交付給子孫的。我先王知道你們幾位沒有異心，因而把國家全交給你們。不只如此，又在重大的危難中舉起、扶持我先王。現在幾位大夫扶持我而（使我）振作，難道我興盛功績做到勉勵（自己），還是不能消除我先王之憂慮嗎？」

表 2-3-1：林清源彙整之〈鄭武夫人規孺子〉中說話者、稱謂、指代對象等相關資訊表〔註 613〕

說話者	例號	稱謂	指代對象	簡　　文
武夫人	1	吾先君	鄭武公	昔吾先君，如邦將有大事。【簡 1】
	2	君	國君→鄭武公	故君與大夫婉焉，不相得惡。【簡 2】
	3	吾君	鄭武公	區區鄭邦【簡 2】望吾君。【簡 3】
	4	吾君	鄭武公	無不逞其志於吾君之君已也。【簡 3】
	5	吾君	鄭武公	吾君陷【簡 3】於大難之中。【簡 4】
	6	君	國君→鄭武公	三年無君，邦家亂矣。【簡 4】
	7	吾先君	鄭武公	吾先君之常心，豈可不述？【簡 5】
	8	吾君	鄭武公	今吾君即世。【簡 5】
	9	吾先君	鄭武公	四鄰以吾先君為能敘。【簡 10】
	10	吾先君	鄭武公	如弗果善，責吾先君而孤孺子。【簡 10】
	11	吾先君	鄭武公	孺子【簡 10】又誕告吾先君。【簡 11】
	12	吾先君	鄭武公	吾先君必將相孺子。【簡 11】
邊父	13	君	國君→鄭莊公	君拱而【簡 12】不言。【簡 13】
	14	君	國君→鄭武公	如慎重君葬，而柩之於堂三月。【簡 13】
	15	君	國君→鄭莊公	臣使禦寇也布圖於君。【簡 9】
	16	吾先君	鄭武公	昔吾先君使二三臣輯曹，前後之以言。【簡 9】
	17	君	國君→鄭莊公	今君定，拱而不言。【簡 14】
	18	君	國君→鄭莊公	胡寧君是「有臣而為褻嬖」？【簡 15】
	19	吾先君	鄭武公	又辱吾先君。【簡 15】
敘事者	20	君	國君→鄭莊公	大夫聚謀，乃使邊父於君曰。【簡 13】
	21	君	國君→鄭莊公	君答邊父曰。【簡 15】
莊公	22	吾先君	鄭武公	二三大夫皆吾先君之所懋選也。【簡 16】
	23	吾先君	鄭武公	吾先君知二三子之不二心。【簡 16】
	24	吾先君	鄭武公	或稱起吾先君於大難之中。【簡 17】
	25	吾先君	鄭武公	抑無如吾先君之憂何？【簡 18】

〔註 613〕見林清源：〈清華簡（陸）《鄭武夫人規孺子》通釋〉，頁 13、14。

第三章 〈鄭文公問太伯〉概述、集釋、釋文、釋義

本章將於第一節對〈鄭文公問太伯〉做一簡介；於第二節收集該篇各家考釋，並加按語；於第三節列出研究後之釋文，並做翻譯。

第一節 〈鄭文公問太伯〉概述

此部分筆者將對〈鄭文公問太伯〉該篇之形制、有無缺簡等問題以及其篇題、內容與價值等作一說明。

一、版本、形制、有無缺簡等問題

釋讀之正確與否，有賴於內容之完整，而正確之編連有賴於該簡形制提供之訊息、對有無缺簡、簡序等之正確判斷，又不同之版本亦有助於簡文之釋讀與相關之研究，以下將對該簡形制、有無缺簡以及版本等問題做一說明。

（一）版本簡介

〈鄭文公問太伯〉可分甲、乙兩種本子，且乃清華簡中唯一分甲、乙本者，然於內容方面大致相同，並無太大差異，惜乙本於字形方面有訛誤較多之狀況。另，據學者研究其應為同一書手依兩種不同之底本所抄寫而成。

（二）形制、有無缺簡等問題

於形制方面，馬楠：「(〈鄭文公問太伯〉) 現存二十五支簡，甲本十四支，第三簡有殘缺；乙本當為十二支，第三簡缺失。簡長四十五釐米，寬〇.六釐米，三道編。」〔註1〕故知甲、乙本第三簡非殘即缺，有礙於該部分之釋讀。

二、篇題、內容簡介及價值

此部分將對〈鄭文公問太伯〉一篇之篇題由來以及其主要內容、其對相關研究之價值等做一說明。

（一）篇題與內容

該篇與〈鄭武夫人規孺子〉一樣皆原無篇題，其篇題同為整理者依內容而擬。又簡文中之文公乃厲公之子、莊公之孫，其在位時恰處於鄭國由春秋小霸轉而漸衰之時期。另，由該文中文公提及「不穀幼弱」，研判此事當於其初嗣君位時發生，而文公元年為西元前 672 年，故該事發生時間應於此年或略晚些。

此篇記載「當邑」之鄭國公族太伯病危，鄭國國君文公前去關心慰問，並以誠懇、謙虛之態度問政於太伯，而臨終之太伯於雙方對話中，藉機對文公諸多真切告誡。篇中先述及宣王少弟桓公並推崇其雖受封時，兵少將寡、國力弱小，然卻能「以車七乘，徒三十人」，甚而「固其腹心，奮其股肱」，其善於團結良臣、任賢用能，還做到簡文所說：「攝胄被甲，舉戈盾以造勛。戰於魚麗，吾〔乃〕獲函、訾，輹車，襲介克鄶」，最終建立輝煌之功績，並替春秋初期該國之稱霸奠下基礎。接著論及武公事蹟，簡文中敘及其：「西城伊闕，北就鄔、劉，縈軛蔿、邘之國」，並使「魯、衛、蓼、蔡來見。」之後談及莊公功業，文中述及其：「東伐濟、鄟之戎為徹」並且「北城溫、原，遺陰、桑次」，接著「東啟隤、樂」，最後竟「逐王於葛」。太伯言及桓公、武公、莊公開疆闢土，建立功績，實欲藉此激勵文公，盼其起而效法。再來敘及卲公、厲公使國家動盪不安，導致國勢衰弱，而馬楠認為其因乃：「卲公、厲公爭位」造成。另，太伯提及卲公、厲公部分，實望其引以為戒。而陳述文公其「不能慕先君之武徹、莊功 8」且耽於逸樂、沉湎於女色，實欲國君效法

〔註1〕清華大學出土文獻研究與保護中心編，李學勤主編：《清華大學藏戰國竹簡（陸）》下冊，上海：中西書局，2016 年 4 月，頁 118。

明君、約束己身、節制慾望，知過能改。最後提出任用「孔叔……堵俞彌」等良臣，其認為舉用賢能，對治理國家大有助益。代生曾提及：「〈鄭文公問太伯〉強調了在鄭國建立時，鄭桓公團結、依靠大臣，遇事與大臣商討，從善如流，因而在他們輔佐下為鄭國開疆擴土。」〔註2〕良臣輔政對國家如此重要，無怪乎太伯臨終時不忘勸告國君舉賢任能。

（二）本篇之價值

〈鄭文公問太伯〉乃清華簡第六輯三篇記載鄭國史事中之一篇，篇中論及桓公「戰於魚麗……獲函、訾……襲介克鄶」等、武公「西城伊闕……魯、衛、蓼、蔡來見」以及莊公「東伐濟、藿戎……逐王於葛」，故可知桓公時「……襲介克鄶」，武公時「築城伊闕……」接著莊公時「溫、原」即為鄭國所有，其更不斷向東拓展，這些開疆闢土之記載，有助於對當時鄭國勢力範圍之了解。又劉光曾云：「通過對簡文的研究可以得知：鄭桓公克鄶之事當發生在晉文侯十二年、周幽王既敗二年（西元前769年）；鄭桓公東遷克鄶具有奉周平王之命經營成周，為平王東遷作準備的戰略意圖。」〔註3〕再次證明該篇的確有益於對鄭國初期歷史之探討，極具史料價值。此簡文內容亦可用於印證《國語》、《左傳》等書所載之史事，又傳世文獻對桓公、武公與莊公初期之記載少之又少，故正可用其補史。另，馬楠於〈清華簡《鄭文公問太伯》與鄭國早期史事〉中云：「〈鄭文公問太伯〉為同一抄手所書，但所抄寫的是兩個不同的底本：如地名用字甲本『邑』旁皆在左，與楚文字習見寫法相合，乙本『邑』旁多在右。此外甲乙本還存在通假、異寫的情況，如甲本『爭』字乙本作『請』，甲本『迖』字乙本作『逐』等。同一抄手抄寫了兩個本子的情況豐富了我們對戰國時期書籍保存與傳流情況的認識。」〔註4〕其不僅有助於對先秦文獻之保存及傳流狀況之了解，亦有益於古文字、通假字與異體字之研究。

〔註2〕代生：〈清華簡（六）鄭國史類文獻初探〉，《濟南大學學報（社會科學版）》，2018年1月15日，頁106。

〔註3〕劉光：〈清華簡《鄭文公問太伯》所見鄭國初年史事研究〉，《山西檔案》，2016 月11月29日，頁31。

〔註4〕馬楠：〈清華簡《鄭文公問太伯》與鄭國早期史事〉，《文物》，2016年3月25日，頁84。

第二節 〈鄭文公問太伯〉集釋

筆者釋文部分採李學勤主編《清華大學藏戰國竹簡（陸）》下冊之原文，並依其注釋順序作集釋，集釋部分收錄至2020年1月。

【釋文】

（甲本）

子人成子既死〔一〕，太白（伯）嘗（當）邑〔二〕。太白（伯）又（有）疾，吝（文）公進（往）䦎（問）之〔三〕。君若曰：「白（伯）父，不孛（穀）學（幼）弱，忞（閔）喪（喪）【一】虗（吾）君〔四〕，卑（譬）若鷄𨿿（雛），白（伯）父是（實）被複（覆）〔五〕，不孛（穀）以能與𨗏（就）宋（次）〔六〕。今天為不惠，或爰（援）肰（然），與不孛（穀）爭白（伯）父〔七〕，【二】所天不豫（舍）白=父=（伯父，伯父）而□□□□□□□□□□□孛（穀）〔八〕。」太白（伯）曰：「君，老臣□□□□【三】母（毋）言而不嘗（當）〔九〕。故（古）之人又（有）言曰：『為臣而不諫，卑（譬）若饋而不醎（醻）〔十〕。』昔虗（吾）先君逗（桓）公遂（後）出【四】自周〔十一〕，以車七䡅（乘），徒卅=（三十）人，故（鼓）亓（其）腹心，奮（奮）亓（其）肦（股）拡（肱）〔十二〕，以䪫（協）於攸（庸）凥（偶）〔十三〕，簐（攝）臯（胄）䡾（擐）虩（甲）〔十四〕，𢦏（擭）戈盾以𡡉（造）【五】勛〔十五〕。戰（戰）於魚羅（麗）〔十六〕，虗（吾）〔乃〕䧹（獲）鄬（函）、邶（訾）〔十七〕，輹（覆）車𧝬（襲）䋣（介），克鄶𨛫=（迢迢）〔十八〕，女（如）容䄂（社）之凥（處），亦虗（吾）先君之力也〔十九〕。桀（世）【六】及虗（吾）先君武公，西䧵（城）洢（伊）䦧（澗），北𨗏（就）邾（鄔）、鄒（劉），縈厄（軛）郢（蔿）、竽（邘）之國〔二十〕，魯、𢕟（衛）、鄝（蓼）、郗（蔡）逨（來）見〔二十一〕。桀（世）及虗（吾）先【七】君𦛔（莊）公，乃東伐齊𨞰之戎為散（徹），北䧵（城）邷（溫）、原〔二十二〕，𢕪（遺）陰（陰）、𨞰（鄂）宋（次）〔二十三〕，東啟遺（隤）、樂〔二十四〕，虗（吾）逡（逐）王於鄗（葛）〔二十五〕。【八】桀（世）及虗（吾）先君卲公、剌（厲）公，殹（抑）天也，亓（其）殹（抑）人也〔二十六〕，為是牢鼠（鼠）不能同穴，朝夕戭（鬥）䦧（鬩），亦不𦝫（逸）斬【九】伐〔二十七〕。今及虗（吾）君，弱學（幼）而𥜽（滋）長〔二十八〕，不能莫（慕）虛（吾）先君之武散（徹）減（莊）社（功），色〈孚〉涇〈淫〉桼（媱）于庚（康）〔二十九〕，䨼（獲）皮（彼）朁（荊）俑（寵），【十】爲（為）大亓（其）宮〔三十〕，君而䖭（狎）之，不善𢦏（哉）。君女（如）由皮（彼）孔雪（叔）、逵（佚）之层（夷）、帀（師）之佢鹿、𡌨（堵）之俞彌（彌）〔三十一〕，是四人【十一】者，方諫虛（吾）君於外，茲贍（詹）父內譎於中〔三十二〕，君女（如）是之不能茅（懋），則卑（譬）若疾之亡痻（醫）〔三十三〕。君之亡（無）䎽（問）也，【十二】則亦亡（無）䎽（聞）也。君之亡（無）出也，則亦亡（無）內（入）也。戒之𢦏（哉），君。虛（吾）若䎽（聞）夫𣪘（殷）邦，庚（湯）為語而受亦【十三】為語〔三十四〕。」【十四】〔註5〕

【集釋】

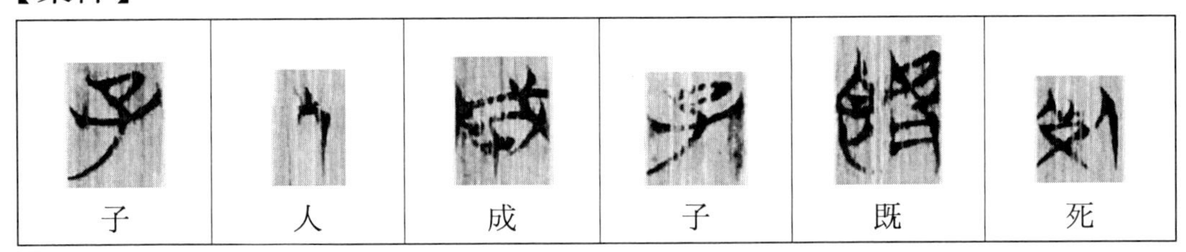

子	人	成	子	既	死

〔一〕子人成子既死，

清華簡整理者：子人成子，子人為氏，成為謚。《春秋》桓公十四年（鄭厲公三年）：「夏五，鄭伯使其弟語來盟。」《左傳》：「夏，鄭子人來尋盟，且脩曹之會。」其人為鄭厲公母弟，名語，字子人，係子人氏之祖。子人語為鄭文公叔父，疑即簡文之「子人成子」。魯僖公七年（鄭文公二十年），鄭太子華稱「泄氏、孔氏、子人氏三族」；魯僖公二十八年（鄭文公四十一年）有「子人九」。〔註6〕

馬楠：「子人氏出自鄭莊公，《左傳》稱『宋雍氏女于鄭莊公，曰雍姞，生厲公』，鄭厲公即位後與魯國修好，《春秋》魯桓公十四年（鄭厲公三年，前699年）『夏五，鄭伯使其弟語來盟』，《左傳》『夏，鄭子人來尋盟，且修曹之會』。其人為鄭厲公母弟，文公叔父，名語，字子人，係子人氏之祖，疑

〔註5〕清華大學出土文獻研究與保護中心編，李學勤主編：《清華大學藏戰國竹簡（陸）》下冊，頁119。

〔註6〕清華大學出土文獻研究與保護中心編，李學勤主編：《清華大學藏戰國竹簡（陸）》下冊，頁120。

歿後諡『成』，即簡文之『子人成子』。」〔註 7〕

羅小華：「子人成子」一名的構成：「子人」為字，「成」為諡，後又加「子」，可概括為「字＋諡＋子」。這種構成方式的人名十分罕見。「子人」後來用作氏。據此，書寫者有可能是將「子人」作為氏看待。如果是這樣，那麼「子人成子」可以概括為「氏＋諡＋子」。這在文獻中就比較常見了。〔註 8〕

子居：祝聃活躍於鄭莊公後期，因此至鄭厲公時有成為執政大臣的可能。鄭詹之後鄭國的執政大臣當即子人成子，其執政時期可能為鄭厲公在位的末期，太伯當邑的時期則約為鄭文公前期。〔註 9〕

李學勤：子人成子和太伯，都是鄭國的大臣。這裡的「子人成子」應為後人追稱語的諡法，他是厲公的弟弟，文公的叔叔。〔註 10〕

王寧：子人語當是鄭文公即位之初時鄭國的卿（執政大臣），其後有子人氏，為鄭國的大族。〔註 11〕

郝花萍：鄭文公時期屬春秋時期，當時姓是不變的，但氏則可以自立。自立有種種複雜的情況，其中一種就是以祖先的字或諡號為氏。語，字子人，係子人氏之祖。所以「子人成子」可能是子人語的後人。但若是如此，「子人成子」最早也只是語的孫子。語的孫子不可能在鄭文公時「旣死」，故排除這種可能。那麼「子人成子」便只可能是語本人了，這樣從時間上看也比較吻合。原整理者疑「子人語」即簡文之「子人成子」之說可從。〔註 12〕

王瑜楨：子人成子為鄭國貴族，是姬姓。「語」為名，「子人」為字，先秦人稱可以先字後名連稱，如孔子的父親「叔梁紇」。姬語，字人，美稱為子人，後人以他的字為氏，因此姬語本人不可能以「子人」為氏，子人成子也不可能是姬語。其實也有以父親的字為氏的。「子人成子」最可能是「姬語」的子輩（如果是孫輩就太晚了），即以「姬語」的字為氏的第一代人。以時代

〔註 7〕馬楠：〈清華簡《鄭文公問太伯》與鄭國早期史事〉，頁 85。

〔註 8〕羅小華：〈試論清華簡中的幾個人名〉，簡帛網：http://www.bsm.org.cn/show_article.php?id=2514，2016-04-08。

〔註 9〕子居：〈清華簡鄭文公問太伯（甲本）解析〉，中國先秦史網站：http://xianqin.byethost10.com/2016/05/01/327，2016 年 5 月 1 日。

〔註 10〕李學勤：〈有關春秋史事的清華簡五種綜述〉，《文物》，2016 年 03 期，頁 80。

〔註 11〕王寧：〈清華簡六《鄭文公問太伯》（甲本）釋文校讀〉，復旦大學出土文獻與古文字研究中心：http://www.gwz.fudan.edu.cn/Web/Show/2809，2016/5/30。

〔註 12〕郝花萍：《清華大學藏戰國竹簡（陸）鄭國三篇集釋》，頁 51。

來推，姬語為鄭文公的叔父，他的兒子應該與鄭文公同輩。因此可能姬語年齡很大，生子人成子較早，比鄭文公年齡大很多。因此子人成子去世，太伯當邑，這是有可能的。「子人成子」是公子語的兒子。〔註 13〕

按：既：已經。《論語．季氏》：「既來之，則安之。」《左傳．莊公十年》：「既克。」

翻譯：子人成子已經死亡。

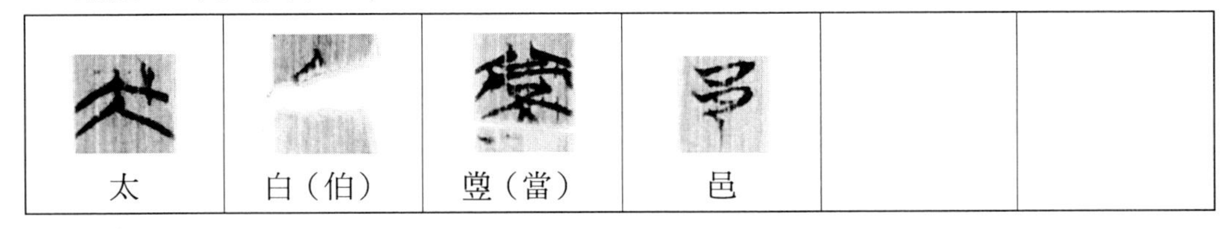

太	白（伯）	堂（當）	邑		

〔二〕太白（伯）堂（當）邑。

清華簡整理者：《左傳》習見「當國」，襄公二十七年杜注：「秉政。」「當邑」與「當國」文意相類，謂太伯繼子人成子執政。〔註 14〕

李學勤：「當邑」應該是治理封邑的意思，所以太伯很可能是子人成子的長子，也就是文公的兄弟行。文公當時「幼弱」，太伯則年長得多，以致他患重病，文公親去探問，他也自稱「老臣」。簡文中，文公稱太伯為「伯父」，「伯父」是對年長大夫的特定稱謂，而並不表示血緣上的親屬關係，是否如此，還有待進一步研究。〔註 15〕

子居：太伯疑即公子元。據《左傳．隱公五年》可知，鄭莊公除了鄭昭公、鄭厲公、子亹、子嬰四子外，還有曼伯、子元二子。子元殺曼伯而危鄭昭公。在鄭莊公諸子已死的情況下，會被鄭厲公重用，並被鄭文公稱為「伯父」的，最可能就是公子元。〔註 16〕

王寧：太伯，「太」字非大義的「太」，而是個氏名。此字乃舌音月部字，當讀為「洩（泄）」，「太伯」即「洩伯」，指洩駕。洩駕可能也是鄭莊公之庶子，厲公、昭公之庶兄，故文公稱之為「伯父」。〔註 17〕

〔註 13〕王瑜楨：《清華大學藏戰國竹簡（陸）鄭國史料三篇研究》，頁 196、197、198。

〔註 14〕清華大學出土文獻研究與保護中心編，李學勤主編：《清華大學藏戰國竹簡（陸）》下冊，頁 120。

〔註 15〕李學勤：〈有關春秋史事的清華簡五種綜述〉，頁 80。

〔註 16〕子居：〈清華簡鄭文公問太伯（甲本）解析〉，中國先秦史網站：http://xianqin.byethost10.com/2016/05/01/327，2016 年 5 月 1 日。

〔註 17〕王寧：〈清華簡六《鄭文公問太伯》（甲本）釋文校讀〉，復旦大學出土文獻與古文

朱忠恒：「子人成子既死，太白（伯）當邑。」意思是：子人成子已經死了，太伯繼子人成子執政。〔註18〕

程浩：太伯應是文公的叔伯輩貴族。在西周春秋時期稱「伯」的一般都是世家大族的嫡長子。至於稱「太」，大概是一種美稱。「太」與「泰」、「大」等通，文獻中經常有此類稱謂，比較著名的如周太王的長子稱「太伯」。在名號前加「大」或「太」，只是為了體現尊隆，並沒有實際意義。從「太伯」這個稱號，能得出其人為小宗宗主的結論。太伯為公孫閼的長子，是後來堵氏的宗主，而他臨終前向文公舉薦的堵之俞彌，正是其子。〔註19〕

表 3-2-1：鄭國邊父、太伯一脈的世系〔註20〕：

	第一代	第二代	第三代	第四代	第五代
國君世系	鄭桓公	鄭武公	鄭莊公	鄭厲公	鄭文公
堵氏世系		公子呂（邊父）	公孫閼（子堵）	太伯	堵俞彌

按：《古文字通假字典》：「白（鐸並 bai）讀為伯（鐸幫 bo），幫並旁紐。趞曹鼎：『井（邢）白入右趞曹立中廷。』白字讀伯，《說文》：『伯，長也。』方伯為一方之長，某伯為某諸侯國或王室某職之長，家內兄弟以年長者為伯。上博楚竹書《緇衣》簡一：『亞=（惡惡）女（如）亞（惡）巷白。』今本作『惡惡如《巷伯》。』」〔註21〕另，《說文》：「邑，國也。」段玉裁注：「《左傳》凡稱人曰大國，凡自稱曰敝邑。古國邑通稱。」朱駿聲通訓定聲：「《書》『西邑夏』、『天邑商』、『大邑周』，皆謂國。」《左傳・僖公四年》：「君惠徼福於敝邑之社稷。」當國：主持國事、執政。《左傳・襄公二十七年》：「辛巳，崔明來奔。慶封當國。」

翻譯：太伯主持國事

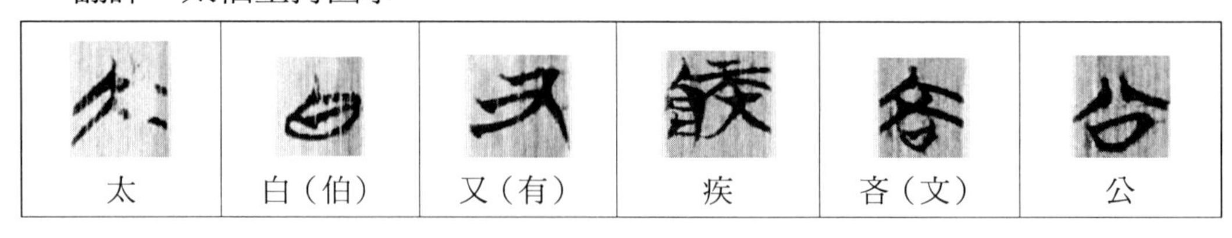

太	白（伯）	又（有）	疾	吝（文）	公

字研究中心：http://www.gwz.fudan.edu.cn/Web/Show/2809，2016/5/30。

〔註18〕朱忠恒：《清華大學藏戰國竹簡（陸）集釋》，頁65。

〔註19〕程浩：〈清華簡新見鄭國人物考略〉，《文獻》，2020年1月，頁24、25、27。

〔註20〕見程浩：〈清華簡新見鄭國人物考略〉，《文獻》，2020年1月，頁27。

〔註21〕王輝：《古文字通假字典》，北京：中華書局，2008年2月，頁298。

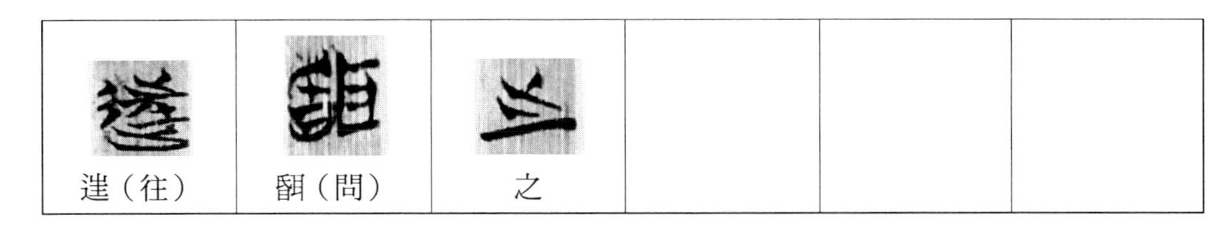

進（往）	翻（問）	之			

〔三〕太白（伯）又（有）疾，吝（文）公進（往）翻（問）之。

王寧：「太伯」疑當讀「洩伯」，即洩駕。〔註22〕

清華簡整理者：鄭文公名捷，《史記・鄭世家》作「踕」，鄭厲公子。簡文稱「文公」，係追稱。〔註23〕

李學勤：鄭文公是莊公之孫。厲公死後，其子捷繼位，即是文公。〔註24〕

許師學仁：問：問疾，猶今言探視、探病。〔註25〕

王瑜楨：「往問」即「存問、慰問、探視」義。觀看全篇簡文內容，是鄭文公請教太伯，因此這裡的「問」除了「慰問」也有「詢問、請教」的意思。〔註26〕

朱忠恒：問，慰問，問候。《論語・雍也》：「伯牛有疾，子問之。」〔註27〕

按：《說文》：「疾，病也。」《韓非子・喻老》：「君有疾在腠理，不治將恐深。」《論語・雍也》：「伯牛有疾，子問之。」「翻」从昏从耳，其亦見於《上海博物館藏戰國楚竹書・凡物》：「翻（問）之曰：至情而智（知）」〔註28〕

翻譯：太伯得病，文公前往探視他

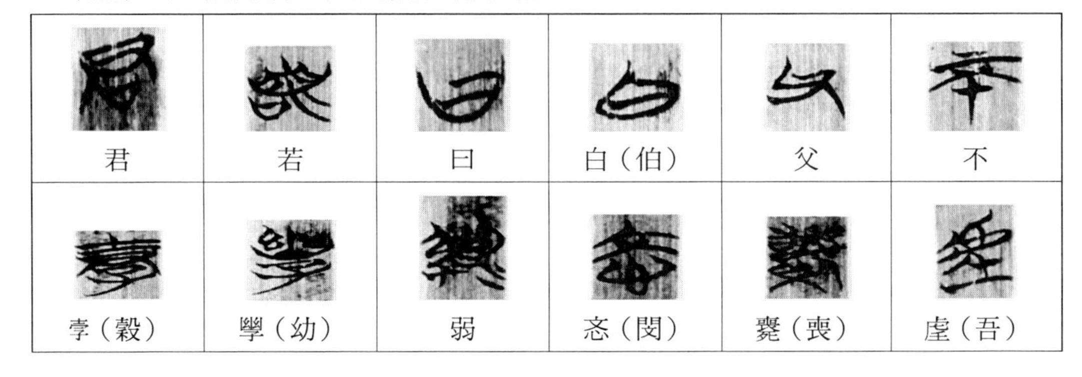

君	若	曰	白（伯）	父	不
孛（穀）	學（幼）	弱	忞（閔）	䘮（喪）	虗（吾）

〔註22〕王寧：簡帛研讀 » 清華六〈鄭文公問太伯〉初讀（第42樓），簡帛論壇：http://www.bsm.org.cn/bbs/read.php?tid=3346，2016-05-07。

〔註23〕清華大學出土文獻研究與保護中心編，李學勤主編：《清華大學藏戰國竹簡（陸）》下冊，頁120。

〔註24〕李學勤：〈有關春秋史事的清華簡五種綜述〉，頁80。

〔註25〕許師學仁於2020年6月24日筆者口考時提供。

〔註26〕王瑜楨：《清華大學藏戰國竹簡（陸）鄭國史料三篇研究》，頁198、199。

〔註27〕朱忠恒：《清華大學藏戰國竹簡（陸）集釋》，頁66。

〔註28〕先秦甲骨金文簡牘詞彙資料庫：http://inscription.asdc.sinica.edu.tw/c_index.php。

君					

〔四〕君若曰：「白（伯）父，不孛（穀）學（幼）弱，忞（閔）鼗（喪）【一】虐（吾）君，

子居：「孤」、「寡」、「谷（穀）」同源，皆是幼小之意（《史記．老子韓非列傳》：「雖欲為孤豚，豈可得乎？」《索隱》：「孤，小也，特也。」），「不穀」的「不」是發語詞。由「不穀」本為楚王自稱，聯繫到清華簡中有多篇內容與子產相關，可推測清華簡中這些與鄭國及子產相關的篇章，或是多為樂皋的後人子弟入楚之後，既保留了鄭地書寫傳統，又吸收了楚文化的影響所作。〔註29〕

清華簡整理者：君若曰，與《書》「王若曰」同例，《書》又有「微子若曰」、「周公若曰」，是不以王為限。《禮記．曲禮》：「天子同姓謂之伯父，異姓謂之伯舅。」不穀，《左傳》習見，為天子諸侯謙稱。閔，《左傳》宣公十二年杜注：「憂也。」〔註30〕

暮四郎：按照整理報告的斷句，「閔喪吾君」難以講通。此時鄭厲公早已經去世，鄭文公說「閔喪吾君」，怎麼講呢？如果文公是要表達「擔心失墜了先人的功烈」之類意思，那他應該說「閔喪吾先君之烈／業」。這句話也不可能是自指，因為文公的自稱是「不穀」。文公只是說，我年幼無知，擔心喪亂。而且，「吾君皋（譬）若雞雛」、「伯父是被複（覆）」相對成文，也很整齊。需要注意的是，這裏「吾君」並不是單指文公自己，因為看簡文，太伯很可能如〈祭公〉篇的祭公那樣，是輔佐了幾位君主的老臣，所以「吾君」包含太伯輔佐過的所有先君和文公自己。〔註31〕

王寧：「谷」原字作「孛」，當即「谷」之省寫，讀為「穀」，「不穀」乃君主自稱。「忞」通「閔」或「憫」，《說文》：「閔，弔者在門也。」段注：「引申為凡痛惜之辭。俗作『憫』，《邶風》：『覯閔既多』，《豳風》：『鬻子之閔斯』，

〔註29〕子居：〈清華簡鄭文公問太伯（甲本）解析〉，中國先秦史網站：http://xianqin.byethost10.com/2016/05/01/327，2016年5月1日。

〔註30〕清華大學出土文獻研究與保護中心編，李學勤主編：《清華大學藏戰國竹簡（陸）》下冊，頁120。

〔註31〕暮四郎：簡帛研讀 » 清華六〈鄭文公問太伯〉初讀（第39樓），簡帛論壇：http://www.bsm.org.cn/bbs/read.php?tid=3346，2016-04-27。

《傳》曰：『閔，病也。』」義同於後言「痛失」之「痛」。吾君，指鄭莊公。〔註 32〕

郝花萍：鄭文公之前的一任君主是鄭厲公，「不穀幼弱，忞（閔）喪吾君」當是說鄭文公年幼喪父，「吾君」應指鄭厲公，而非王寧所言鄭莊公。〔註 33〕

王瑜楨：「君若曰」，與「王若曰」相當。與「君若曰」比較接近的是「公若曰」。「公若曰」即是「周公這麼說」；「君若曰」即是「國君這麼說」。這是史官轉達上級指示的一種格式。不「孛」，讀為「不敦」，為「不穀」的假借，如《禮記．曲禮下》：「於內，自稱曰不穀。」鄭玄注：「與民言之謙稱。穀，善也。」《戰國策．齊策．齊宣王見顏斶》：「是以侯王稱孤寡不穀。」指古代君王自稱的謙辭。「閔」字當副詞用，如《毛詩．周頌．閔予小子》「閔予小子」，意思是「可憐的『予小子』」；同樣的，「閔喪吾君」，意思是「可憐地失去了我的國君」。從鄭莊公四十三年去世，到鄭文公踕立，總共亂了二十九年，三位國君被殺。文公的父親厲公兩次就位，中間在外流亡十七年，把這樣的情況說成「閔喪吾君」，是合理的。〔註 34〕

朱忠恒：伯父，《禮記．曲禮》：「天子同姓謂之伯父，異姓謂之伯舅。」不僅天子稱同姓為伯父，諸侯也如此。弱，年少。《左傳》文公十二年：「趙有側室曰穿，晉君之婿也，有寵而弱。」杜預注：「弱，年少也。」閔，哀傷，憐念。《書．文侯之命》：「嗚呼！閔予小子嗣，造天丕衍，殄資澤於下民。」〔註 35〕

胡乃波：「幼弱」、「閔喪吾君」、「譬若雞雛」三句並列，當是鄭文公述說自己的情況，抑或是謙卑之辭。文公哀己幼年喪君父，故而力弱似「雞雛」，即便是厲公去世時間較晚，文公也可以此謙恭之辭來突出太伯的地位，在邏輯上也能講得通。簡文下文又說「不穀以能與就次」，也就是說自己（文公）年幼，在太伯的輔佐下得以繼承君位，並且與上文「伯父實被複」相互呼應，文義通順。〔註 36〕

〔註 32〕王寧：〈清華簡六《鄭文公問太伯》（甲本）釋文校讀〉，復旦大學出土文獻與古文字研究中心：http://www.gwz.fudan.edu.cn/Web/Show/2809，2016/5/30。

〔註 33〕郝花萍：《清華大學藏戰國竹簡（陸）鄭國三篇集釋》，頁 53。

〔註 34〕王瑜楨：《清華大學藏戰國竹簡（陸）鄭國史料三篇研究》，頁 204、205。

〔註 35〕朱忠恒：《清華大學藏戰國竹簡（陸）集釋》，頁 66。

〔註 36〕胡乃波：《清華簡〈鄭文公問太伯〉（甲本）集釋》，河北大學碩士學位論文，2018 年 6 月，頁 7。

筆者茲將各家對「閔」之說法表列於下：

表 3-2-2：「閔」諸家異說表

閔	訓
整理者	憂
王寧	痛
王瑜楨	可憐地
朱忠恒	哀傷、憐念

按：若：這樣、如此。《荀子・王霸》：「出若入若。」《戰國策・秦策》：「織自若。」《孟子・梁惠王上》：「以若所為，求若所欲，猶緣木而求魚也。」穀：良、善。《詩・陳風・東門之枌》：「穀旦於差（選擇），南方之原。」不穀：王侯自稱之謙詞。《老子》：「貴以賤為本，高以下為基，是以侯王自謂孤、寡、不穀。」《左傳・僖公四年》：「齊侯曰：豈不穀是為，先君之好是繼，與不穀同好，如何？」另，从幽从子讀幼者亦見於《中山王（嚳）鼎》：「寡人（幼）童／未通智。」〔註 37〕幼弱：幼小。《禮記・明堂位》：「武王崩，成王幼弱，周公踐天子之位以治天下。」《左傳・昭公十九年》：「今又喪我先大夫偃，其子幼弱，其一二父兄，懼隊宗主，私族于謀而立長親。」「忞」、「閔」皆文部可通，筆者從「通『閔』訓『可憐』」之說。《王力古漢語字典》：「閔：憐憫、可憐。《詩經・閔予小子》：『閔予小子，遭家不造。』」〔註 38〕喪：失去、喪失。《易・坤》：「西南得朋，東北喪朋。」《孟子・梁惠王上》：「西喪地於秦七百里；南辱於楚。」

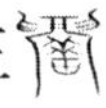

翻譯：國君這樣說：「伯父，我幼小、可憐失去我的君父

 卑（譬）	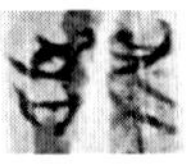 若	 鷄	 馭（雛）	 白（伯）	 父
 是（寔）	 被	 複（覆）			

〔註 37〕殷周金文暨青銅器資料庫：http://bronze.asdc.sinica.edu.tw/rubbing.php?02840。
〔註 38〕王力：《王力古漢語字典》，頁 1562。

〔五〕卑（譬）若鷄𪈌（雛），白（伯）父是（實）被複（覆），

清華簡整理者： 𪈌，讀為「雛」。被覆，意同《詩．生民》之「覆翼」。〔註39〕

子居：鄭文公在位四十五年，故可推知其即位時還很年輕，所以《鄭文公問太伯》上文稱「不穀幼弱，閔喪吾君」，而此處以「雞雛」自比。〔註40〕

暮四郎：「伯父」以下的簡文當斷讀為「伯父，不穀幼弱，忞（憫）喪。吾君卑（譬）若雞雛，伯父是被複（覆）」。「是」似可直接理解為表示肯定判斷的詞。《孟子．告子上》：「鈞是人也，或為大人，或為小人，何也？」〔註41〕

blackbronze：「是」字讀如字即可，表示強調、加重語氣。不須改讀為「實」。〔註42〕

明珍：文公對太伯說：「不孛（穀）學（幼）弱，忞（閔）𧁨（喪）𧆞（吾）君，卑（譬）若鷄𪈌（雛），白（伯）父是（實）被複（覆）」，語義大概是「我年幼弱小，可憐地失去了父君，就像幼禽一樣，而伯父您是我的保護」。閔喪吾君，應是文公自說喪其父。〔註43〕

晁福林：「卑（譬）若雞雛，白（伯）父是（實）被覆」，說太伯這樣的卿大夫像老母雞覆蓋溫暖雞雛一樣，保護自己。〔註44〕

王瑜楨：「是」字讀為「實」，俞樾《群經平議．尚書三．金縢》「若爾三王是有丕子之責於天」謂：「是，通作實」，簡文「伯父實被覆」即「伯父的確庇護我」。〔註45〕

朱忠恒：譬若，比如。「太伯有疾，文公往問之。君若曰：伯父，不穀幼弱，閔喪吾君，卑若鷄雛」這幾句意思是：太伯得了疾病，文公前往慰問他。

〔註39〕清華大學出土文獻研究與保護中心編，李學勤主編：《清華大學藏戰國竹簡（陸）》下冊，頁120。

〔註40〕子居：〈清華簡鄭文公問太伯（甲本）解析〉，中國先秦史網站：http://xianqin.byethost10.com/2016/05/01/327，2016年5月1日。

〔註41〕暮四郎：簡帛研讀 » 清華六〈鄭文公問太伯〉初讀（第18樓），簡帛論壇：http://www.bsm.org.cn/bbs/read.php?tid=3346，2016-04-19。

〔註42〕blackbronze：簡帛研讀 » 清華六〈鄭文公問太伯〉初讀（第32樓），簡帛論壇：http://www.bsm.org.cn/bbs/read.php?tid=3346，2016-04-22。

〔註43〕明珍：簡帛研讀 » 清華六〈鄭文公問太伯〉初讀（第28樓），簡帛論壇：http://www.bsm.org.cn/bbs/read.php?tid=3346，2016-04-22。

〔註44〕晁福林：〈談清華簡《鄭武夫人規孺子》的史料價值〉，《清華大學學報（哲學社會科學版）》，2017年5月15日，頁128。

〔註45〕王瑜楨：《清華大學藏戰國竹簡（陸）鄭國史料三篇研究》，頁205。

文公說：「伯父，我年幼，（您）憐念我們的國君（厲公）去世，我好像小雞一般微小柔弱。」是，讀「寔」。寔，實也。《禮記・坊記》：「寔受其福」孔穎達疏：「寔，實。」被覆，覆蓋，掩蔽。《釋名・釋衣服》：「被，被也，所以被覆人也。」被覆為動詞，其後一般需接賓語，其賓語即為前面提及的「雞雛」。〔註 46〕

按：「卑」讀「譬」亦見於《郭店楚簡・老子甲》：「卑（譬）道之才（在）天下也」〔註 47〕譬若：譬如。《逸周書・皇門》：「譬若畋犬，驕用逐禽，其猶不克有獲。」《史記・魏公子列傳》：「公子喜士，名聞天下。今有難，無他端而欲赴秦軍，譬若以肉投餒虎，何功之有哉？」「鳿」从鳥从取「雛」从芻从隹，「取」、「芻」皆侯部，鳿讀「雛」可從。鷄雛：雛雞。雛雞：剛初生不久之小雞。雛：幼雞。《說文》：「雛，雞子也。」段玉裁注：「雞子，雞之小者也。」「是」從「讀如字」之說。覆：庇護、保護。《詩・大雅・生民》：「誕置之寒冰，鳥覆翼之。」

翻譯：（我）猶如幼雞，伯父是庇護（我者）

 不	 孛（穀）	 以	 能	 與	 遼（就）
 宋（次）					

〔六〕不孛（穀）以能與遼（就）宋（次）。

華東師範大學中文系出土文獻研究工作室：「以」，「因也」，《左傳》僖公十五年「以此不和」。（戰國・左丘明、西晉・杜預《左傳（春秋經傳集解）》第300頁，上海：上海古籍出版社，1997年12月第1版。）簡文的「以」，即「因以」之意。

「能」，可讀「忍」，也可讀「耐」，茲讀「耐」，《漢書・晁錯傳》「夫胡貉之地，（中略）其性能寒」、「楊粵之地，（中略）其性能暑」，師古曰「能讀

〔註 46〕朱忠恒：《清華大學藏戰國竹簡（陸）集釋》，頁 66、68。
〔註 47〕先秦甲骨金文簡牘詞彙資料庫：http://inscription.asdc.sinica.edu.tw/c_index.php。

曰耐」;(漢・班固撰、清・王先謙補注、上海師範大學古籍整理研究所整理《漢書補注》第捌冊總第 3728、3729 頁,上海:上海古籍出版社,2008 年 12 月第 1 版。)《禮記・禮運》「故聖人耐以天下為一家」,(漢・鄭玄注、唐・孔穎達正義《禮記正義》中冊總第 914 頁,上海:上海古籍出版社,2008 年 9 月第 1 版。)「耐」亦「能」也。「與」,「於也」,《史記・屈原賈生列傳》「縱軀委命兮,不私與己」;(漢・司馬遷撰、日本・瀧川資言考證《史記會注考證》第陸冊總第 3251 頁,上海:上海古籍出版社,2015 年 4 月第 1 版。)《史記・越世家》「吳有越,腹心之疾;齊與吳,疥癬也」,(漢・司馬遷撰、日本・瀧川資言考證《史記會注考證》第陸冊總第 2153 頁,上海:上海古籍出版社,2015 年 4 月第 1 版。)《呂氏春秋・知化》引作「夫齊之於吳也,疥癬之病也」。(許維遹《呂氏春秋集釋》第 628 頁,北京:中華書局,2009 年 9 月第 1 版。)此字墨色清淡、字跡細小,乃校勘者補寫所為。〔註 48〕

ee:「就」讀為「仇」或「逑」要更好一些,就金文中常見的「仇(-逑)次」,是匹偶、並列的意思。〔註 49〕

清華簡整理者:次,謂所居之處。《周禮・宮伯》「授八次八舍之職事」,鄭司農云:「庶子衛王宮,在內為次,在外為舍。」引申為朝堂之位。《周禮・大史》:「祭之日,執書以次位常。」《左傳》僖公九年:「里克殺奚齊於次。」簡文「就次」指繼嗣君位。〔註 50〕

子居:「次」當指宿所,且多是指臨時性宿所。這裡的「次」當是指辦喪事時所臨時居住的簡陋處所。《禮記・奔喪》:「相者告就次。」鄭玄注:「次,倚廬也。」《禮記・間傳》:「父母之喪,居倚廬,寢苫枕塊,不說絰帶。」包括整理者所引《左傳・僖公九年》:「里克殺奚齊於次。」杜注:「次,喪寢。」所指也是辦喪事時所臨時居住的簡陋處所。「不穀以能與就次」當是指在太伯的蔭庇之下鄭文公才得以完成鄭厲公的葬禮。這一點暗示著鄭文公即位時,

〔註 48〕華東師範大學中文系出土文獻研究工作室(本次參加戰國竹簡研讀會者有:黃人二、趙思木、楊耀文、耿昕、石光澤、童超,本文由黃人二執筆。):〈讀清華大學藏戰國竹簡(陸)・鄭文公問太伯書後(一)〉,簡帛網:http://www.bsm.org.cn/show_article.php?id=2527,2016 年 4 月 20 日。

〔註 49〕ee:簡帛研讀 » 清華六《鄭文公問太伯》初讀(第 4 樓),簡帛論壇:http://www.bsm.org.cn/bbs/read.php?tid=3346,2016-04-17。

〔註 50〕清華大學出土文獻研究與保護中心編,李學勤主編:《清華大學藏戰國竹簡(陸)》下冊,頁 120。

鄭國內部政局並不穩定。〔註51〕

王寧：以，因也。與，以也，得以之意。就次，原整理者注：「簡文『就次』指繼嗣君位。」根據此段簡文，鄭文公即位的時候可能還沒成年或剛成年，故以雞雛自比，是在洩伯的庇護之下得以繼承君位。〔註52〕

黃聖松、黃庭頎：「能」當理解為「才能」、「賢能」，「與」讀為「舉」，訓為「舉立」，古書多通假之例。隱公三年《傳》：「先君以寡人為賢，使主社稷。若棄德不讓，是廢先君之舉也，豈曰能賢？」宋穆公自言其兄宋宣公因其具備「賢」之特質，故捨棄自己之子而立宋穆公為君，此為立「賢」為君之例證。除「賢」之特質外，另一項考量即是「才」。文公七年《傳》載晉襄公卒後立嗣之事云：「出朝，（穆嬴）則抱以適趙氏，頓首於宣子曰：『先君奉此子也而屬諸子曰：「此子也才，吾受子之賜；不才，吾唯子之怨。」』」穆嬴謂其子晉靈公有「才」，故晉襄公選定其作為繼位者。春秋時代，「才」是選立標準之一。《左傳》數見以「舉」表示冊立國君之例，如上引隱公三年《傳》「廢先君之舉也」即是一例。又文公元年《傳》：「楚國之舉，恆在少者。」謂楚國常立少者為君。類似記載又見昭公十三年《傳》：「芈姓有亂，必季實立，楚之常也。」此處則以「立」字表「舉」義，可證「舉」有冊立之意。如是則簡文「以能與（舉）就次」可釋為：太伯因鄭文公具備才能，故舉立以「就次」。簡文「就[illegible]」，後字從「朿」得聲。僖公九年《傳》「里克殺奚齊於次」之「次」，楊伯峻《春秋左傳注》云：「《晉世家》作『喪次』，謂次即喪次。沈欽韓補注引士喪禮注『次謂斬衰倚廬』。倚廬者，遭喪者所居，倚木為之，以草夾障，不塗泥。」《禮記．奔喪》：「相者告就次。」鄭玄《注》：「次，倚廬。」知此處之「次」乃遭喪者所居之處所。上引襄公二十三年《傳》「立於戶側」，《春秋左傳注》：「依古代喪禮，死者之屍尚在室，為後者便在戶側南面而立，以待貴賓來弔。……羯既立戶側受弔，則孺子秩非繼承人矣。」《傳》以「立於戶側」暗示羯將繼為孟孫氏，故季氏有此疑惑。據此而論，簡文「就次」即以遭喪者所居之「倚廬」，暗示鄭文公乃先君之繼位者。以鄭文公角度而言，簡文「以能與（舉）就次」可譯為：「以不穀之才能而舉立不

〔註51〕子居：〈清華簡鄭文公問太伯（甲本）解析〉，中國先秦史網站：http://xianqin.byethost10.com/2016/05/01/327，2016年5月1日。

〔註52〕王寧：〈清華簡六《鄭文公問太伯》（甲本）釋文校讀〉，復旦大學出土文獻與古文字研究中心：http://www.gwz.fudan.edu.cn/Web/Show/2809，2016/5/30。

穀立於先君之喪次。」〔註 53〕

單育辰：「就」應讀為「逑」或「仇」，「就」從紐覺部，「逑」「仇」皆群紐幽部，諸字韻部對轉，古較近。又「宋」所從的「朿」為精紐脂部，「即」為精紐質部，二字聲紐相同，韻部對轉，古音很近。簡文的「䢜（就）宋」應該讀為「逑（或仇）即」，是匹偶、並列的意思。〔註 54〕

王瑜楨：「伯父實被覆，不穀以能與就次。」意思是：伯父真的幫助保護我，因此我能夠在父親的喪禮中居於繼承人的地位來主持喪禮。如前所述，鄭莊公去世到鄭文公即位，中間亂了二十八年，鄭文公能否繼位，並不是理所當然的，必需要有強而有力的人支持才行。〔註 55〕

朱忠恒：以能，因此能夠。與讀為「舉」，訓為祭祀。《禮記．王制》：「山川神祇，有不舉者為不敬。」鄭玄注：「舉，猶祭也。」就次，即於某處所，在簡文裡大概是指即君位。「伯父寔被覆，不穀以能舉就次。」意思是：伯父庇護保護著我，因此（我）能即位舉行祭祀活動。這是鄭文公回憶太伯在自己繼位之初對自己的庇護和支持。〔註 56〕

胡乃波：祭祀在先秦時期十分重要，體現了這個國家的強盛與否，則喪禮，尤其是君主的喪禮，更是體現了國家最高權力的繼承，故主持喪禮的人的地位顯然比較尊貴。「次」，如黃聖松、黃庭頎所言為主持喪事的人所居之「倚廬」，而鄭文公「就次」則是表明鄭文公在喪事中佔據了重要的地位，是權力繼承人的象徵，代表「繼承君位」。〔註 57〕

筆者茲將各家對「能」、「與」、「次」之說法表列於下：

表 3-2-3：「能」諸家訓讀異說表

能	訓　讀
華東師範大學中文系出土文獻研究工作室	讀「耐」
黃聖松、黃庭頎	「才能」、「賢能」

〔註 53〕黃聖松、黃庭頎：〈《清華六．鄭文公問太伯》箚記〉，簡帛網：http://www.bsm.org.cn/show_article.php?id=2628，2016-09-07。

〔註 54〕單育辰：〈清華六《鄭文公問太伯》釋文商榷〉，《語言研究集刊》，2017 年 01 期，頁 308、309。

〔註 55〕王瑜楨：《清華大學藏戰國竹簡（陸）鄭國史料三篇研究》，頁 206。

〔註 56〕朱忠恒：《清華大學藏戰國竹簡（陸）集釋》，頁 68。

〔註 57〕胡乃波：《清華簡〈鄭文公問太伯〉（甲本）集釋》，頁 9。

表 3-2-4：「與」諸家訓讀異說表

與	訓　讀
華東師範大學中文系出土文獻研究工作室	於
王寧	以也，得以之意。
黃聖松、黃庭頎	讀「舉」，訓「舉立」
朱忠恒	讀「舉」，訓「祭祀」。

表 3-2-5：「次」諸家異說表

次	訓
整理者	所居之處，引申為朝堂之位。
子居	辦喪事時所臨時居住的簡陋處所
黃聖松、黃庭頎	遭喪者所居之處所

按：《古文字通假字典》：「與（魚喻 yu）讀為舉（魚見 ju）。郭店楚簡《五行》簡四三～四四：『君子智（知）而與之，胃（謂）之尊臤（賢）。』與馬王堆帛書本《五行》作舉。」〔註 58〕舉：選用、推薦。《左傳・襄公三年》：「祁奚於是能舉善矣。稱其讎，不為諂；立其子，不為比；舉其偏，不為黨。」《孟子・告子下》：「傅說舉於版築之間，膠鬲舉於魚鹽之中。」「宎」从宀从⿰，「⿰」、「次」同為「脂」部，宎讀「次」可從。《王力古漢語字典》：「次：處所。《國語・魯語上》：『故大者陳之原野，小者致之市朝，五刑三次，是無隱也。』韋昭注：『次，處也，三處，野、朝、市也。』特指居父母喪時所居之處。《儀禮・既夕禮》：『眾主人出門哭止，闔門，主人揖，眾主乃就次。』鄭玄注：『次，倚廬也。』」〔註 59〕「就次」從整理者「繼嗣君位」之說。

翻譯：我因而能被推舉繼嗣君位

今	天	為	不	惠	或
爰（援）	肰（然）	與	不	享（穀）	爭

〔註 58〕王輝：《古文字通假字典》，頁 72。

〔註 59〕王力：《王力古漢語字典》，頁 535。

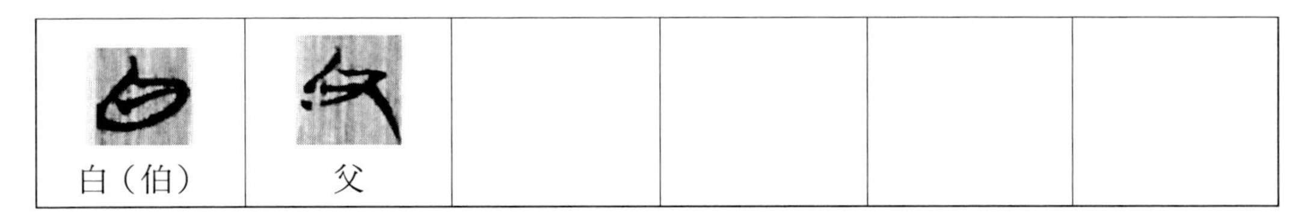

白（伯）	父				

〔七〕今天為不惠，或爰（援）肰（然），與不享（穀）爭白（伯）父【二】，

子居：「爰」當訓哀恨義，這裡指令人哀恨。《方言》卷六：「爰，嗳，恚也。楚曰爰，秦晉曰嗳，皆不欲應而強畣之意也。」〔註 60〕

清華簡整理者：援，《說文》：「引也。」爭，乙本作「請」。〔註 61〕

石小力：「或」當讀「又」，「又爰然」與「與不穀爭伯父」當連讀，「爰然」作其狀語。〔註 62〕

華東師範大學中文系出土文獻研究工作室：「爰然」，「跋扈貌」，《老子》第十五章「渙兮若冰之將釋」，（《老子》第 47 頁，臺北：金楓出版有限公司，1987 年 3 月第 1 版。）「渙」，有「冰之消融」的意思，通「援」，《詩・大雅・皇矣》「帝謂文王，無然畔援，無然歆羨」，鄭箋：「畔援，猶拔扈也。」陸德明《經典釋文》引《韓詩》云：「畔援，武強也。」（漢・毛亨傳、漢・鄭玄箋、唐・孔穎達疏、唐・陸德明音釋《毛詩注疏》下冊總第 1476 頁，上海：上海古籍出版社，2013 年 12 月第 1 版。）是以知，可單言「渙」、「援」、「爰」，亦可雙言「爰然」、「判然」、「畔畔」、「援援」、「畔渙」、「畔援」等，聯緜字詞是也。整理者訓為「引也」（第 120 頁），稍嫌不詞。〔註 63〕

王寧：《說文》：「惠，仁也」，「不惠」即不仁。「爰」疑讀為「咺」，《詩・衛風・淇奧》：「赫兮咺兮」，《毛傳》：「咺，威儀容止宣著也。」「咺」、「宣」音近可通，並盛大義，「爰（咺）然」與「赫然」意思類同，這裡蓋用為盛氣淩人之貌。所，處所。「今天為不惠，或爰（援）肰（然），與不享（穀）爭

〔註 60〕子居：〈清華簡鄭文公問太伯（甲本）解析〉，中國先秦史網站：http://xianqin.byethost10.com/2016/05/01/327，2016 年 5 月 1 日。

〔註 61〕清華大學出土文獻研究與保護中心編，李學勤主編：《清華大學藏戰國竹簡（陸）》下冊，頁 120。

〔註 62〕石小力（清華大學出土文獻讀書會）：〈清華六整理報告補正〉，清華大學出土文獻研究與保護中心：http://www.ctwx.tsinghua.edu.cn/publish/cetrp/6842/20160416052940099595642/1460755813610.doc，2016 年 4 月 16 日。

〔註 63〕華東師範大學中文系出土文獻研究工作室（本次參加戰國竹簡研讀會者有：黃人二、趙思木、楊耀文、耿昕、石光澤、童超，本文由黃人二執筆。）：〈讀清華大學藏戰國竹簡（陸）・鄭文公問太伯書後（一）〉，簡帛網：http://www.bsm.org.cn/show_article.php?id=2527，2016 年 4 月 20 日。

白（伯）父所」是說：現在上天不仁愛，又盛氣淩人地來和我爭奪伯父的處所。古人認為人生在地，死在天，生死處所不同，上天和文公爭伯父的處所，就是爭其性命、生死。〔註64〕

胡乃波：「爰然」作「爭」的狀語。古代漢語中的狀語，常用副詞、形容詞等充當。《莊子．盜蹠》：「謁者入通，盜跖聞之大怒。」「大」即為「怒」的狀語。「爰」字的釋讀「跋扈貌」、「盛氣淩人之貌」皆可。〔註65〕

按：為：是。《左傳．宣公三年》：「余為伯儵，余，而祖也。」不惠：無德行、不仁德。《墨子．兼愛下》：「為人君者之不惠也……子之不孝也：此又天下之害也。」《漢書．藝文志》：「人失常則訞興，人無釁焉訞不自作。故曰：德勝不祥，義厭不惠。」《王力古漢語字典》：「或：又。《詩．小雅．賓之初筵》：『既立之監，或佐之史。』」〔註66〕爰讀「援」又見於《寅簋》：「勿事（使）暴虐從（縱）獄，爰（援）奪……」〔註67〕「爰然」從「跋扈貌」之說。

翻譯：現在天是不仁德的，又（一副）跋扈的樣子，和我爭奪伯父

 所	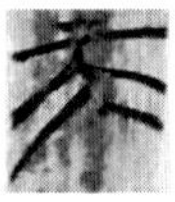 天	 不	 豫（舍）	 白=父=（伯父，伯父）	
 而	 孛（穀）				

〔八〕所天不豫（舍）白=父=（伯父，伯父）而□□□□□□□□□□□□孛（穀）。

子居：當讀為「太伯所」，指太伯所居，爭太伯所居即猶言爭太伯，指上天與鄭文公爭太伯是當在天還是在人間。〔註68〕

清華簡整理者：所，表假設，用法同《左傳》僖公二十四年「所不與舅氏

〔註64〕王寧：〈清華簡六《鄭文公問太伯》（甲本）釋文校讀〉，復旦大學出土文獻與古文字研究中心：http://www.gwz.fudan.edu.cn/Web/Show/2809，2016/5/30。

〔註65〕胡乃波：《清華簡〈鄭文公問太伯〉（甲本）集釋》，頁11。

〔註66〕王力：《王力古漢語字典》，頁342。

〔註67〕殷周金文暨青銅器資料庫：http://bronze.asdc.sinica.edu.tw/rubbing.php?04469。

〔註68〕子居：〈清華簡鄭文公問太伯（甲本）解析〉，中國先秦史網站：http://xianqin.byethost10.com/2016/05/01/327，2016年5月1日。

同心者，有如白水」。豫，讀為「舍」，訓為「棄」。句謂假若天與不穀爭伯父而不舍。「而」下殘失約十一字。〔註69〕

華東師範大學中文系出土文獻研究工作室：「所」，整理者引重耳「所不與舅氏同心者，有如白水」以證簡文（第120頁），認為有「假設」的意思，若然，兩者主語（一重耳，一老天）不同，說不恰當。疑「所」字屬上讀，對於「不穀」而言，其若「爭請」到「伯父」至於「其所」，「伯父」尚可活；若老天「爭請」到「伯父」至於「其所」，則「伯父」乃死。「不豫」乃《詩》、《書》成語，「不樂」之意。「不豫」者，《逸周書．五權解》：「維王不豫。」（黃懷信、張懋鎔、田旭東《逸周書彙校集注》（增訂本）第489頁，上海：上海古籍出版社，2007年3月第1版。）亦見《漢書．律歷志》述劉歆《三統曆》等其他古籍，咸訓為「不樂」，心不樂者，因重病之故。另外，有多種不同的同義詞彙表示，「不懌」（《尚書．顧命》）、「弗豫」（《金滕》）、「不悅」、「不說」（《君奭序》）皆是。清華簡（壹）《寶訓》「不豫」、（清華大學出土文獻研究與保護中心編、李學勤主編《清華大學藏戰國竹簡（壹）》第143頁，上海：中西書局，二零一零年十二月第一版。）《周武王有疾周公所自以代王之志（誌）》「王不豫，有遲」，（清華大學出土文獻研究與保護中心編、李學勤主編《清華大學藏戰國竹簡（壹）》第158頁，上海：中西書局，二零一零年十二月第一版。）「不豫」，病則「不悅」、「不樂」、「不懌」，懼怕病痛、死亡，而為之諱也。「天不豫伯父」者，「老天使伯父疾病不樂也」。〔註70〕

王寧：「不豫」即今言「不舒服」，今膠東、膠南一帶方言中稱生病不舒服為「不豫作」，病癒舒服稱為「豫作」，即用此古語。此「不豫」乃使動用法，即上天使伯父生病之意。「穀」前原缺約11字，「不」字據文意補，仍缺10字。乙本當與此段文字的第3簡全缺。「天不豫（舍）白₌父₌（伯父，伯父）而□□□□□□□□□□□孛（穀）」是說：上天讓伯父生病，伯父還有什麼話要教導我？當是問洩伯的遺言，說明此時洩伯已經病危。〔註71〕

〔註69〕清華大學出土文獻研究與保護中心編，李學勤主編：《清華大學藏戰國竹簡（陸）》下冊，頁120。

〔註70〕華東師範大學中文系出土文獻研究工作室（本次參加戰國竹簡研讀會者有：黃人二、趙思木、楊耀文、耿昕、石光澤、童超，本文由黃人二執筆。）：〈讀清華大學藏戰國竹簡（陸）·鄭文公問太伯書後（一）〉，簡帛網：http://www.bsm.org.cn/show_article.php?id=2527，2016年4月20日。

〔註71〕王寧：〈清華簡六《鄭文公問太伯》（甲本）釋文校讀〉，復旦大學出土文獻與古文

郝花萍：豫，安樂之意。《爾雅・釋詁》：「豫，樂也。」邢昺疏：「豫者，逸樂也。」又有：「豫、寧、綏、康、柔，安也。」邢昺疏：「皆安樂也。」不豫，在簡文中用為使動，指上天使太伯不安樂（太伯因病痛困擾自然不安樂）。照應上文的「太白（伯）又（有）疾」一句。另外，《尚書・金縢》：「王有疾，弗豫。」《曲禮》疏引《白虎通》曰：「天子病曰不豫。言不復豫政也。」簡文此處文公用「不豫」一詞言太伯病，似乎太伯病與天子病同等要緊，可表現文公對太伯的尊敬和器重，側面也透露出太伯病非輕，已然不能參與政事。以上這段話大義是說：現在上天不仁，又跋扈地與我爭請伯父將往之所（若老天爭請到的話，意味著伯父將死），老天使伯父生病不快樂（這可視作老天爭伯父所的一種方式。病重可能至死）。〔註 72〕

王瑜楨：「所」，原考釋解為「若」，可從。「所」，疏紐魚部；「若」，日紐鐸部；「如」，日紐魚部，三字聲韻本來都很近，「所」讀為「若」或「如」，聲音上也沒有問題。「今天為不惠，又援然與不穀爭伯父，所（若）天不舍伯父，伯父而□□□□□□□□□□□不穀」，意思是：如今上天不嘉惠我，無情地與我爭奪伯父，如果上天不肯捨棄伯父，伯父⋯⋯。「不豫」讀為「不捨」較好，屬動詞性。〔註 73〕

朱忠恒：所，連詞，表假設關係，相當於「若」、「如果」。清王引之《經傳釋詞》卷九：「所，猶若也，或也。」《書・牧誓》：「爾所弗勗。其於爾躬有戮。」《左傳》僖公二十四年：「所不與舅氏同心者，有如白水。」豫，似當直接讀作「予」。豫、予，二字皆為魚部喻母，音同可通。《周禮・地官・委人》：「凡其余聚。」鄭注：「余當為餘。聲之誤也。」余、餘可通。《易・豫》：「利建侯行師。」漢帛書本豫作餘。餘、豫可通。余、餘、豫，可通。《書・皋陶謨》：「予未有知。」《史記・夏本紀》作「余未有知」。可知，豫、予可通。「天不予伯父」與前面的「與不穀爭白（伯）父」相呼應。意思是天不把伯父給予我（即伯父生病可能失去生命）。這幾句從石小力斷讀為「今天為不惠，又援然與不穀爭伯父，所天不予伯父，伯父而□□□□□□□□□□□穀。」後一句缺 11 個字。〔註 74〕

字研究中心：http://www.gwz.fudan.edu.cn/Web/Show/2809，2016/5/30。

〔註 72〕郝花萍：《清華大學藏戰國竹簡（陸）鄭國三篇集釋》，頁 56、57。

〔註 73〕王瑜楨：《清華大學藏戰國竹簡（陸）鄭國史料三篇研究》，頁 208。

〔註 74〕朱忠恒：《清華大學藏戰國竹簡（陸）集釋》，頁 69。

胡乃波：王寧說可從，「所」字屬上讀，當「處所、地方」講。《詩・出車》：「自天子所，謂我來矣。」《呂氏春秋・達鬱》：「厥之諫我也，必於無人之所。」高誘注：「所，處也。」生死兩個處所，故「處所」引申為「生死」之意。〔註75〕

筆者茲將各家對「所」之說法表列於下：

表 3-2-6：「所」諸家異說表

所	訓
整理者、王瑜楨、朱忠恒	若
王寧、胡乃波	處所、地方

表 3-2-7：「豫」諸家訓讀異說表

豫	訓　讀
整理者	讀「舍」，訓「棄」
華東師範大學中文系出土文獻研究工作室	樂
郝花萍	安樂
王瑜楨	讀「捨」
朱忠恒	讀「予」

按：《王力古漢語字典》：「所：假若。《左傳・文公十三年》：『所不歸爾帑者，有如河。』《論語・雍也》：『余所否者，天厭之！天厭之！』」〔註76〕「豫」讀「舍」亦見於《上海博物館藏戰國楚竹書・用曰》：「參節之未得，豫（舍）命乃縈」〔註77〕、《清華二・繫年》：「楚人豫（舍）回（圍）而還，與晉師戰於長城。」〔註78〕舍：捨棄、放棄。《詩・鄭風・羔裘》：「舍命不渝。」、《論語・子罕》：「子在川上曰：逝者如斯夫，不舍晝夜。」

翻譯：假若天不捨棄伯父，伯父而□□□□□□□□□□□□穀

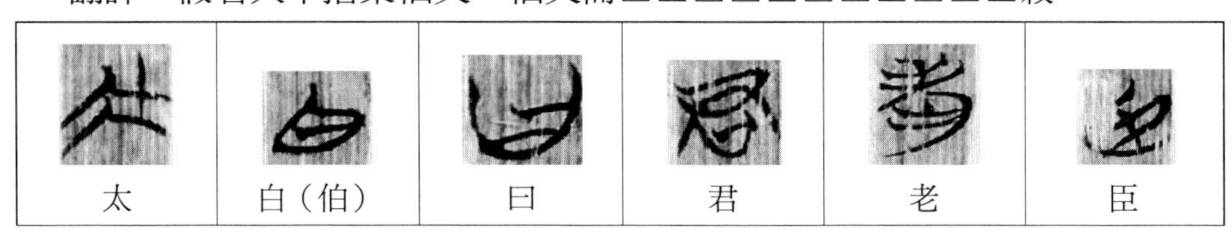

太　白（伯）　曰　君　老　臣

〔註75〕胡乃波：《清華簡〈鄭文公問太伯〉（甲本）集釋》，頁 12。

〔註76〕王力：《王力古漢語字典》，頁 346。

〔註77〕先秦甲骨金文簡牘詞彙資料庫：http://inscription.asdc.sinica.edu.tw/c_index.php。

〔註78〕先秦甲骨金文簡牘詞彙資料庫：http://inscription.asdc.sinica.edu.tw/c_index.php。

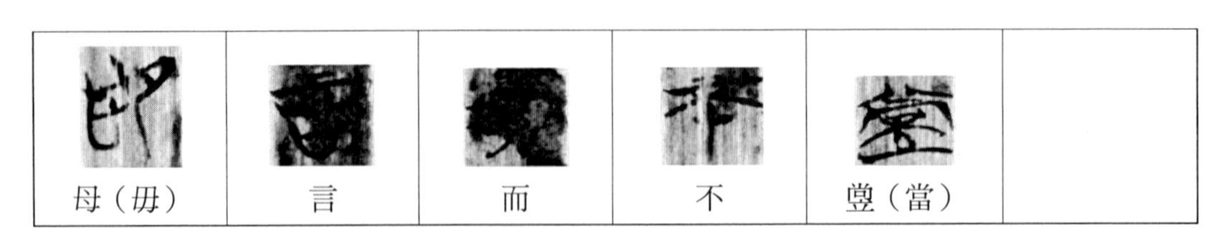

母（毋）	言	而	不	㙮（當）	

〔九〕太白（伯）曰：「君，老臣□□□□【三】母（毋）言而不㙮（當）。

清華簡整理者：「老臣」下殘失約四字。〔註 79〕

子居：所缺失的四字似是太伯形容自己年老病重時的精神狀態，所以下言「毋言而不當」。〔註 80〕

按：《古文字通假字典》：「母（之明 mu）讀為毋（魚明 wu）。母、毋古本一字，後分化出毋字，為禁止之詞。于省吾《甲骨文字釋林》說：『甲骨文和金文均借用母字以為否定詞之毋。』鄂君啓車節：『母載金革。』」〔註 81〕言：說話。《說文》：「直言曰言，論難曰語。」《國語・周語上》：「國人莫敢言，道路以目。」从尚从立讀「當」亦見於《郭店楚簡・性自》：「或興之也，㙮（當）事因方而折（制）之。」〔註 82〕、《上海博物館藏戰國楚竹書・容成》：「故㙮（當）是時也」〔註 83〕不當：不合宜、不適當。《墨子・所染》：「此四王者所染不當，故國殘身死，為天下僇。」

翻譯：太伯說：「國君，老臣□□□□不要說話卻不適當

故（古）	之	人	又（有）	言	曰
為	臣	而	不	諫	卑（譬）
若	饡	而	不	猷（醽）	

〔註 79〕清華大學出土文獻研究與保護中心編，李學勤主編：《清華大學藏戰國竹簡（陸）》下冊，頁 120。

〔註 80〕子居：〈清華簡鄭文公問太伯（甲本）解析〉，中國先秦史網站：http://xianqin.byethost10.com/2016/05/01/327，2016 年 5 月 1 日。

〔註 81〕王輝：《古文字通假字典》，頁 128。

〔註 82〕先秦甲骨金文簡牘詞彙資料庫：http://inscription.asdc.sinica.edu.tw/c_index.php。

〔註 83〕先秦甲骨金文簡牘詞彙資料庫：http://inscription.asdc.sinica.edu.tw/c_index.php。